高建群全集

古道天机

高建群 著

陕西师范大学出版总社

图书代号：WX21N2173

图书在版编目(CIP)数据

古道天机/高建群著.—西安：陕西师范大学出版总社有限公司，2022.1
（高建群全集）
ISBN 978-7-5695-2761-2

Ⅰ.①古… Ⅱ.①高… Ⅲ.①长篇小说—中国—当代 Ⅳ.①I247.5

中国版本图书馆CIP数据核字（2021）第262592号

古道天机
GUDAO TIANJI

高建群 著

出版人	刘东风
总策划	孙留伟
责任编辑	王文翠
责任校对	刘存龙
出版发行	陕西师范大学出版总社
	（西安市长安南路199号 邮编710062）
网　址	http://www.snupg.com
印　刷	北京天宇万达印刷有限公司
开　本	880mm×1230mm　1/32
印　张	10.25
插　页	2
字　数	242千
版　次	2022年1月第1版
印　次	2022年1月第1次印刷
书　号	ISBN 978-7-5695-2761-2
定　价	67.00元

读者购书、书店添货或发现印刷装订问题，请与本公司营销部联系、调换。
电话：（029）85307864　85303629　传真：（029）85303879

总　　序

　　文稿一旦变成铅字，一旦成为一本装帧得或粗糙或精美的书本，那它就是一个独立的存在了。它将离你而去。它将行走于世间。它将开始它自己的宿命。它或被读者供之于殿堂，视为经典，视为对这个时代的一份备忘录；或被读者弃之于茅厕；或被垃圾处理厂重新化为纸浆，以期待新的人在上面书写新的东西。凡此种种，那就看这本书它自己的命运了。

　　这时，于作者本人来说，倒是没有太大的干系了。于是他成了一个旁观者。他和这本书唯一的联系是，那书本的额头上，还顶着他卑微的名字。知道《一千零一夜》中的《渔夫和魔鬼的故事》吗？渔夫打开铅封的所罗门王的瓶子，于是一缕青烟腾起，魔鬼从瓶子里走出来，开始在世界上游荡，开始在暗夜里敲打你的门扉。渔夫这时候唯一能做的事情，是一手拿着空瓶子，一手捏着瓶子盖儿，傻乎乎地看着他放出的魔鬼，横行于世界。

　　此一刻，在这二十五卷本的《高建群全集》即将付梓出版之际，我感到我的已日渐衰老的身躯，便宛如那个已经被掏空的——或者换言之——魔鬼已经离你而去的空瓶子一样。此一刻，我是多么虚弱而疲惫呀。

人生一场大梦,世事几度秋凉。一想到这个名叫高建群的写作者,在有限的人生岁月中,竟然写出这么多的文字,我就有些惊讶。一切都宛如一场梦魇!这是一笔一画写出来的呀!如果我不援笔写出,它们将胎死腹中。但是很好,我把它们写出来了,把它们落实到了纸上。

那每一本书的写作过程,都是作者的一部精神受难史。

建于西安航空学院的高建群文学艺术馆,要我给一进馆的墙壁上写一段话,于是我思忖了一个星期,最后选定帕乌斯托夫斯基《金蔷薇》中的一段话,写在那上面。那么请允许我,也将这一段话写在这里:

> 是什么东西迫使一个作家,从事这种庄严的但却又是异常艰辛的劳动呢?首先是心灵的震撼,是良心的声音。不允许一个写作者在这块土地上,像谎花一样虚度一生,而不把洋溢在他心中的,那种庞杂的感情,慷慨地献给人类。

谎花是一种虽然开放得十分艳丽,但是花落之后底部不会坐上果实的花。植物学上叫它"雄花",民间则叫它"谎花"。

我们光荣的乡贤,以大半辈子的人生履历,驰骋于京华批评界,晚年则琴书卒岁,归老北方的阎纲老先生说:

> 相形于当代其他作家,高建群是一个马拉松式的长跑者,他以六十年为一个单元,在自己的斗室里,像小孩子玩积木一样,一砖一石地建筑着自己的艺术帝国。他有耐性,有定力。喧嚣的世界在他面前,徒唤其何。

当我听到阎老的这段话时,我在那一刻真的很感动。感动的原因是世界上还有人在关注着这个不善经营不懂交际的我。诗人殷夫说:"我在无数人的心灵中摸索,摸索到的是一颗颗冷酷的心!"现在我知道了,长者们一直作为艺术良心站在那里,为当代中国文学保留着它最后的尊严。

　　"有些故事还没讲完那就算了吧!"这是一首流行歌曲里的话,如果这个名叫《总序》的文字,需要拿出来单独发表的话,建议用这句话作为标题。

　　我们这一代人行将老去,这场宴席将接待下一批饕餮客!人在吃完宴席后,要懂得把碗放下,是不是这样?!

2020年10月11日早晨6点
写于西安

引 言 一

　　那静静地伫立于天宇之下的,那喧嚣于时间流程之中的,那以拦羊嗓子回牛声喊出惊天动地的歌声的,是我的陕北,我的亲爱的父母之邦吗?哦,这一块荒凉的、贫瘠的、苍白的、豪迈的、不安生的、富有牺牲精神的土地,这大自然鬼斧神工的产物,这隶属于九百六十多万平方公里广袤国土中的一个不显眼的角落,这个黄金高原。

　　哦,陕北,我的竖琴是如此热烈地为你而弹响,我的脚步是如此行色匆匆,你觉察到我心灵的悸动吗?你看见我挂在腮边的泪花吗?哦,陕北,我以儿子对于母亲一般的深情,向自遥远而来又向遥远而去的你注目以礼。你像一架雍容华贵的太阳神驾驭的天辇,威仪地行进在历史的长河中,时间的流程中。你深藏不露地微笑着向前滚动,在半天云外显露着你的身姿,芸芸众生像蚂蚁一样出没在你的庞大的支离破碎的身躯上,希望着和失望着,失望着和希望着。哦,陕北!

——引自《最后一个匈奴》

引 言 二

  传统在消失,古典精神在消失,昨天的文化在消失。张家山这样的人物,也许是游荡在高原的最后的骑士了。几十年几百年之后,孩子们大约只能从老祖母讲的童话中,见识这一类人物了。

  这是一个大智慧,一个大幽默,一个额上印着悲剧印记的人。他的胸膛里,弥漫着一种悲天悯人的堪让我们肃然起敬的东西,这种东西叫"善良"。因为这个,所有的微笑便蒙上一层苦涩的意蕴。

  张家山这个人物,令人想起那个西班牙苍凉高原上的堂吉诃德。是的,他们有许多共同点,都高贵而善良,精明又愚蠢,都试图怀着中世纪梦想,去匡正社会。只是,较之堂吉诃德,我们的张家山的时代,已经没有马可以代步了——瘦骨棱棱的风一吹就倒的马也没有。因此,他似乎更为卑微和实际,圆口布鞋上沾上了更多的泥土。

  "今天,全城的人都穿上了节日的盛装,铁匠用锤子敲打出钢铁里的音乐,姑娘们翩翩起舞,大家都在传递着一个动人的消息:他们中有一个人要去出发,征服世界了!"——这是人们,用给堂吉诃德的话。如果人们同样地将这话用给张家山,我将感激他。

——引自《最后的民间》

目录
CONTENTS

第一章 / 001

第二章 / 011

第三章 / 023

第四章 / 033

第五章 / 049

第六章 / 059

第七章 / 066

第八章 / 077

第九章 / 091

第十章 / 101

第十一章 / 114

第十二章 / 126

第十三章 / 135

第十四章 / 146

第十五章 / 159

第十六章 / 170

第十七章 / 182

第十八章 / 193

第十九章 / 207

第二十章 / 224

第二十一章 / 240

第二十二章 / 253

第二十三章 / 265

第二十四章 / 277

第二十五章 / 289

后记 / 301

高建群小传 / 306

高建群履历 / 307

高建群创作年表 / 308

社会评价 / 314

第一章

　　中国民间第一奇书,不是《三国》,不是《西游》,不是《水浒》,不是《红楼》,亦不是《金瓶梅》。这书叫《透天机》,相传为元末明初一个叫刘伯温的所作。自刘伯温往下,五百年间这书诡诡秘秘,神神奇奇,一直以手抄本的形式,在中国民间流传。

　　说是刘伯温所作,也不恰当。刘伯温只是一个接受者而已。它的原作者,却是华山脚下的一个牛鼻子老道。这道士号铁冠道人,青史上无名,传说中每见。而今的诸多电视剧,将个西岳华山,渲染得迷雾团团,烟云笼罩,峰高千仞,高人匿藏,自有它渲染的道理,不是?!

　　相传,那时节,天下大乱,河山破碎,中华大地血流漂杵,生灵涂炭。时下,江南出了个大才子叫刘基刘伯温。眼见得仕途黑暗,人生易老,这刘基刘伯温,于是弃了官职,将自己一个天赐神授的金贵身子,从此放浪于花街柳巷、声色犬马之间,只求苟安一生作罢。所谓的"江湖处士闲处老",正是指此。又所谓的"落落乾坤大布衣",亦是指此。

一日,跨过黄河,眼前突兀地起了一座大山,但见壁立千仞,直刺青天,群峰峥嵘,怪石嶙峋。刘伯温见了,胸中一口英雄气,上下翻腾,急不得出,直搅得心窝儿生疼。又见那天高高,草青青,一只鹰,长唳着,在云端翻飞,一只雀,鸣转着,在林间跳跃,刘伯温仰天叹息道:"天高地迥,觉宇宙之无穷;兴尽悲来,识盈虚之有数。望长安于日下,指吴会于云间。地势极而南溟深,天柱高而北辰远。关山难越,谁悲失路之人?萍水相逢,尽是他乡之客。"言罢,攒起衣袖,揩了一把眼泪,拣一条细径,趔一个式子,往华山之巅,举步而来。

"天高地迥"一句,却是一个前人,初唐时期一个短命的才子王勃所说的。后来的那些自命不凡者,每每触景而生情,临场而兴叹,借这个段子,以浇胸中块垒,以诉怀才不遇之憾。刘伯温一个饱学之士,信手拈来这话慷慨而出,就是可以想见的了。

也是天意,行走间,曲径通幽,将他引入一个破败了的道观。道观尽头,崖根底下,却是一个山洞。刘伯温不知深浅,一撩袍子,莽莽撞撞,闯入洞来。行了一段黑暗之后,见前面,有了一团亮光,及至走近,见那亮光处,却是一个道士。香火供奉香烟缭绕,那道士既像一堆泥塑,又像一具真身。刘伯温见了,心中大异,张口就要动问,谁知还未曾开口,那道士,先是一声断喝。

道士问道:"来人可是江浙青田人刘基刘伯温么?"刘伯温见说,吓了一跳,赶快行礼,称自己就是。那人听了,哈哈大笑道:"我铁冠道人,在这里候你多日了!"道士笑罢,启动舌头,就是劈头盖脸一阵臭骂。

刘伯温见这自称铁冠道人的,骂得蹊跷,于是分辩道:"你是谁？我又是谁？为什么萍水相逢，不问来由，就是这一顿臭骂？幸亏我刘伯温为人斯文，要么，岂能受你这番聒噪！"

铁冠道人说道："我是谁无关紧要，你是谁却大有干系。天下大乱，生灵涂炭，河山待整，真人已出。朱元璋已扯起旗帜，要收拾中国这一盘残局。你是谁？你乃是上天遣来的辅助朱元璋扫除四海妖氛、建立中华一统的第一开国功臣。建功立业的机会，封侯封宰的机会，你不去做，却混迹于山水，放浪于草莽，自己作践自己，却是为何？"

刘伯温听了，心中老大不悦。他是古人，不会说今人的话，如果会说，大约会用王蒙先生的两句蹩脚的诗去搪塞。这两句诗是："既然一棵树睡得正好，又何必去把它摇呀摇！"

刘伯温支吾其词，不知说什么才好。嘴中嘟囔，言不尽意。那嘟囔的意思，大约也和上面的两句诗差不多。不料铁冠道人听了，不依不饶还是一个劲臭骂。刘伯温一见，知道今个这事，是吃屎的把屙屎的给箍住了，他得应允了，才能止住这一张臭口滔滔如泻。于是乎长叹一声，点头承应。

应允罢了，刘伯温却说："我一介白面书生，手无缚鸡之力，胸无半点玄机，如何能辅助那朱元璋平定海内，一统天下？牛鼻子老道，你该不是要把我这条小命，往火坑里推，热锅上熨么？"

铁冠道人听了，沉吟半晌，问这刘伯温，想知道些什么事，得些什么本领。刘伯温说道，他这一把年纪，想要习武，恐怕已经迟了，硬胳膊硬腿的。不如习文吧，宇宙无穷，盈虚有数，铁冠道人看来不是寻常之人，既然要我刘基刘伯温出山厕身江湖，就该把些"天机"之类的东西，泄露给我，日后也为顺天应人，审时度势，不辱没了铁冠道人这一番循循善诱。

俗话说，天机不可泄露。刘伯温这番话，说得委实让铁冠道人作难。铁冠道人沉默了面孔,哼唧半天,主意拿定,于是朗声说道:"罢罢罢,好好好,扶上马,送一程!刘伯温,算你小子聪明,今个,我就犯个忌讳,将那天机,泄露一二于你吧!你且听着,我开始说了!"

铁冠道人说到做到,一语未了,便启动朱唇,滔滔如泻,讲起那过去未来之事。

旁边侧立的刘伯温,是何等聪明乖巧之人,虽然那口里说道"又何必去把它摇呀摇",可那心里红尘十丈,何曾绝根?一颗建功立业的勃勃雄心,几时宁了?鹰搭窝在高处,雀跳跃在蓬间,人生一世,草木一秋,不轰轰烈烈,更待何时?"少时不折腾,老了没情形!"正是民间这话。

见那铁冠道人在泄露天机,刘伯温好生欢喜,匆忙间环顾左右,见洞穴之内没有纸笔,好个刘伯温,遂"哗啦"一声,脱下身上的白袍,继而中指塞在嘴里,一咬,中指咬破,鲜血淋漓,这刘伯温便挥动中指,在自己的白袍上记录起来。

"纵然无纸,纵然无墨,但有我在!"刘伯温这样说了一句,开始书写。

白袍比起纸张来,自然不甚规则;中指比起笔毫来,用起也不甚便当。因此,这书写有些零乱。加之,这铁冠道人平日练就了的铁嘴,说起话来滔滔如泻,无遮无拦,喘口气的工夫也没有。因此,这刘伯温的记录,也是有一句没一句,鸡零狗碎,择其大要而已。

待到刘伯温龙飞凤舞,乱七八糟,将个白袍画满时,铁冠道人才恍然省悟。道人缄了金口,说道:"罪过罪过,因了我今天这一番逞能,该折去自个多少修行。那刘伯温,你且听着,得了这天机,你该是人中龙,鸟中凤了,天、地、人、鬼,从此尽在你掌握之中了,后世人见你能算破天机,还会送你一个神算子的美名,只是,天机不可泄露,泄露必遭天谴,这《透天机》,只你可得,万万不可拿出去示人。另则,中华大地,眼见得将有一场血光之灾。你记着,你一定要善待百姓,少些杀戮,你要知道,天地无私,鬼神能察,你做下的孽,都会记到我账上的!"

铁冠道人说罢,不复吱声。

声音虽然停了,那嗡嗡作响的回声,又在山洞中回旋了一阵,方才停息。待这刘伯温停了书写,抬头细看时,见那堂上端坐的哪里是个真人,分明是个泥塑而已。泥巴做的肉身,谷草做的经络,檀香木做的骨架,槐木橛儿做的男根,唯一的是那铁冠道人的嘴角,因为刚才说话太多的缘故,还留着一些唾沫星子在那里。刘伯温见了,惊讶一回,嗟叹一回。

出了山洞,出了这残败的道观,阳光底下,刘伯温将这白袍,展在草坪上一看,见上面血迹斑斑,处处是字,又见自己的中指,尚且有血迹渗出,恍惚间,方信自己刚才遇到的,不是梦境。

刘伯温将这白袍上的字,整理了出来,它就是被后世称为中国民间第一奇书的《透天机》。该书洋洋五千余言,以"元时末年,伯温游华山"开头,以"知而泄露者,必遭天谴"作结。

一册《透天机》在手,刘伯温就势登上华山的最高峰。举目四望,鸟瞰天下,遂发出一声长啸。啸罢,下得山来,辅助朱元璋,奠定明三百年帝业。这是旧话,不提。后来他官至御史中丞,封诚意伯,谥号文成,有《诚意伯文集》二十卷行世,成为拥拥挤挤的中华五千年文明史中的一个人物。

古话说:"行人莫问当年事,故国东来渭水流!"又有古话说:"劝君莫奏前朝曲,听我新翻杨柳枝!"这话有理。且不说那刘基刘伯温的事了吧,那些留给史学家们蛀书虫们去说,这里单道那册《透天机》的下落。前面说了,那《透天机》待刘伯温死后,遂流落民间，以手抄本的形式，被那些山野之士收藏，秘不宣人，时隐时现。

当年，刘伯温仓促之间，狼狈不堪，用白袍作纸，中指滴血为笔，所以那《透天机》记录得十分零乱，那前头的事，后头的事，搅和在一起，且又不分行分段，断句加点，所以后来将它连缀成篇时，也就有些前言不搭后语。加之那铁冠道人又口授得过快，刘伯温只能逮一句是一句，能记多少算多少。这样，这个《透天机》，里面便迷雾团团，玄机四布，一个预言接一个预言，一段莫名其妙的话接一段莫名其妙的话。后世之人，即便有一卷《透天机》在手，想要轻而易举地参透玄机，也属枉然。许多事情，经历过了，往往碰得个头破血流了，对照一下《透天机》，方可明白，于是叹息道："原来万物皆有定数，这《透天机》上，早已白纸黑字，明明白白地写在那里了！"于是乎，伴随着《透天机》，民间往往还有一句题外的话，这话也有一些古怪，叫"过而知之"！

还是《透天机》这个话题，不过我们的故事，现在落脚到一个人物身上。陕北高原腹心地带，群山环拱中，有个小镇叫六六镇。20世纪行将结束的时候，这六六镇上，出了一个人物，这人叫张家山。巧不巧，这张家山，鬼使神差，从一户人家正在翻修的窑里，得了一本泛黄的破书，这书正是《透天机》。

六六镇的名字，缘何而来，这里有一个讲究。中华地面，每一处地名，每一个姓氏，其实都有讲究，都有来龙去脉，只是你不去探究罢了。原来，六六镇这个一张邮票大小的地方，在叫六六镇之前，它曾叫过大顺镇，大顺镇之前，它还叫过太平镇。太平镇之前，它还叫过什么，叫是肯定叫过的，只是世事渺茫，视力有限，我们不得而知罢了。

这里当年是陕北英雄李自成起事的地方。李自成，化外之地的一个驿卒,一个贩私盐的脚夫,他吃了豹子胆、老虎心了,敢斩草为兵,削木为旗,三下河南,北征幽燕,掀翻朱明王朝的三百年江山,直将一根箭镞,钉上紫禁城"皇恩浩荡"的牌匾,直把个崇祯爷朱由检逼到煤山上一棵歪脖子树上吊死。个中原因,就在《透天机》上。可惜那时刘基刘伯温已不在人世,于是只得眼睁睁地看着江山易主。不过,话是不是可以这样说,朱明的三百年江山,因《透天机》得之,又因《透天机》失之,因此这也可以算一个世道轮回的结局。

那时这镇还叫太平镇。这个贩私盐的脚夫,从三边地面,吆了一群高脚牲口,每个牲口背上驮了一驮青盐,返回陕北。三边是定边、靖边、安边的合称,有一首赶牲灵人唱的民歌,叫《走三边》,单道这三边的好处。那民歌唱道:"下一道坡坡来上一道梁,赶上那骡子走三边;人人都说三边好,青盐皮毛甜甘草。"这民歌尔今还在陕北地面传唱不已,想那当年,赶牲灵的李自成,在高脚牲口的阵阵串铃声中,大约也正是唱着这民歌上路的。

哪里天黑哪里歇。夜来,脚夫恰好行到这小镇上,于是挑了个鸡毛小店,烫脚,用饭,又要那店家卸了驮子,给牲口伺候草料。那时正是暮春时节,是夜李自成和衣躺下之后,见屋梁上的燕雀儿聒噪得厉害,定睛看时,见梁上有一只燕窝,窝的周围,黄嘴圈的雏燕儿停了一圈,叽叽喳喳乱叫,一只母燕,一只公燕,凄厉有声,绕着燕窝上下翻飞。

脚夫见了,唠叨一句"聒噪",蒙头要睡。这时,只听"噗噜,噗噜"两声,两只羽毛未丰的雏雀儿,落在了他的床头上,继而,"啪"的一声巨响,只见一条大白蛇,从那燕窝里掉下来,僵僵地停在了脚底。

那白蛇一动不动,僵在那里。豆油灯下,泛着粼粼白光,煞是怕人。脚夫见了，知那白蛇吃了雏雀儿撑得难受，又知它经这一次摔打，骨节正酥软着。脚夫却是个傻大胆儿，不忍伤它，又不忍容它缓过气来再伤雏燕，于是从自己枕边，摸出一壶烧酒来，将那孽畜灌醉，继而，提起尾巴，将它扔到门外野地里去了。

两只老燕，见脚夫处置了那白蛇，惊魂始得安定。接着，一公一母，两个双双扑棱着翅膀，抬起雏燕往那窝里送。两只雏燕，一只送上去了，另一只身量太重，羽毛又太少，自己又不知道配合，因之，送了几次，快到窝边了，又掉了下来。

脚夫见了，动了慈悲之心，说一声"好事做到底吧"，言罢，单手托起那只雏燕，又顺过一条高脚凳子，登了，送那雏燕到梁上窝里。

雏燕到了窝里，却还聒噪个不停，叽叽喳喳，吵翻了天的样子。脚夫嘴里说道："奇了，莫非这窝里，还有长虫不成？"说话间，伸长脖子朝窝里一探，见这窝里并没有什么白蛇，倒是有一本残破的书，静静地躺在窝底。不知这书，是燕子衔来的，是蛇背来的，还是过路客官，藏匿在这燕窝里的。怎样来的，这并不当紧，当紧的是这书落到了李自成手里。

这书正是《透天机》。这脚夫上过几年私塾，却也粗通文墨，拿书看了，一惊一乍，知道是那本被民间传得神神乎乎的奇书。继而拨亮油灯细看，字缝里抠字，话音里找话。这一抠一找不要紧，登时出了一身冷汗，知道了崇祯爷的江山，只在旦夕之间，替代者谁人？正是这个获得《透天机》的十八子李。

那《透天机》中关于"十八子李"的一段口歌是这样说的："日月吹落李树头，十八孩儿生银州。走马张弓入金殿，拍手呵呵一春秋。"

记得，当年那铁冠道人，曾经千叮咛万嘱咐，要刘伯温天机不可泄露。这刘伯温,不知是一时疏忽,还是有意而为之,竟让这书谬种流传,散落民间,从而令大明天下,早早地断了香火,令世间凡夫俗子一得此书,陡然生起英雄梦来。还是前面那话:一部《透天机》,刘伯温得之,助了大明三百年江山;李自成得之,又灭了大明三百年江山。《透天机》不会言语,倘若它会言语,它大约会说:"因我得之,因我失之,我又何憾!"

一卷《透天机》在手,那李自成突然之间,仿佛魂灵附身一般,气冲斗牛,目空万物。他喊来店家,问这叫什么地方,店家答道:"这是太平镇。"李自成一听,恼道:"哀鸿遍野,民不聊生,大旱频仍,赃官横行,这朱家天下,何以敢厚着脸皮,放言'太平'二字!"恼罢,又问道,今日是何年何月何日?店家又答,陕北民谚,"六月六,新麦子馍馍熬羊肉",今天这日子,却是个大好日子,正是古历的六月初六。李自成一听是六月初六,喜道:"六六大顺,六六大顺,我那王朝,该给它取个名字叫大顺了。杀尽不平方太平,你这太平镇,也该易称谓,改口叫大顺镇了!"店家听了,诺诺称是。

九宫山下,风声鹤唳,草木皆兵。外头的世界,兵败了个李自成。陕北高原上,恓惶了个大顺镇。一番号啕大哭以后,众人商议,那"大顺"二字,是不敢再显哗了,提防生事。可是没了"大顺",这荒远小镇小则小矣,总该给它一个名谓才对。众人正在商议,忽见川道下游,一个破衣烂衫的落魄秀才,踏着口歌,摇摇晃晃而来。众人细听那口歌,却句句都是向着李自成说话的。

      姻党当年并赫扬,远以西夏溯天潢。
      一朝兵败防株累,尽说斯儿起牧羊。
      赤手扛将九鼎来,崇文宣武一时开。

> 武功成就须文治，其奈犁牛乏相才。
> 马上成功作帝王，神威何让汉高皇。
> 从龙不乏韩彭辈，恨无萧张为赞襄。
> 史馆群僚孰秉公，唯凭成败论英雄。
> 若叫新顺能延祚，圣德神功纪不穷。

众人听了，喝一声彩。见秀才走近，众人也就提出这易名的事情请教。秀才听了，说道："这有何难？六六大顺，六六大顺，陕北语中，这几个字，一把韭菜不零卖，是连在一起说的。将这大顺，改成六六，既掩鞑子们的耳目，又其实将原来的名字偷偷地留住了，岂不是两全其美的事！"众人听了，又是一阵喝彩，算是公认了。

至于那《透天机》下落何处，仿佛天开一眼，仿佛云层中突然露出一线霞光一样，它只在脚夫李自成面前陡然一闪，便又重新泯灭于民间。自此往下，世世代代，众口滔滔，大家都知道有这么一本书，过去未来之事，尽在其间，玄机四伏，莫测高深，吉凶善恶，未卜先知，但是谁也没有见过它。千口传，万口传，传到后来，这世间到底有没有这么一本书，竟都成了未知之数。

第二章

　　张家山原是六六镇所辖张家畔人氏，做了一辈子的大队支书，临到老了，佝偻个腰，猫在家里等死。这人生得尿盆大的一张脸儿，三冬六夏，头顶上总蒙着脏儿吧唧一条白羊肚子手巾；丈二长的粗布腰带，拦腰绕上三匝；对襟袄，大裆裤，裤脚用带子束起；脚下穿一双布做的袜子，袜子外面套双家做的圆口布鞋。俗话说："身大力不亏。"张家山这一副身量，往地上一蹲，像一只虎；往畔上一站，像一座塔；摇摇晃晃走动起来，又像一架移动的山。邻里们见惯了，却也觉得稀松平常，外乡人猛一见，都会吃一惊，吃惊之余，还会叹息一句："可惜了这副坯挂了，倘放在战乱年间，会是一个将军呢！"

　　张家山倒是赶上了战争的结尾，那是他早年的时候。不过不是什么将军，而是一个支前的民工。他是担架队员。最后一场战斗，进行得很激烈，满山满坡都躺满了伤员，别的民工，是两个人抬一个，往后方战地医院送,他嫌这个麻烦,伸出胳膊来,一个胳肢窝里夹一个,即使这样,也上山溜坡,健步如飞,不显一丝一毫的怯力。

战争结束,胸前挂着勋章的他,在乡政府,也就是今天的六六镇政府当了文书。像他这么个粗人,如何干了文书这个活儿?原来,乡政府从上往下,上过两天私塾,识得几个大字的,就他一个。

干了三个月文书,张家山就将这饭碗丢了。他干了一桩蠢事,自个毁掉了前程。那时,下道川出了个风流偎傥的女子,大号叫谷子。大革命时期,这川道里流行着个口号,叫"男当红军女宣传,赤脚片子打裹缠";又有一个口号,单道那女人的,叫"头发剪成短帽盖,像个宣传员"。谷子恨爹娘把自己生得晚了,没有赶上那一场大红火,要么,尔个也到城里去,坐几天江山,享几天清福了。思来想去,觉得尔个去吃公家饭,为时还算不晚。主意想定,于是在木梳上吐了两口唾沫,往头上一搭,把头发梳得光溜溜的,缎子鞋一穿,鬓上插一朵花,一只小毛驴骑了,摇摇晃晃来到六六镇,径奔乡长的窑门,口口声声,说是要参加工作。乡长这时恰好要到县上开会。于是,将这女子安顿给张家山,要他找个空窑,先让这女子歇息着,容他回来再说。乡长说罢,骑着大青骡,踏踏地进城去了。

一个小伙,一个姑娘,到了一搭,焉有不出事的。更兼这谷子姑娘是自小被那些酸溜溜的陕北民歌调养大的,最会风情。山里的天黑得早,到吃晚饭时,天已经麻糊黑了,席间,大师傅给上了一点酒,借着酒力,姑娘的粉脸变得红扑扑的,像两片云霞,一双桃花眼,只瞅着张家山看。张家山外形粗鲁,那内心却是极细致的,见到这情形,心里头叫一声"尴尬",想要动身,那屁股却像长在板凳上一样,舍不得离开。于是只得勾着个头,赤红着个脸,不敢与姑娘对视。

见张家山害臊，姑娘益发大胆起来。三杯酒下肚，身子燥热，于是姑娘解开了对襟衫子的扣子。扣子解开，一领鲜艳的红裹肚露在了外面。裹肚的口子开得低，雪白的两个大奶，兔子一般在裹肚里跳着，且露出一半在外面。张家山自小丧母，从没有见过女人这东西，尔个一见，骇了一跳，那眼睛更是不敢往起抬了，只瞅着自己的桌面，拾起筷子夹菜时，也是不用眼睛去看，估摸着去夹。姑娘见了抿着嘴笑，益发得意。

姑娘动问："张文书，信天游里说：十七八姑娘畔上站，公鸡倒把那母鸡断！你知道不知道，这公鸡为啥要断那母鸡？"张家山听了，抬头瞅姑娘一眼，赶快又低下头去，回答说他不知道。姑娘见张家山敷衍，益发逞能，将那些平日耳朵里逮来的风情的话，添油添酱，几分渲染，核桃枣儿一般倒出。农家妇女，大字不识一个，记性却好，遇到这场合，再加上三分发挥，张家山就是石头，也被这些话说得燥热了。热得难受，于是将那腰里缠了三匝的布腰带解下来，胡乱地撇在一边，裤裆里的那东西也直挺挺地挺了起来。好在是大裆裤，看不明显。不过张家山心虚，还是腾出手来，将裤裆拽了一拽，又两腿挪动了一下，将那东西夹紧。这些，姑娘都瞧在眼里，只抿着嘴笑。后来，她用"这么大的个锅来哟下了几颗颗米，这么旺的火来哟还烧不热个你"作结，停止了她的信天游演唱。

前面说了，害臊的张家山佝偻着个头，或者是有一半的工夫是将那头埋进大碗里，这样，夹起菜来眼睛不去瞅，全凭感觉行事。耳听得歌声停了，张家山的心头才轻松一点，觉得口里有点淡，于是伸出筷子，去那盆里夹菜。其实也不是什么好菜，一棵莲花白，乡下人叫洋白菜的，切成碎末，在手里揉一揉，撒上一把青盐末，一把干辣子面，如此而已。张家山的筷子进了盆子，半天却拔不出来，只得举着眼睛去看。这一看，心中又是一阵燥热，原来这女子在逗他，也伸出一双筷子来，夹住他的筷子。筷子夹着筷子，那眼睛却不去瞅，而是风情万种，使劲地瞅着张家山，送着眼风。张家山这一下全身都酥了，胳膊都软了。还想强支撑一下，于是咬了咬牙，去抽那筷子。这一用力，不承想，连对方的筷子给夹过来了，不独是筷子，连握筷子的这双手，连这个香喷喷、热辣辣、骚乎乎的姑娘，也一起扯过来了。

姑娘一扑，进了张家山怀里。张家山见了，叹口气说："女裙衩，你为啥要勾引我？"姑娘听了，脸上霎时变了颜色，娇嗔道："谁勾引谁？你说清楚！"说着，一推张家山，站了起来，将袄襟掩一掩，抬起身子，摇身子摆浪，假意要走。这是拿班，欲擒故纵，女儿家惯耍的小手段。这一招果然见效，张家山一见，慌了，忙不迭地说："是我勾引你！是我勾引你！"姑娘一见，回嗔作喜，脚步不动了。好个张家山，至此再也不能忍耐，于是吼一声，扑过去，双手只一捧，便将这姑娘捧在怀里，脚步移动，向客房走来。

一会儿工夫，客房里传来杀猪般的叫声。原来这张家山不光人生得人高马大，裆中那阳物，也生得巨大，加之人又笨拙，初涉此事，也不懂得温柔。那女孩儿家虽然生性风流，嘴上的功夫又好，但毕竟也是初涉此事。故此，哪里经得起张家山的这一番折腾。这叫声，正是那女孩儿发出来的。既知今日，何必当初？只是，此时此刻，上了这个钩竿，也就由不得她了。只得忍着疼痛，听任张家山行事。

事毕，张家山一身火气，得以泄出。这时酒也醒了几分，猛然间脑子里一激灵，灵省过来，一想到自己是在干这事，大大地吓了一跳。一懊悔，恨恨地捶了一下自个脑袋，然后，扯起被子，给姑娘盖上，自己一猫腰出了客房。回到自个窑里，钻进被窝里，蒙住头,自个懊悔去了。

谷子姑娘的事情,还没有完。她的叫声太响亮,让做饭的那个半聋的大师傅给听见了。大师傅见门没有关,被窝也是热的,既然张家山先开方便之门,他也就跟上来凑个热闹。原来乡政府中空荡荡的,今夜也就他和张家山两人。

谁知正干着,门被踢开,荷枪实弹的民兵专干一身风尘,闯了进来,原来他下乡检查工作,误了晚饭,现在才回来。他先到大师傅窑里,扑了个空,又听到这客房里姑娘的聒噪之声,又见这门原来也是虚掩的,明白屋里正在干事,于是一脚踹开门,踏了进来。

大师傅一见,自个身子先软了,于是,一个趔趄,从姑娘的肚皮上爬下来,单腿跪在地上,忙不迭地直向民兵专干磕头。见民兵专干不理会他,大师傅从专干的胳肢窝里一溜,出了房门。

民兵专干原来也是个贪吃的,见了这好事,也就不再客气,脱了衣服,稳稳当当地钻进姑娘的被窝里去了。

二天一早,一阵串铃响,乡长骑了匹大青骡子,风风火火地进了六六镇乡政府。一进院子,见昨日来找他的那个姑娘,一脸泪滴,牵着个驴缰绳,正在他窑门口趿蹀着,再一细看,见昨日花朵般的一个俏人儿,尔今变成残花败絮,脸儿乌青,鬓发凌乱,嘴角翘起,全不似昨日那个模样。没等开口,姑娘便鼻涕一把泪一把,将昨日格晚上那事添油添酱大渲大染地说了一遍。一边说着,牵驴缰的那只手仍在牵驴,另一只手则腾出来,隔着裤子,在裆上摩挲,大约那地方还在火辣辣地痛。

乡下人见识浅,原来这姑娘,以为这些事情,就是乡长布置下的工作。诉说完了委屈,姑娘收了眼泪,斜着身子一跨,上了毛驴,临行前,撂了一句话,这话是说:"乡长,我不干了,你布置的工作,我一满是拿不下!"

"一满拿不下"是一句陕北方言。"一满"二字，说"一"字时，牙关要咬紧，舌尖直顶上腭，这样重重地憋着说出。说"满"字时，得胸腔共鸣，发出鼻音，重重说出。那"拿不下"的"下"字，在这里不念"下"，要念"下"，那其中的韵味就全完了，它念"hà"，不独陕北，整个西北，"下"字都是这么发音。"一满拿不下"的意思，《陕北方言词典》告诉我们，"拿不下"是指对某项工作干不了，拿不动，或没有能力去干的意思，而"一满"则是一个为了重语气、强调效果的虚词，"完全""总共"的意思。

谷子姑娘不经意说出的这句话，后来在六六镇地面，在县城，以至在整个陕北地面，成了一句习惯用语，一句口头禅。时至今日，这话还在说着，庄谐并出，令人哭笑不得。领导给底下布置一项工作，底下人要想推辞，或要和领导开一个不雅的玩笑，于是两手一摊，嘀咕一句："你布置的工作我一满是拿不下！"这话若不知道出处，那还罢了，倘要知道出处，管叫人笑破肚皮。

闲言少叙。却说那乡长，见谷子腰身一闪一闪地，骑着个驴远去了，顿发雷霆之怒。一肚子火气于是撒在了张家山、大师傅和民兵专干身上。那时政权新建，群众影响最重要，乡长一怒之下，便将这三个人，开销掉了。那时也没有什么手续，乡长一句话，三个人便背起铺盖，灰溜溜地回到了自己家里。至于空下来的这些位置，立即也就有人去占了。

那姑娘回到村子，先是躲在自个家里，养息了几日，接着又四处串门，把发生的事情，当荣耀给左邻右舍讲。姑娘又会渲染，一经说出，倒是惹得村上的小媳妇大姑娘们，涎水流了好长，羡慕了很久。后来，父亲听说，因了这事，乡上一下子开销了三个公家人，就回家里，打了女儿一顿，打罢，捧着女儿一张俏脸说："我早就说，这张狐狸精脸儿，不知要害多少男人哩！"恰好，这时有媒婆登门,说的是外村一个老实巴交的受苦人,父亲一听,也就收了聘礼,一把把姑娘掀出家门。

那张家山回到家里,羞愧满面,大约也关起门来在窑里待了很久。男大当婚。吃公家饭时,年纪不显大,回到村子,与同年等岁的人一比,就成老后生了。这时,他动了婚配的念头,托人打问下川的谷子姑娘,后来听说,那姑娘早就草草嫁人了,于是绝了这个念头,定下心来再等茬口。过了不久,山那面一户地主,娶了三个老婆。新婚姻法颁布,只准一夫一妻制,于是地主央人四处打听,要处理掉他的三个老婆中的两个。张家山听了,于是也就翻过山去看,三个老婆中,他挑了个小的。地主有些不乐意,但是看见张家山威赫赫一副坯子,尿盆大的一张黑脸,也就不敢再吱声什么。媳妇领回,拜堂成亲,从此张家山开始过他的安生日子。后来仗着他一身好坯挂,肚子里又有几滴墨水,再加上栽了那个跟头以后,人也变得精明多了,于是,从合作化开始,一直担任村干部,所经所历,不必细表。

到老来,满窑一张一张贴满了奖状。别的人家,墙上要贴糊墙纸,逢节遇年要贴个"墼髻娃娃"图案,张家山不用,光这奖状,就将整个窑给填满了。细数这些奖状,有大跃进大炼钢铁的,农业学大寨修梯田的,移山造田建水平沟的,修水库的,修筑盘山公路的,一张就是张家山的一件壮举,一次血里头捞骨头的盘肠大战。直把个血气方刚的小伙,而今挣成了个弯腰驼背、一走三咳嗽的老汉,从包产到户开始,江山代有才人出,张家山落伍,被挤到了一边去了,不再受到尊重,每日只厮守着他的这些奖状,苟延残喘,等待那不可避免一日日走近的大限之日。

张家山得那《透天机》的经过,也是一件蹊跷事,容说话的细说。

那地主的小老婆,肚子不大,却能生。龙生一子定乾坤,猪下一窝拱墙根。到了张家,一年一个,一气为张家山生了六个。六个中三男三女。那三个女子,唢呐一吹,毛驴一骑,张家山把她们早早就打发了。三个儿子成家立业之后,他跟了小儿子住。皇帝爱长子,百姓爱小儿,这是常规。

张家山在村子里,不再受到尊重,小儿子一家看他,自然也就轻了。废物利用,张家山地里的活干不动了,在家里看看孩子,喂喂猪,做做饭,却还凑合。那地主的小老婆大约长张家山几岁,因此就比张家山早走几年,一个直井打下去,又分成两个斜洞,一个洞,那女人先睡了,另外一个洞,给张家山留着。

张家山住在老宅。这是几孔旧窑,老辈子留下的。自张家山记事,这窑洞顶上的石头缝里,就有条白蛇。算命先生说,这是安宅之神,切莫动它。迷信那东西,宁可信其有,不可信其无,于是张家山也就不再动它。几十年相安无事。却说这一日,儿子媳妇要到地里下苦,将个不足岁的孩子,留在家里,委托张家山照看。孩子睡着以后,张家山心里憋得难受,于是将孩子搁在炕上,扣好院门,出外打了一阵彷徨。大约就是一个时辰吧,待回到自家门口,突然听到孩子一阵挣破嗓子的大声啼哭。张家山吃了一惊,开了大门,进了窑口,只见炕上的孩子,半只耳朵没有了,那地方血糊拉几地,再一看,炕上孩子的旁边,白花花地展着一条蛇。"这孩子的耳朵,不是让蛇咬掉了,又是谁?"张家山叫道。顺手,他从案板上拿起菜刀来,一挥而就,将蛇斩为两段。这也是人急了的办法,斩蛇何用?大约其一,是泄愤报仇;其二,是想找出那半个耳朵,看能不能再安上。这一刀下去,蛇成为两段,蹊跷的是,蛇的肚子里并没有耳朵,那鼓囊囊的,原来是一老鼠。老鼠还没有死,只是被憋得晕头晕脑,见蛇身子断了,"嘭"的一声,从那断处憋了出来。出来是出来了，却懒懒地蹲在那里，四只爪子收起，身上筛糠一般打战。再看那断成两截的白蛇，有头的那一截，眼泪汪汪地流着。见了这番情景，张家山心中，已有几分约莫，明白今个这一刀，是砍得有些鲁莽了，那啃断小孩半只耳朵的，分明是老鼠了，而那条白蛇，是来救孩子的，如果不是它仓促赶到，这孩子的另半只耳朵，大约也已经进了老鼠的肚子里了。这样想过一回后，为探个究竟，也为了回来后给那小两口有个交代，于是复又拿起菜刀，一砍，将老鼠劈为两半。果然不出所料，那孩子的半只耳朵，血糊麻也，模糊可辨，正在这只该死的老鼠肚子里。

孩子的半只耳朵，后来自然是没有重新安上。斩成两段的白蛇，后来张家山烧了些纸表，奠了些水酒，将它埋进户外的老槐树底下了。这样过了半月以后，一场雷雨，张家山石窑的前面接口，突然塌下一角。是事出偶然，还是少了那"安宅之神"的缘故，不得而知。这样，石匠在修窑时，从那窑顶的花插石的缝隙里，捡出那卷《透天机》。

得了《透天机》，这个弯腰驼背、一走三咳嗽的老汉，突然魂灵附体一般，来了精神。他陡发雄心，想干一番事业，张家畔太小，庙小挥不开刀，池小养不住鳖，他就想到六六镇上去闯一闯了。他要离家，还有一项考虑，因为孩子那半个耳朵的事，儿子媳妇虽然嘴上没有说什么，可吃起饭来摔碟子拌碗，平日言谈举止，也有意无意地给他个眉高眼低的。"是得走了！"张家山想。他这时候想起了猫儿，猫儿在老了的时候，总是悄悄地独自出来，找个没人处，用爪子象征性地刨一个坑坑，一番嚎叫后，躺进坑里蹬腿毙命。

怀揣一卷《透天机》，张家山离了张家畔。

那六六镇，已非当年张家山当文书时可比。川道上游修了个坝,那滴水(小型的瀑布),日里夜里响着。川面上,新钻了些油井,磕头机,一低头一扬头,昼夜不停地叫着。街道里,正逢改革开放年月,一街两行,都是些做小本生意的。有那没牙老汉,从城里收了些旧衣服,来到这六六镇上,跷起脚来在地上画了个圆,估衣放在圆心,吆喝着"五块一件,十块一身"地变卖。张家山摇摇头,说这生意咱不能做,丢人哩!又有那河南来的卖老鼠药的,将一溜大老鼠摆在摊前,另一只手拿了纸包,"一包五角,一包五角"地高声叫卖。张家山见了老鼠,犯了忌讳,扭头掩住鼻子就走。又有那西安来的牙医,在那里高声叫喊,只是门前冷落,原来这里紧靠蒙地,人人都长着口白白牙齿,身子老了那牙齿却不老。又有那钉鞋的,眼睛尖溜溜地,瞅着街上摇摇摆摆走过来的姑娘们,见姑娘们穿着低跟,就红口白牙,说城里正在流行高跟,说话间,就伸出手来脱鞋,要给姑娘换个高跟;见姑娘穿着高跟,又红口白牙,说城里正在流行低跟,千方百计,是要为他揽些生意才成。又有那贩服装的,将天南地北的服装,一根绳儿拉了,顺街摆成一行。衣服经山风一吹,呼啦啦的,甚是张扬。又有那收集文物的,鬼鬼祟祟,挤眉弄眼,专拣小巷子蹿,专拣老宅子钻。

张家山在这六六镇的街上,像看西湖景儿一般,自南到北,遛了一遍,深感这世事变化太快。诸样事情,他都不放在眼里,可是自己该干个啥,才能糊住这一张嘴,心里却没个谱。这样转了三遭之后,将自己的长处、短处反复思量了一番,心里突然一明。

张家山一双布鞋踩得地皮响,来到这六六镇上,要闹一番世事,权衡再三,主意拿定,租了一间门面,办起了"张家山民事调解所"。他租的这地方,巧不巧正是当年那个脚夫歇脚的鸡毛小店。江山易代,世事沧桑,这鸡毛小店,在走西口的路上,究竟兀立了多少年,无据可查,到了张家山手里,修了门板,裹泥了外墙，粉刷了内壁，再将个蛮像一回事儿的白底红字招牌，外面一挂，小镇的世事便到了张家山的时代。

靠山吃山，靠水吃水。张家山在六六镇，扯起旗帜，吃的正是这"民事诉讼"。这做的是一门无本生意，全凭一股悍性，两片嘴唇闹事。这事只张家山做得，换个别人，是做不得的。三来两往，日鬼捣棒槌，一些日子下来，较之镇上那些摆摊的、设点的、挂羊头卖狗肉的，倒有更多的赚头。

不过张家山并不看重银钱，他图的是个热闹红火。张家山说了，眼见得世风日下，人心不古，俗话说了"天塌下来有大个子顶着"，这话在理，谁叫他天生了个戳破天的大个子呢！镇一方邪气，保四乡平安，这是他的责任。要老想着银钱，那就俗了。

《透天机》上说了："上五百年人人是人，中五百年半鬼半人，下五百年净鬼没人。"夜来灯下，张家山戴着花镜，将《透天机》上这段话，看了一遍又一遍，想了一绽又一绽，一拍大腿说，世事倘若从那白衣秀士刘基刘伯温算起，早就进入中五百年了，难怪这世风日下，人心不古，看来，天地轮回，是有它的定数的。又说，匡正社会，扭转乾坤，我张家山责任重大。

再一想，自己尔个身子下压着的这一面大炕，当年躺过脚户李自成李闯王。这一想，那炕石板垫在干脊背上，硌得难受，于是翻来覆去地睡不着，心想人家也是一辈子，我得向人家学习。又一想，六六镇这个地名，何等大气，我可不能辱没了那光荣祖先。

须知张家山突然动了心思，来这六六镇丢人现眼，正是由于这光荣的祖先的一番引诱。有一部书叫《六六镇》的，说得最清。看过这书的人都知道，正是由于那好事之人，几番考证，考证出"六六镇"这个地名的来由，从而英雄了这一块地面，风光了这一处人类，并且激发了这些凡夫俗子的勃勃野心。张家山大约就属于这神经突然不对中的一个。

张家山在这六六镇,安营扎寨,鸣鞭开张,首先要做的事情,是物色两个搭档。一个篱笆三个桩,一个好汉三个帮,古今一理。这第一个搭档,却是个女流之辈,人称谷子干妈。第二位,是个四处流浪,哪里天黑哪里歇,吃百家饭,穿百家衣,有娘养没娘教的半大小子,人称李文化。物以类聚,人以群分,有这两个骚包鞍前马后,侍候张家山,却也合适。

那谷子干妈却是我们的一个熟人。不过她当年叫谷子姑娘,正是害得张家山年轻时栽了一个马趴的那位。山不转水转,如今人老珠黄的她,咋就三转两转,转到张家山的麾下,说起来,却也是一段奇遇。

第三章

却说有一日,张家山去北头肉市场上,割了二斤半肥不瘦的猪肉,一根马莲草系了,正往回走。忽然看见,镇政府铁门紧闭,那门口,黑压压地围了一圈人。张家山生性好热闹,加上又干上了这个营生,盼不得小镇上天天有事情发生。"看热闹的不怕事大",他说了一句,于是分开人群,探头往进一看。这一看,只见簇簇拥拥的人头之间,空出一片空地。那空地中间,站着一老年女人,头发几分青几分黑几分白,脸上几颗浅白麻子,泛着红光,一条红裤带,裤带头儿露在外边。她的怀里,抱一只猫儿,肩上扛一张锄儿,而今,正在那里,日娘透老子地破口大骂乡长。再一看,见乡政府的人,都龟缩在自己办公室里,只伸出个脑袋,往外瞅着。六六镇方圆几十里上些年岁的男女,张家山几乎都认得,即便有些不认得,也都依稀有个印象,知道哪个是哪村的。可这位荷锄抱猫的女人,张家山瞅了一阵,却眼生得很。动口问起旁人,不承想,四周一哇声说:"拿不下!拿不下!""拿不下"是谁?天下哪有叫这个人名的?张家山正在纳闷,不料,那荷锄的妇女,盯着张家山的脸儿瞅一阵后,却突然凑过来,丢了锄头,一把拽住张家山的袄襟,说道:"你是张家畔的张家山,我认得你!"

这女人是谁?不须挑明了,她就是当年的谷子姑娘,而今的谷子干妈。原来,当年,爹妈图了一份聘礼,将这如花似玉的一个女子,远嫁到了北草地。六六镇上,以及这方圆地面,"一满拿不下"这个她当年顺口说的话,成了口头禅,公家人受苦人一齐说,而她本人,却在北草地受苦。她膝下五个男丁,尔个也都长大成人,有了妻室。丈夫死后,这谷子干妈,就在五个儿子家,一家一月,轮流吃饭。这是起先的事,到后来,媳妇们嫌她成了累赘,干脆把她撵出了家门。她单身一人,离了北草地,只有她平日养大,对着嘴喂过的那只猫,不舍她,悄悄地跟了出来。谷子干妈见了,抹一把眼泪,俯身把猫抱在怀里。回到娘家,高堂父母自然已经下世许多年了,不过侄儿侄媳妇倒还仁义,吃饭时多添一瓢水,扯衣服时多扯一截布,她也倒落得个衣食无虞。忽一日,见了村子里那些当年的老姊妹,姊妹们告诉她,尔个公家正"捞"人哩,那些老红军、老八路、老干部、大跃进时回乡的干部、六二年困难时期退职的工人,只要找到公家,给发一个红证证,每月便有了个或八十,或五十,或二十不等的生活补助。老姊妹们说这话,是想起了谷子干妈当年在乡政府的事。

谷子干妈听了,脸色一红,问道:"我当年的那档子事,也算参加工作么?"众人听了纷纷说:"当然算了!这身子就是只吃了一天皇粮,也算是当了一回公家人嘛!不拿它多的,二十块总该给吧!论起来,你还是个建国初期的老干部哩!你也做过贡献么,谁敢说不是?"

老姊妹们这些话,原本无意。只是没个话题,拉出一件陈年老古董嚼嚼舌头。不料谷子干妈听了,心里却吃了劲,从此三天两头,往六六镇政府跑。第一回去,满乡的干部,平日口头上"一满拿不下"这话说得稔熟,就是没见过第一个说出这话的人,因此一听说"一满拿不下"来了,众人争着来看,争着接待,争着到食堂为她打饭。谷子干妈走了这一回,算是风光透顶了,于是过几天又来,问题一时半刻解决不了,吃个油嘴,也好!来的次数多了,大家也就烦了,踢皮球一样,我踢给你,你踢给我,大家见了她都躲着走。至于问题,那是个啥问题呀?镇长听了,哭笑不得,下乡来视察的官员听了,也只把这当作笑谈。

遇见张家山的这一次,镇长这天心情有些不好,见了谷子干妈,也没给个笑脸,也没有到食堂去打饭。谷子干妈这回是急了,挥动个锄头,在镇长门口乍舞,吓得镇长不敢出门。通讯员出来,拦腰一搂,将她抱出了大门外,见谷子干妈一扑一扑地,还要进来,于是顺手锁上了铁门。

谷子干妈站在门外,吵吵闹闹地,只要办那个红证证。眼见得人越聚越多,她想,这是给镇长示威哩。只可惜戏唱得太久,口干舌燥的,总得有个台阶下才对。正在熬憋着,人群里闪出个张家山,谷子干妈一见,却还依稀记得,于是抢上前来,一把将袄襟拽住。

张家山见这女人,无端地将自己袄襟拽住,吃了一惊,又听她口中念念有词,说出自己的大号来,吃惊之外,又添一份纳闷。却待张口要问,不过那女人,先自己说出身份了。她说:"张干大,你真是贵人多忘事!谷子你记不得了,不打紧,你年轻时候在六六镇当公家人时候干过的那件儿事,你忘了不成?"这话说得难听。不过这一说,张家山现在知道这女人是谁了。他一张大脸,现在一下子红到了脖子上,却待说话,谷子干妈又拦住话头,说道:"公家人的章程多,他们说,要发那个红本本,得找两个证明人来。张干大,你得证明,我是干过公家事的。虽则时间短些,总是干过的,不是?!"至此,张家山已缓过神来,没容谷子干妈再说疯话,接过那把锄儿,扛了,又说:"事情不急,谷子干妈,走,到我所里借一个地方说话。"

回到所里,双方坐定。张家山细细看那谷子干妈,认出这正是当年那个骑着毛驴,鬓边插着一朵野菊花的俏姑娘,只是岁月沧桑,尔个她已经人老珠黄了。当年风摆杨柳般的细腰身,尔个壮成了个八斗瓮,当年黑油油两根大辫子,尔个变成一个花白的盘龙髻,盘在脑后。陕北的水土好,因此那脸蛋,白是白,红是红,变化不算太大。还有腰间那根红裤带,几十年如一日系在腰间。"女人要风流,红裤带露外头。"谷子干妈这红裤带别人不知,她自己知道,这是对做闺女时那一段风流日子的作念。

问起如何有缘分,在这六六镇政府门口见面。张家山话音未落,谷子干妈便鼻涕一把泪一把,面目上的那五个窟窿,一齐往外淌水。谷子干妈将五个儿子的情形,一一说出,张家山听了,牙齿咬了一回。又问起那怀中的猫儿,是怎么回事。谷子干妈说道,这猫跟了她多年了,北草地那阵子,她一家一家,轮流坐庄吃饭,就是抱着这只猫的。那猫儿却也奇怪,进了张家山屋里,也不怯生,一蹦,从谷子干妈怀里,卧到炕上去了。谷子干妈指着猫,对张家山哭诉道:"疼儿不如疼男人,疼男人不如疼野畜!我疼儿子,儿子把我撵出了家门;我疼男人,男人把我撇到半路上;倒是这野畜,我疼了它一回,它倒知恩,回娘家的路上,三番五次,我都把它撇到路上,它都哭着叫着,跑回来了!"

张家山这种男人,最重旧情。更兼尔个有了个"以天下为己任"的大抱负,益发仗义得了得。谷子干妈一哭诉,顿叫他心里一阵酸楚。他看谷子干妈，视而不见她眼下这老态龙钟模样，倒是记得她当年花骨朵一样的日子。因此上说这张家山，是个好男人。因此上说那些妖妖娆娆的女子，为以后着想，趁你们年轻的时候，不妨多交几个拜识——多一个朋友多一条路，不是？

张家山当时大包大揽，把个谷子干妈收留了。他说，就在我这里待着吧，算是咱所里收的正式成员，有我吃的，就有你吃的，有我喝的，就有你喝的，咋样？至于那个红本本，你就不要去办了吧，丢人败兴的，这事再不要提起它了吧！于你不好，于我也不好！

谷子干妈听了，点头承应。见有了个搭伙的地方，那面目上的五个窟窿，不再向外淌水。俄顷，情绪回转过来了，笑颜于是慢慢展开。她见那案头上，有张家山刚才提回来的一吊猪肉，肥瘦相宜，于是说：“我给你做一顿红烧肉，打打牙祭吧！”肉做熟了，满屋子香，吃到嘴里，更是滑润，张家山见了，赞不绝口。谷子干妈说：“这是毛主席菜谱上的！”

饭罢，谷子干妈屋里屋外转了一圈，见房间的摆设，甚是寒酸，于是说道：“我要入伙，却无资本，浑身上下，只这身遮羞的衣服，其余的，就是这只女猫了！”说到这里，口张了几张，又说道：“张家干大，这只女猫，你不妨拿到镇上去卖，说不定，还能卖几个钱回来的！"张家山听了，心中不悦，说道：“你是谁？我又是谁？咱们之间哪里还来这么多的讲究！你只管款款盛着，帮我做事就行了。再说，你看那六六镇上，河南安徽的卖老鼠药的，摆了一洼，谁家稀罕你这只不会叫春了的破猫儿！”

谷子干妈听了，一笑，她凑近张家山，神神秘秘地说：“张干大，你是有所不知！尔个这世道，有些日怪。这猫儿放在咱乡间不值钱，放在城里，却当神神敬哩。城里人把这猫猫狗狗，不叫它们的本名，叫什么宠物。你要把这女猫，拿到镇上去转一圈，说不定会遇个撑得发慌、闲得乱逛的城里人，出个好价钱，把它买了的！"张家山见谷子干妈说得有鼻子有眼的，也就有些信了。当即抱了猫儿来到牲口市上，从晌午端转到天黑，除无人问津之外，倒落了许多的白眼。到了天黑，张家山恍然省悟，翻开了一个道理，于是抱着猫儿，回到所里，说道："你这猫儿确实是猫儿，可和人家城里的猫儿不一样。人家那是啥，是金枝玉叶，咱这是啥，是屎！"张家山骂一句粗话，又对谷子干妈说道："打个比方吧！比如说人，乡里人是人，城里人也是人，可那城里的人，吃香的，喝辣的，穿金的，戴银的，咱这乡里人，凑合着有件衣服穿，遮住羞处，有点粗茶淡饭吃，哄住肚子就行，人跟人不一样，猫跟猫不一样。人比人活不成，驴比骡子驮不成。好谷子，你就省了这条心，不要异想天开，寡妇梦见尿，喘气了吧！"

谷子干妈恰好是个寡妇。"打人不打脸，骂人不揭短"，因此张家山这话，虽属无意中说出，却是有些越外。谷子干妈听了，刚刚晴起的一张脸，又一下子阴了，嘴角翘起，用家常话说，能拴一个叫驴！张家山见状，伸出个蒲扇般的大巴掌，在谷子干妈的肥屁股上，拍了两下，算是道歉。拍罢又说："活人不能叫尿憋死，这猫身上，我还有戏可做！"至于如何做戏，张家山没有说透，不过能蒙受这一番疼爱，谷子干妈也就转嗔为喜了。

当夜，两人也就不再忌讳，脱光衣服，一个被窝里睡了。灯一拉灭，张家山觉得自个怀里搂着的，仍是当年那个如花似玉的俏姑娘，于是情不能遏，翻身坐起，又伸出巴掌来，在谷子干妈的肥屁股上拍了两下，说道："拍马是为了骑马！"话音未落，一翻身，便跨了上去。那谷子干妈，今日已非昨日，经历过的人了，自然知道那事的好处，加之又生性孟浪，贪欢爱耍，于是挺起腰来，乐得承受。一个儿老汉，一个儿婆姨，气喘咻咻，强鼓余勇，依稀一度春，了事。那谷子干妈，兴头刚被激起，还觉得有些不够，待要骚扰那老汉时，见他已歪着个头，嘴角上挂着涎水，沉沉睡去。心疼他，谷子干妈也就收了念头，为他拽一拽被角，自个像个猫儿一样，往他怀里一蜷，睡去。

二日，张家山起了个大早，一提身子，来到了镇上的文化站里。这块地面，是范仲淹当年抵御西夏，修十六座连城之地，也算一个古地方。镇文化站里，收了些古墓里挖出来的古董，没来得及上缴，还在那里摆着。张家山挑了一阵子，挑了一个镶着银边的青花瓷碗，却是宋时官窑里生产的。是不是范仲淹当年用过的，无凭无据不得而知。仗着人熟，张家山说了句"权且借用两天"，说罢捧了瓷碗，回到所里。

吃罢早饭，张家山要谷子干妈，用这瓷碗，和上半碗猫食。继而，又要谷子干妈，抽出腰间的红裤带。接了裤带，他牙齿咬住裤带头儿，用手一拃，拃下一绺来。仍将那裤带，还了谷子干妈，用这拃下的一绺，一头，拴了猫儿，另一头，拴在门槛上。这些事情做完了，平一平气，端起猫食，放在猫儿跟前，用木棒儿将碗轻敲几下。

谷子干妈见了，有些不解，问张家山这是发的哪门子神经。张家山要她不要吱声，"过而知之"，一会你就会明白是咋回事了。

不等到了晌午端，镇那头转过来个操着南方口音的古董贩子。这贩子，正是张家山初入六六镇时瞧见的那位，张家山这一个机关，却原来正是为他布的。有老话说"姜太公钓鱼，愿者上钩"，这话看来不假。那古董贩子，眼睛往街道两侧瞅着，见了这青花瓷碗，一阵眼亮，拐子担水，一扑衍一扑衍地就过来了。过来后，站定，瞅着那猫儿吃食。瞅了一阵，和谷子干妈搭讪两句，说出要买那只瓷碗。

此时张家山正坐在对面土堆上那个青石上，闭着眼睛假寐。见来人问得急切，谷子干妈又难以应对，于是扬声说道："家里的陈设，你看上哪件是哪件。这只青花瓷碗么，却是不卖！"贩子听了，明白做主的是这位了，于是转过身，过马路，走到张家山跟前，恭恭敬敬地敬上一支纸烟。贩子动问缘由，张家山点着了火，吸一口烟，说道："这只猫儿，生就一怪癖，只见了这碗里盛的猫食，它才动口，若卖了这碗儿，好端端的一只家猫，难道眼睁睁地看着它饿死不成！过路客官，你不要问了，我这猫儿和碗儿，向来是不分家的！"

贩子听了，沉吟半晌。见张家山已接了他的香烟，明白这事还有周旋的余地。思忖半天，想出一个办法，于是改口，提出要买这只猫儿。张家山一听，心中暗喜，明白这贩子已经上了他的钩竿了。喜归喜，那喜却不露在脸上，脸上仍是一副淡漠。那嘴里，还是一个劲地搬扯。贩子见了，再三央告。张家山见火候到了，那贩子确是真心要买，于是放话道："看来这猫儿，六六镇盛不下它了！生死由命，富贵在天，这猫儿有福，它要成城里人了！"说罢，大拇指二拇指往开一撇，说出个价钱，等那人回话。

贩子倒也爽快，并没还价，伸手从腰里掏出一沓钱来，数出八十塞到张家山手里。车转身，过了马路，一扑来到门口，先解下门槛上拴的猫儿，又动手要取那盛着猫食的青花瓷碗。

贩子的腿快，没想到张家山比他的腿更快；贩子的手快，没想到张家山的手比他更快。没等到贩子的手够到瓷碗，张家山的手已经先到。他伸出蒲团大的一只手，一把捂住瓷碗，拳头一握，那碗就到了他的手心里了。见贩子发愣，张家山稳稳当当地将瓷碗，揣进怀里，慢悠悠地说道："得罪了，客官，猫能卖，这碗却不能带走。不瞒你说，我还要用这只碗，再等下一个主顾哩！"

那古董贩子听了这话,暗暗叫苦,眼睁睁地看着张家山揣了瓷碗,走进屋里,"砰"的一声将门关了。贩子怀里揣个猫儿,想走,又觉得太吃亏,想留下来和张家山理论一番,又觉得自己人生地不熟的,若要理论,并不一定能占上便宜。思忖再三,只得自认倒霉,怀揣那猫儿,骂一声,抬脚走人。

那猫儿谷子干妈养得久了,认生,如今见被一个外乡人抢走了,于是在这贩子怀里,又抓又挠。贩子见了,觉得要这么个破烂,也是累赘,想要扔掉,又有些舍不得,毕竟是八十块新崭崭的票子买下的,行路要紧,生意还要做,于是从怀里掏出猫儿,提起脊梁上那块皮,高高扬起,狠命一甩,算是泄一口恶气。猫儿原来天性懂得平衡,掉在地面,仍四肢站着,继而,三蹦两跳,又找谷子干妈去了。倒是这古董贩子,无端地被猫爪子在手背上抓出几个血印来。

张家山见猫儿回来了,复拽起红布头儿,将那猫儿在门槛上拴了。张网以待,等下一个瓷大头上钩。谷子干妈在屋里,眼睁睁地瞧完了刚才那一幕,看得却有些呆了。尔个,见张家山又使二回计,她喊一声:"张家山,你他妈的造孽!"张家山回话道:"君子爱财,取之有道。他那兜里那么多钱,你我兜里,空无分文,他愿意掏,我愿意做,平均平均,有啥不可!"满嘴的歪道理,说得谷子干妈闭口无言。"你就是捂住半边嘴,我也说不过你!"谷子干妈半是揶揄半是赞叹地回道。

不说张家山与谷子干妈拌嘴,却说这桩事情,一连做了六天。六天之内,每天都有一个走南闯北的古董贩子,来这"张家山民事调解所"门口上钩。六天头上,张家山将这齐刷刷四百八十元票子拍拍,递给谷子干妈,算是民事调解所的启动资金,说道:"这四百八,是这几个人前世欠我的,撒出去的钱,今个收回来而已。只敢要这四百八,不敢再多要一分了。再多要一分,手指头上就要生疮！"夜来，又将那只镶着银边的青花瓷碗，交还给小镇的废品收购站去了。

谷子干妈就这样入了伙，那病病恹恹、人嫌狗不爱的李文化入伙，却比这简单得多。前面说了，他是一个吃百家饭、穿百家衣、浮萍无定、四处流浪的半大小子。一天夜里，或饿或病，他晕倒在了调解所门口。二天早上，张家山开门，见门口卧着一个人，吃了一惊。张家山将他拖回所里，谷子干妈一碗姜汤，算是把他这条小命，从阴曹地府里唤了回来。从此他就在这民事调解所里听候调遣。

本书记述的是一个惊天动地、雄雄壮壮的"回头约"故事。这故事就因李文化而起。因此，关于李文化，我们这里就省些笔墨，少些唠叨。话正长，馍不吃在篮篮里，话不说，在肚子里，坏不了也跑不了，不是？！

六六镇民事调解所办起，几番折腾，张家山便成了这块地面上的一个人物。一年两载下来，屈指一算，计办了田庄田寡妇心脏开花案、李村李士旺老汉夜敲银圆案、老庙沟翠花女"生男生女"案、贺家沟贺红梅离婚案、上驿村秀嫂招夫养夫案、马家砭马占山杨树案、边墙村马文明三轮四轮案、三姓庄碾盘案、六六镇高老头凶咒案、枣树沟南秀萍寻女案、狗头峁任之初奸畜案等等。张家山是个吃钢咬铁的主儿，这些案子，件件难办，可件件办下来，都造成大的影响。六六镇的人们，至后来，竟把这张家山看成了无所不能半人半神的人物。五百年必有王者兴，张家山这糟老头子，帽辫上拴红辣子，尔个算是"兴"起来了，又有一比：说是大红公鸡戴串铃，硬充高脚牲口。又有一比：说是屎巴牛爱沿高粪堆。比比不一，说的都是一回事。一方水土养一方物，荒落的陕北地面，只要是人聚堆的地方，往往都有这类人物产生。陕北人嘴生得巧，送一个雅号，管这类人物叫"土圣"。

第四章

夜来,张家山呵斥两声,要谷子干妈赶快脱裤子睡觉,不要叫那两个大奶头,在他眼前晃荡,晃荡得人心慌不定,老是进入不了情绪。"我很重要!我还有好多事要干哩!"他拿着干部的腔调,一板一眼地说。他只要谷子干妈,将油灯添满,自己去睡就是了。待谷子干妈睡定之后,土圣张家山,便将油灯挑亮,捧了那《透天机》,彻夜展读。

这一夜,从前头看到后头,又从后头倒着看到前头,里面一句接一句的四六句子,倒叫个张家山,看得个头昏脑涨,如堕五里雾中。前面说了,这《透天机》,里面云遮雾罩,颠三倒四,无头无尾,莫名其妙,须经过了,才能知一个大概。张家山是谁?某化外之地一座小镇的一个粗通文墨的山汉而已,既不会经天,又不会纬地,看这《透天机》,不啻是狗瞅星星一片子,冒充斯文而已。

不过张家山天生聪慧,悟性也好,这《透天机》翻来覆去,倒叫他看出了一些名堂。里面一些人物、一些事情、一些似是而非的话语,只要是已经经过的,他连蒙带猜,倒也能端详出几分。例如那《透天机》里有"杨各庄,湾套湾,代代儿女乱江山"一句,这杨各庄在哪里,这儿女又是谁人,旁人不知,这事张家山却知道。目下,社会上流行一本书,书中谈到个吴儿堡,谈到个杨作新、杨蛾子兄妹,原来,这吴儿堡全是杨姓,故此,元末明初期间,曾一度易名杨各庄,《透天机》上所说的,正是这个村子,正是这不安生的、小拇脚指甲是浑圆的一块的一族。

又例如那《透天机》里,有一串四六句子,这样说:"日月垂落李树头,十八孩子生银州,走马张弓入金殿,拍手呵呵一春秋!"日月是"明",十八孩子是"李",银州就是如今的米脂城,张家山端详一阵,知道这预言的,是他的乡党李闯王李自成的故事了。

张家山灯下细细看了看字里行间还有一些模棱两可的话语,涉及一些古今人物,限于篇幅,不必一一细表。张家山越看越觉得这《透天机》深不可测,玄妙无比,于是凭空之间生出一股敬意与怯意。张家山叫醒谷子干妈,将他的阅读心得告诉她。谷子干妈听了打了两声哈欠,叫一句"莫谈国事",叫罢,又沉沉睡去。

张家山看了半夜,想要看出,这《透天机》对自己会有个什么说法。可是,薄薄的一册书,前翻到后,后翻到前,字里抠字,话里找话,将那书的纸屑都翻得纷纷扬扬地往下落了,愣格硬是没有。张家山起初有些泄气,后来又一想,自己草芥大的一个人,放在这六六镇上,呼风唤雨,还能当个人使唤,倘要放在这世界上,世上的大能人千千万,胳膊上走马袖筒里藏乾坤的人多的是,张家山和这些人一比,又能值几钱重?这么一本管天下兴替、阴阳转合、世事变更的书,怎么会提到自己?!这样一想,也就心平气和了。不过《透天机》上的一段话，却给了张家山一个提醒。这段话，极言上古之人和中古之人的质朴和安宁，伟岸与豪迈，又用"沉迷人""遭劫人""鬼行人""蚂蚁人"的诸说法以此递进，来谈论今日人类的日渐猥琐及世风的每况愈下。话不多，句句打人；语不重，字字惊心。

张家山将这话，在嘴里咀嚼再三，恍然悟道："是了是了，我咋说这世上的人，猛格拉差一个变得比一个龌龊，我经手处理的事情，一件比一件尴尬，原来这世事变化，五百年前早已算定。"又一想，这段话，正是给自个说的。他觉悟到，这《透天机》不传别人，单单传他，正是要他这个大个子，一猫腰站起来，拦腰一挡，扼住这浊流滚滚，挡住这人类恶性膨胀。夜半三更，张家山把个《透天机》一把摔在桌上。继而，揭起被子，朝那谷子干妈的肥屁股上"啪"地拍了一把，拍罢，朗声说道："他娘的脚！我知道我是谁了——谁的胳膊谁的腿，谁的身子谁的嘴！我知道我为啥放着安宁不安宁，放着自在不自在，要在这六六镇上，日这些闲杆了！"那谷子干妈，从梦中惊醒，仄起身子，揉着眼睛，只当这儿老汉，是疯魔了。

自此，张家山更是认真做事，把个民事调解所，更是办得热闹红火。众人见了，都说这儿老汉，确实是魂灵附体，一方土圣。张家山听了，既不承认，也不否认，只抿着个嘴儿傻笑。美中不足的是，张家山经手的这些案子，全是些邻里纠纷、姑嫂斗嘴、夫妻离婚、黑皮滋事之类的小事，让张家山好高的一颗心，成天浸泡在这里面，不得安宁。他想做一件大事，让满世界都知道张家山，让这一腔沸沸扬扬的热血，得一个抛洒处。没有好久，这事就来了，这就是李文化引出的那个"回头约"故事。

那李文化的家，在李家河，也是六六镇治下的一个村子。出六六镇,上行五里,就是它了。这李家河,老年人都叫它"李家河子",陕北人嘴生得巧,将这四个字拖了腔来说,像唱歌一样有轻有重,有停有顿,有高音有低音,有启承有转换,十分悦耳。大约老辈子都是这样叫的。现代生活节奏加快,年轻人则嫌"李家河"这几字字数多了一点,于是剜掉中心一个"家"字,短促而出,直呼"李河"。至于我们,则取个中庸,仍叫它李家河吧。

这一日,李文化正在所里,闲得无事,学张家山的样儿,扎个势,捧张《参考消息》来读。突然间门槛响,原来是李家河捎下话来,日急火燎地,说有一件天大的事情,在那里等他,要李文化务必回来一趟,万万不可延误。

这话捎得有些奇怪。李文化这一个无根的浮萍,断线的风筝,在世上已兀自漂泊了许多年,和那李家河早已断了来往,此其一。其二,李文化的父亲李万年早死,母亲改嫁吴儿堡,这个村子,直系的亲属,是一个也没有了。那么这是谁捎的话?那一件天大的事情,又是什么?这事实实地叫人纳闷。

疑疑惑惑的李文化,回了一趟李家河。回去时喜眉搭眼,屁颠屁颠的,用脚尖走路;回来时却灰塌塌的,像青苗让冷雨打了一样,拖着两条腿,用脚后跟走路。古人讲,"少不更事",这话用给李文化,算是对了。半大小子的他,这么大了,一个人独往独来,遭世人的白眼,受生活的熬煎,吃饱了全家不饿,出门在外窑洞就在背上背着,因此从来没有担过事,从来不知世事的凶险。更兼他是在一个没有管束的氛围中长大,对人情世故,七礼八节,丝毫不懂,也没有人来训导他。世上所有的道理,其实都是歪道理而已,可是各样道理,既然约定俗成,大家认可,它就是道理。这叫习惯因素,又叫大文化氛围。可就是这样的歪道理,我们的李文化却一点也没有。这样,遇见事情,就茫然不知所措了。

谷子干妈心细，见李文化这样，伸出一只手，在李文化的头上摩挲半天，母性十足地说道："李家文化，你有什么事，你就给你张干大说。人人都长了个嘴，这嘴是用来说话的，不是出气的。该说的时候就要说，憋在肚子里不往出说，会憋出冷病的。外人的事，咱们都伸长了手，往自个身上揽，咱们自己的事，焉有个不管的道理！"

李文化长这么大，还没有人跟他这么慢声细气地说过话，那眼泪，扑簌簌地掉了下来。他口里谢了一声谷子干妈，然后返身跪下，抱住张家山的一条腿，仰起泪脸儿，叫道："张干大救我！"

张家山性情刚烈，心肠却软，平生最见不得人掉眼泪。别人要掉泪他就鼻子发酸。尔个，见李文化这样，于是骂道："李家文化，你先把你尿水子收拾了，再跟我说话。都快成了顶门立户的男人了，还像个女人似的，鼻涕一把泪一把，不见一点正形！"

李文化见说，眼泪是不再流了，那身子，抬了几抬，只是不起，双手依然抱住张家山的大腿。后来见张家山问得紧了，谷子干妈又在旁边递话，叫他不要"捏着个拳头给人猜"，他于是腾出一只手，往怀里揣摸了一阵，摸出一张纸来，而另一只手，却还搂着张家山的腿，不丢。

一场轰轰烈烈的"回头约"故事，自此开始。这纸叫"回头约"，毛笔正楷书写，纸质有些发黄，类似那张家山见过的"招夫养夫文书"，正是那乡规民约之类的契约。这类东西，四乡八里，村村都可以找到，古往今来，乡间各种事故，经了官的，不说，那未曾经官的，正靠此类契约约束。民间俗语"见官三分灾"，因此那经官的，并不在多数，倒是此类契约，四处风行。铁板上钉钉，在民间，这类契约，就是至高无上的法律。

这东西肯定年代久远了，纸质发黄不说，折叠起来的角角边边部分,都磨损得有些烂开了。它最初大约是一个乡村小学生的作业本上的纸张,撕下来,用了这么一个金贵的用途。可见世间事物,或贵或贱,并不由自个一厢情愿。

张家山接过"回头约",又从李文化怀里,抽出腿来,然后,来到桌前,趔个架子,坐定。坐定之后,先从怀里掏出个眼镜盒子,打开,取出一副二轱辘老花眼镜。眼镜断了一条腿。那断了的腿,用一根细绳子代替,绳子的另一头,系在另一条腿的把上。张家山戴好眼镜,将那"回头约"在桌子上展开。泛黄的纸页,给人以不尽沧桑之感,张家山叹一口气。纸张已经散落成一绺一绺的了,快要变成一堆纸屑。张家山将纸片展开,横看竖看,对在一起,老花眼镜戴上,拉开一段距离,看起来。

谷子干妈见了,也凑到跟前来看。她却是个睁眼瞎子,不认得字,老乡们骂人,说"狗瞅星星,不识稠稀",说的正是她这种人。见张家山津津有味、煞有介事地看着,谷子干妈有些着急,于是使个性子,伸出两只巴掌,将那纸片严严实实地遮了,嘴里说道:"我让你看!我让你看!"

这叫"矫情"。乡下人不懂得这个词儿,却会要这个"势"。张家山见了,知道自己委屈了谷子干妈,口里叫一声"惭愧",捉起谷子干妈的两只手轻轻抬开,继而扯开嗓子,念起那纸片上的字来。

回头约

兹有李家遗孀刘家女,因夫仙逝,自身无主,经户族家长李××会同本族人等,商议决定,改嫁吴儿堡杨福。身价为两佰肆拾元,其他物品从略。李刘氏前生之子李文化,从李姓,不得更改;李刘氏后生之子女,姓氏自便。卖身不卖灵,卖生不卖死,乃是千古遗训,李刘氏亦不能例外。有朝一日李刘氏归阴，吴儿堡杨家须主动将李刘氏女骨送归李家河，与前夫李万年并葬，不得有违。苍天在上，日月星辰为证，大地在下，五谷万物为证。恐日后生出事端，谨立此"回头约"为凭。红口白牙，铁板钉钉，倘有违约者，天诛之，地灭之，鬼神不容。

李家主事人：李××

娘家主事人：刘××

杨家主事人：杨××

保人：张××

写约人：×××

××年×月×日

张家山咬文嚼字，拖腔带调，将这"回头约"念完。念罢之后，四壁肃然。半晌，张家山问道："李文化，莫非你那老母亲，上山了！"李文化一听，点点头。没待张家山继续发问，李文化抢过话头，拖着哭腔，向张家山说道："张干大，'回头约'上面的这个保人，叫张家山，这该不是你老么？还是一个同名同姓的人？"张家山见问，点点头，说这个"回头约"上的保人正是他。谷子干妈听了，插一句："果然是个人前有，啥事也少不了你！"李文化一听，喜道："张干大，这么说来，你跟我大我妈，是熟识的了！"张家山道："和你妈，不敢说熟，和你爸却还有些交情哩！这真叫山不转水转，水不转路转，想不到，李万年这个短命鬼，儿子今天这么大了，又在我手下吃饭。这世界说大，也大，说小，真他妈的小！"

见张干大和过世的父亲是故交，李文化就感情上讲，自然亲近了许多。那谷子干妈听了，也高兴，说道："不是一家人，不进一家门！两姓旁人的，能在一个锅里搅几天勺把，那前世都是有一些缘分的！"张家山觉得这个调解所里，他的统治，众心归一，上下融洽，心中也觉舒畅。他安慰了李文化几句，说道："贤侄，你父亲的死，我知道！你母亲的改嫁，我也知道！老实说，改嫁这事，还是我做主的呢！当年，我……"

原来，当年张家山还在位时，北线几十个村，联合在张家畔，修一个大坝。要把沟里这个河，拦腰截了，拘上水，建一座水库。上面来的领导是总指挥，张家山是坐地虎，给他分配了个副总指挥的角色。寒冬腊月，工地上红旗招展，口号震天，地冻人不歇，天寒人心暖，只见黑压压的民工，将个狭窄的川道塞得严严实实。这天，李家河的几个民工，在放一扇老崖。底下的土都挖空了，上面的土纹丝不动，没奈何，只得有人站在下面再掏。突然轰隆一声巨响，这扇崖齐刷刷地倒下了，掏土的民工被埋在地下。待人被挖出，一看，这人正是李家河的李万年。枉取了这么个好名字，原来却是个短命鬼托生的。那水库后来修成后，搭了好几条人命，李万年只是其中之一。水库修成，却并没给下游带来收益，反而成为隐患。原来这陕北高原，天雨割裂，水土流失，据言，黄河泥沙，十成中七成，都来自这一段流程。因此这水库修成几年，即被泥沙淤满，更添这水库宛如一条悬河，悬在下游几十个村子的头顶，每年夏雨季节，下游几十村子，便惶惶不安起来，生怕水库决口。这是题外话，不提。

李万年死去的第二年春上，一日，张家山从李家河经过，见山野上有一座新坟，一个一身着白的寡妇，盘腿坐在坟边，一边哭着，一边歌唱，那歌声拖着哭腔唱出，哀楚动人。张家山驻了脚，细听，原来这歌并非这小寡妇新创，乃是一首流传久远的陕北民间小调，寡妇只是借这个上坟的机会，瞅瞅四下没人，将自己的满腹惆怅,倒出而已。张家山是个"陕北通",各种民歌几乎样样知晓,眼下,他明白这小寡妇唱的是一首叫《小寡妇做梦》的民歌了。这歌他原先也听人唱过,只是不全。这回,算是听全了:

"日出东海落西山,小寡妇上床去安眠。忙把笤帚拿在手,扫一扫床来铺上了毡。红绫被儿衬红毡,鸳鸯枕头往上掀。悠悠睡在凉床上,昏昏沉沉入梦间。梦见贵人来做伴,他的名字叫孟山。小寡妇一听喜满面,拿定主意嫁孟山。媒人跳在绣房内,把孟家的事儿说上一番。孟家么盖过温阳县,文盖华州李凤仙。他在西安省开省店,许多的买卖就在四川。因了他的家乡无处转,在江南盖上一个花园。江南盖上一花园,墙上使的水磨砖。房顶又安张口兽,大门外边栽旗杆。牛羊满圈无其数,槽头上骡马够几千。五谷粟粮还不算,扁豆上了一千石。我娶你不为生和养,单为照应我家园。你穿绫罗换绸缎,你享荣华我心安。我大子年方一十六,娶过媳妇赛貂蝉。二子年方六岁半,关在南学把书念。还有个小女两岁半。我娶你也不为生和养,专为照应我儿男。一家子要了一千多,一家子只掏五百三,一家子不还也不添,一家子不添也不还。媒人在这里听一言,两家再莫要拨算盘,盘子上只打两颗珠,一口吹了七百三。小寡妇门外听一言,七百卅两银子你还不卖,谁家的寡妇能卖几千,到明天要见我公公面。到明天要见我公公的面,他不叫我嫁来我就言传。你今天不叫我到孟家去,除非你儿子站面前。说得公公满脸红,满脸通红他便开言,叫一声媳妇你听言,明天管叫你到孟家园。明天叫你孟家去,要与那上尊鬼将坟圆。我与那个死鬼阳不满,想来我不能把红的穿。三尺白绫乌鬓包,两耳悬挂白玉环,白绫裤裙腰中衿,外穿一领白孝衫。白绫鞋来白绫袜,三尺白绫将金莲缦。小小金莲二寸三,安又不踏倒又不偏。小寡妇打扮早停当,迈动金莲到坟前。急忙点着千张纸,叫一声丈夫你听我言。

为妻今天到孟家去,你魂灵再莫把我缠,若是魂灵来缠我,桃条子打得你不得安。"

这《小寡妇做梦》是有一些冗长了,不过不知道是歌好,还是唱者唱得好,抑或是听者听得好,总之,唱者听者,都不觉这歌冗长。听罢,张家山情不自禁,拍掌叫了一声好。这掌声有些过于响亮,那小寡妇大约还停留在自己的思绪中,因此被这掌声吓了一跳。站起来,她却认得张家山。张家山对这女人也有个约莫,李家河年前后,只死过一个人,就是李万年。那么,这新坟该是李万年的坟,这小寡妇该是李万年的婆姨了。一问,果然是的。那小寡妇解释道:"今个正是清明。新坟遇到头一个清明,乡间风俗,该好好地祭奠一下的!"张家山听了,点头称是。寡妇门前是非多,嫌染闲话,张家山敷衍两句,安慰一番,就匆匆地告辞了。那寡妇倒也知趣,见张家山走远了,方抬身子,站起来,擦了眼睛,向村里走去。张家山路途中想:"这小寡妇,该不是动了什么心思了!年纪轻轻的,一个人守着空房,却也可怜!"想完,就丢到脑后,忙自己的事去了。

夜来,张家山办完事情,重经李家河,突然见村子里人声嚣嚣,灯火乱摇。张家山有些诧异,绕到村子一看,见一户人家的房梁上,吊着一男一女。那女的他却认得,正是坟地里遇到的脚穿白鞋的小寡妇,短命鬼李万年的遗孀。那男的是谁,忙瞅了几瞅,却眼生得可以。张家山见了,拿出干部的架子,喊道:"你们私设公堂,这还了得!还有个王法没有?"

细问,只听满族李姓,七嘴八舌地说道:"这小寡妇,三年孝期还未满,就偷男人了,辱没门风!"说话间,那梁上吊着的小寡妇李刘氏说道:"你不要听他们一派胡言。我这哪是偷人?我是明媒正娶!要跟上这吴儿堡杨福,另成一家人去。谁知今后晌要走,户家们拦着不让,反说我偷人!"

张家山一听,明白是怎么回事了。他打个哈哈,说道:"天大的事情,有事情在那里搁着。你们先把人从梁上放下来吧!"众人听了,只是不依。大家都认识张家山,于是有人又另生斜枝,说这人就是水库工地的头儿,李万年就是给他们张家畔干活时,亡了的,我们现在叫他把这事说清。

那张家山是个经过大诈的人,这一支兵发来,岂能把他难住。只见他稳稳情绪,清清嗓子,从怀里掏出个小红本来,说道:"首先让我们学习毛主席语录。这第一条是:世间人是第一个可宝贵的!第一条完了是第二条,第二条是:人总是要死的!第二条完了是第三条,这第三条是:死人的事是经常发生的!学习完毕。大家看,连毛主席他老人家也认为李万年的死是应该的,人总是要死的。你们谁不同意毛主席的话,请站起来说!"

张家山说完,将小红本收起,重新揣入口袋,鹤立鸡群一般,睃视一遍众人。众人见了,纷纷后退,无一人再敢上前。张家山轻轻易易四两拨千斤将这一路兵退了,他见众人气焰退了,于是高喊一声:"事有事在,还不放人!"众人听了,只得把拴在门闩上的绳子头一解。绳子松了,梁上的两个男女,哧哧溜溜地从梁上滑下。松绑后,那小寡妇伸手从一个婆姨怀里,接过个孩子,将奶头塞进孩子口里。这孩子正是李文化。

有个话叫"圆成",这话民间里常说,词典里却无。是说那说和人,仗着一张利嘴浑身解数,遇什么人说什么话,遇哪路鬼跳哪路神,八面玲珑,说黑道白,硬经过一番讨价还价之后,将一件事情说成,将方方面面的脸面搁住。这天晚上,张家山在这李家河,就是当的这说和人,就是"圆成"这事。

扛到半夜,凭张家山一张利嘴,这事终于"圆成"得有个结果了。《婚姻法》上有规定，男人死后，女人有权自己做主，这道理众人都懂，说开了是明媒正娶，众人觉得，这事似乎也不甚辱没什么门风，古来的"女不二嫁""从一而终"的遗训，在这块地面，也不甚受人重视。大家恼怒的，是那李万年新死，孩子李文化又吊着奶，这女人真是猴急了。不平归不平，不过既然事已至此，大家也觉得拦也是无益了。

不过，有一个重要的东西，这东西叫"回头约"。李刘氏要走，这"回头约"可是得签。原来在陕北地面，有一个重要的，甚至是神圣的风俗，那就是寡妇改嫁之日，须得立一个"卖生不卖死，卖身不卖灵"的契约。有了这契约约束，将来这寡妇死后，须回到前夫身边，与前夫并葬一处。这是对死者负责，是对家族负责，亦是对子嗣负责。死者已经不能言语，生者有责任为他维护这些权利。如果生者做不到这一点，成为孤魂野鬼的死者，会在地底下诅咒和埋怨的，会搅得整个家族不安的。这也是一个脸面问题，如果做不到这一点，满族上下会觉得脸上无光，四邻八乡也会耻笑，而且，见你软弱，各种黑皮事情，会接踵而至，要到你的头上。而等到后来，签"回头约"和动女骨，竟发展成一种近乎宗教般的仪式和行为。

谈起签"回头约"，张家山拍手赞成。他说："老辈子传下来的规矩，不能丢。虽说尔个是新社会了，可是这事还得按老规矩办。'回头约'得签，李刘氏百年之后，女骨得搬回来，陪李万年兄弟。这事，我看就这样定了！"

众人听了，自然没有异议。就连那吴儿堡杨福，也觉得这是天经地义的事情，谁叫自己娶了个寡妇呢。李刘氏本人，此刻只想早一点嫁出去，哪管以后的长短。诸事议定，只少了个娘家的人，这事还不能最后定夺。张家山见商量得差不多了，于是遣人，骑了匹高脚牲口，星夜去刘家河，去请娘舅家人。

二日，娘舅家人来了，于是"回头约"一签，一桌酒席，人人喝了个大红脸，成了这事。"回头约"上那些话，都是老话，篇篇"回头约"都是这样写的，体例在先。扯下来小学生作业本上的纸，找一个稍通文墨的人写了，李家、刘家、杨家，三方签了，又公推张家山，做了保人。这签约于是生效。

那聘礼所得二百四十块银钱，刘家拿了一半，因了这女，不管从了谁家，压根上都是刘家的；李家拿了一半，李家不管怎么说，是走了一口活人了。还有一事，就是还在吃奶的李文化的事。双方说好，李文化先由李刘氏带走，不得虐待，不得改姓，待长到五岁时，还回李家河为李万年顶门立户。

一场难缠的事，张家山三尿两踹，摆平了，然后眼瞅着，小寡妇李刘氏，怀抱婴儿，骑着一头草驴，上路。捎一眼，张家山瞅了那牵驴的杨福，觉得窝窝囊囊，头顶精光，心想这小寡妇饥不择食，慌不择路，人常说"人凭衣裳马凭鞍，婆姨凭的男人汉"，小寡妇这一脚，恐怕没有踏对。想归想，张家山是个忙人，一会儿工夫，这事就丢在脑后了。不过吴儿堡这个地名，他记住了。

往事不提，张家山这大半生，日鬼捣棒槌，所经所历的实在是太多。这桩事情，原是小事一件，不足挂齿的。尔个，因了李文化，因了"回头约"，这事才被重新提起。忆罢旧事，张家山眼瞅着跟前的李文化，说一声，当年吊在奶头上的木犊子，尔个都长得一铁锨把高了，我呢，焉有不老的道理。说罢，又瞅了徐娘半老的谷子干妈一眼。

张家山问道："李文化，那吴儿堡靠着北草地，离这里有几百里之遥。你妈死了，你如何晓得的？莫非是那吴儿堡杨家，捎来话不成？"

李文化答:"那杨家才不捎话哩!他们盼不得这事能瞒了众人。他们挖个坑坑,把我妈神不知鬼不觉地埋了。是那北路过来的赶牲灵的,见了这桩事,生出不平,路过李家河,捎话给村子的!"

张家山又问及李文化回村后的情况,原来,李文化回村后,整个村子已经骚动起来。族长牵头,众人聚在一搭,单等李文化回来定夺。对李家河来说,这是一件大事,该偷则偷,该抢则抢,该论理则要论理,该经公则要经公,不弄个惊天动地,搬回李刘氏的尸首,就算李家河李姓一族失了面子,羞了先人。李文化回到村子,经人指点,直奔李家祠堂。祠堂内,香案早已支起,神轴早已悬挂,香烟纸灰缭绕。李文化立在香案前,对着神轴拈了香,三叩六拜之后,族长将那"回头约"当众宣读,读罢,递给李文化。族长指点,李文化又重新跪下,面对列祖列宗,发了毒誓,表示一定要夺回女骨,实践"回头约"诺言,给方方面面一个交代,这才结束。仪式结束,族长将李文化扶起,说道:"亡人李万年不是绝户,不是黑门,还有一条根——你李文化在世上。既已发了毒誓,这夺女骨的事,你就须得完成了。如果女骨动不回来,李氏一门,从此没有你了。给你一面破锣,你拿上,挨门挨户去敲。那吴儿堡是个虎狼之地,这一番去吉凶难料。你拿着锣去敲,自你往上,李姓氏族,五服之内的男丁,由你挑选!"

李文化见说,接过锣来,正待要敲,众人已"轰"的一声散了。原来世间事情,须得有个来回过往,这样,你的事情,别人才会帮忙。那李文化,在外头漂泊了这么久,村子里红白喜事,邻里们互相帮衬,他是一点人情也没有落下的,一点乡俗也没有熬下的,因此,他的事情,众人也就懒得去帮。更兼这不是一件好事,血里头捞骨头的事情,谁愿意去干?真的少了一条腿断了一条胳膊,又找谁去理论。李文化见状,只得捡了这破锣,挨门挨户去敲，敲了半天，不见响动，只得又来找族长请主意。族长见了，也是无法可施，后来说："这保人是张家畔的张家山，还是去找他吧！这是个大能人，他也许会给你撑腰的！"这样，李文化只得离了李家河，回到六六镇来了。

李文化凄凄惨惨、惊惊惶惶，将过程说出。说完以后，眼睛瓷瞪瞪的，用白眼仁盯住张家山，那目光是说：我李文化无能，"回头约"的事情，全凭张干大做主！张干大你不要推辞，这事赖也要赖到你身上的！

张家山听罢原委，眉头皱了起来。他拿过一张过期的《参考消息》，让谷子干妈打些糨糊来，而后，将那散了的"回头约"，一绺一绺往《参考消息》上贴。贴罢，又抬起手掌，压实了，说道："为这'回头约'的事情，这一块地面，朝朝代代，总有一些干戈发生。血里头捞骨头的事，不在少数！李文化，古人讲，心字头上一把刀，这事你就忍了吧！如果不忍，办法倒是有一个，只是要破财的。"

李文化问是什么办法。张家山说，打问一下，看谁家的女儿死了，出个大价钱，买一副女儿骨回来。是不是原配，并不当紧，只要是女骨。你大亨万年这老东西，有个黄花女子陪着，算他的艳福，你李文化，也就算尽到孝道了。这事有先例，记得我当大队支书那会儿，处理过几宗这种"回头约"纠纷，就是这么解决的。

李文化听着，开始眼睛还瞪得圆溜溜的，一脸的指望。看张家山嘴上像安了个转轴子似的，边说边绽，已有些不悦。听到最后，脸色"刷"地灰了下来。他截住张家山的话头，叫道："我才不要什么女儿骨来给我大配阴婚哩！凭空给自己认个娘老子，那不是欺侮我，绝灭我！有'回头约'在这里，我他娘的怕谁！纵然是上刀山，下油锅，我也要把那个前嫁后娶的不要脸的老东西，接回来让她陪我大睡！"

"回头约"这时已经贴好。谷子干妈接过张家山递给她的这个"回头约",将四棱四边突出的部分,用剪子铰齐。

一边铰着,谷子干妈一边说:"张家畔的张干大,亏你还是个大能人哩,这么一点事情,就把你给吓住了。行侠仗义,四海扬名,这正是一次机会。可惜我是个女流之辈,有心无力,要不,夹一泡尿,也要把这李刘氏的尸首,给背回咯。咱不为别的,单为讨这个公理!"

见谷子干妈一旁帮腔,李文化也就凑上前去,拽住张家山的衣襟,继续哀告。

其实张家山的心里,早就动了。平日总嫌庙小挥不开刀,池小翻不转身,眼下这桩"回头约"事情,该是他逞能的时候了。以张家山的心性,平日那些八竿子打不着的事情,他都要插一只脚进去,尔个这是李文化的事,况且他又是保人,焉有个不管的道理。他嘴上推辞,其实是在拿搬。尔个,见谷子干妈也发话了,再要拿搬,就有些过了,于是霍地站起,用手拍了拍衣襟上的纸屑,朗声说道:"什么事不是人干的!不走的路还走三遭哩!既然你们两个,硬逼着要我上这钩竿,踏这一回阎王路,那我就成全你们。反正就这一把老骨头了,也不值什么钱,哪里天黑哪里歇,哪里倒下哪里埋!"

说罢,将那"回头约",折好,揣进怀里,吩咐道:"谷子,你去寻两个麻袋,买一瓶酒来,罢了要用。李文化,你到镇上,借一辆驴拉车来。事不宜迟,咱们明日启程,去那吴儿堡,动女骨!"

第五章

　　这一天,吴儿堡地面,秋阳灿灿。临近中午时分,官道上,一辆驴拉车儿,"吱吱呀呀"地进了村子。前头一个牵驴的后生,穿一身不合身的褴褛衣服,乱蓬蓬的一个"盖盖头",面黄肌瘦的,像个大烟鬼。驴拉车上,盘腿坐着一个富富态态的婆姨,头发梳得光溜溜的,鬓边插一朵野菊花。那毛驴车后边,二十米开外,一个高身量老汉,头上脏儿吧唧一条白羊肚子手巾,扎成英雄结,腋下挎着一把三弦琴,腰扎丈二长的粗布白腰带,脚蹬深口布鞋,拖着个步子,慢吞吞地走着。

　　吴儿堡村子,依一架山的山腿而筑。川道里一条通衢大道,北抵北草地,南达肤施城,这条道路,正是民歌里屡屡凄凉地谈到的那走西口的道路。稀稀拉拉的几十户人家,顺着川道,牛拉稀一般,摆了半里多长。村子的头顶上有一座山,山顶上一棵老杜梨树,威赫赫地遮住了半个山头。记得这个景致,我们曾经在哪本书里见过。我们还知道,张家山张干大对吴儿堡也不陌生,他竟知道它曾经叫过杨各庄。

和过去年代不同的是,这老人山,除山上的一堆乱扎坟外,当年杨作新放羊的那些空闲的土地,都在这十年中,被修成了一级一级的梯田。眼下梯田上的庄稼已经成熟,红的高粱,黄的糜谷,赭的荞麦,青的萝卜,一个层次,一个层次,层层相叠,直接天上,宛若云梯。那吴儿堡地面的秋日阳光,像碎银子般闪闪烁烁,天空高而清远,白杨挺拔,杨柳摇曳,占据了那些不能耕作的空间。

村子里正在吃饭,见这南北通衢大道上,过来了一杆人,都觉得有点新鲜。于是人人捧了个大老碗,站在自家门口,闪出半个身子,朝这官道上观看。这条道路虽古,却并不热闹,所以人见了人,还觉稀罕。

那牵驴的年轻后生,见进了村子,吆喝声格外响亮起来。吴儿堡的人们,支棱起耳朵一听,脸上都不由得露出几分不屑,腾出吃饭的嘴来,说一句:原来是些收破烂的!"早见狐子晚见兔"——这叫晦气,中午时分,见上这些走村串户的收破烂的,虽说不上晦气,但是害得人们列队相迎,这礼遇是不是有些过了。

那驴拉车上,除了那个鬓边插着一朵花的婆姨之外,车厢里,还装着半车的鞋底。眼见得进了村子,只见这婆姨,腾出两只手来,各执一张鞋底,一白一黑,在手里"噼噼啪啪"直拍,那口里,链子嘴一般,翻来倒去地直叫:"白塑料鞋底五角,黑塑料鞋底三角!白塑料鞋底五角……"

后面跟着的高身量老汉,始终缄默不语,只是挺着个腰板,像个斗阵的公鸡一样,头一点一点,腰板一闪一闪地走着。他步子迈得不快,但是步幅很大,因此赶这驴车,却也绰绰有余。英雄结下,他那一双半眯的眼睛,似在瞌睡,却在打瞌睡的途中,鹰隼一般,从吴儿堡的街道上,一路掠过。

说话间,来到一户人家门口。这家大门的门框上,一左一右,贴着一副白纸对联。这户人家好不是东西,白纸明明地告诉你这是丧事,可那对联,却用的是喜事的对联。上联"好鸳鸯同床床空半",下联"美夫妻共枕枕有余",门楣上的横额,更是气人,叫作"各安其位"。

"各安其位"这几个字,最是扎眼。你可欺人,你不可欺天。本来是丧事一桩,这户人家,偏偏要用喜事对联,显示他并不把那约定俗成看在眼里,显示他是个难缠的主儿,做事不踏犁沟,你若识相一点,不要去招惹他。那"各安其位"几个字,闪闪烁烁,更露出几分得意、几分蛮横之色,告诉你男相公女裙衩,均已寿终正寝,各得其所了,聪明一点的,不要前来纠缠,无事生非;若要滋事,先找根秤,称称自己,掂量一番再说。

那牵驴的后生,见了这对联,活生生地差点气死。只见他两只金鱼眼睛,突地鼓起,变脸失色说道:"大呀,李文化不孝!"说罢,停了驴车,赶将过去,要撕那门框上的对联。

后面的老者,见势不好,三脚并作两步,应声赶到。这老汉是谁,我们已经知道了。

张家山走到李文化跟前,将个三弦,顺到胸前,"绷绷"地拨了两声。余音未罢,张家山压低声音,威严地说道:"咱们谁是领导?李文化,既然我承应了这事,凡事得由我这个大个子做主。你这秃脑小子,休得造次,坏了我的大事!"

这话说得强硬。李文化听了,只得咽了口唾沫,收回了手。那谷子干妈,早已踏下车来,这时走过来,顺手一拉,将李文化拉出险境。

离了门口,张家山用眼睛,扫了一眼门楣,骂一句:"你可欺人,你不可欺天!"骂罢,又朝院子里扫了一眼,然后压低声音问李文化:"是这家?"

"是这家!"李文化答道,"我小年时,在这家住过半年!"

李文化还要啰唆,这时院子里传出一声男人的咳嗽。谷子干妈一见,赶快捅一捅李文化。李文化到了嘴边的话,变成了吆喝声:"收塑料鞋底哟,收塑料鞋底哟!"

"白鞋底五角,黑鞋底三角。现钱付款,废物利用,不打白条,童叟无欺!"谷子干妈跟着应和。那家一个男人,出来搭讪。这男人矮胖身材,一身疙瘩肉,那眉宇间,凭空生出一颗星痣,令这本来还算光堂的一张四方脸,显出一种凶恶之色。这时,张家山早抱着个三弦,一边"嘣嘣"地弹拨着,一边来到不远处的一棵老槐树底下。

这老槐树我们却也记得。世纪之初,吴儿堡有个小姑娘叫杨蛾子的,曾在这槐树底下,跳"方"来着。那杨蛾子,如今已垂垂老矣,听见大槐树底下有些响动,白发飘飘的她,尔个正站在新圈的三眼石窑前面,一双迎风落泪眼,用手遮了,向下观望。她的身旁,也站着个我们认得的人物,扶着她的手臂,随时准备像古典骑士一样为她效劳。他是"憨憨"。

他们与本书无关。他们成为主角的时代已经过去。他们自己也不无悲哀地知道这一点,所以仅仅在硷畔上站着,隔着一段距离,作壁上观。至于我们,我们只是路经吴儿堡,见他们在硷畔上站着,于是顺便打一声招呼而已。

亡命香港的北京知青丹华,前几天也回来了一趟。她已经成为名震香江的大富婆。她隐在幕后,是通过她的丈夫"平头"来完成这一次对世界的征服的。这就是女人的力量。她这次回陕北,是准备筹划两所希望小学,一所建在她插队的地方,一所建在平头插队的地方。她带了许多专家、许多随从,因此建立学校的细节,她都交给了他们。她只是抽出身来,重踏了一遍她当年走过的那条路。

交口河她遇见那个剪纸小女孩的地方,还在。只是当年那条尘土飞扬的通往造纸厂的乡间公路,尔个已经扩展,变成柏油马路,那间卖着荞面羊腥汤的小吃店,如今也已经成为一个像样的饭馆。饭馆经营许多菜,有一个"毛主席菜谱",里面有一道菜叫红烧肉。仿效东坡肉的叫法,它又叫"润芝肉"。丹华吃了这道菜,然后举步向山顶走去。

在一个落日的黄昏,她顺着饭馆门前那条盘山路,登上了山顶。她试图寻找当年埋葬剪纸小女孩的那块地方,祭奠一下她。但是,那棵赖以帮她判断方位的老杜梨树,已经在一次雷击中,只剩下了半截身子。现在,那半截身子端翘翘地立在山上,像一个惊叹号。她扶着杜梨树那被火烧过的身子,在那里站了很久,直到暮色四合。在这一刻她想起了很多事情,并且想到了就在她的脚下的土地下,不知躺着多少个无香无臭无名无姓而又壮志未遂,期待一生的生命,于是她含着眼泪,轻轻地呼唤了一声:"哦,陕北!我的陕北!"

手扶着半截杜梨树的丹华,在这一刻,大约也想起了杨岸乡。不过,那只是轻轻地一闪,就过去了,她还有许多事要做,陕北对她,只是一个梦,一个过于冗长的梦而已。后来,她还想到了要去看一个人的,于是驱车,前往吴儿堡,探望了一下杨蛾子。她本来希望和杨蛾子谈谈旧事,甚至,还想听这位世纪老人唱一唱她那"自从哥哥当红军,多下一个枕头少下一个人"的歌曲。但是,老人已经不再唱这些歌曲了,甚至,老人连她是谁,也茫然不知了。丹华常向人说,她有健忘症,现在看来,有健忘症的不只她一个。丹华没有再打搅这位生活在幸福与安宁中的老人,只是留下了礼物,就礼貌地告辞了。她回到肤施城之后，留下那一堆人在那里忙碌希望小学的事，自己就打道回府了。香港那边，还有许多事情等着她定夺。

就在杨娥子站在硷畔上观看的时候，那张家山，早在大槐树底下，威赫赫地趔好了架势。有一块碾场用的碌碡，闲靠在树身上，正该他坐。他一个大屁股，实实地坐在碌碡上，腰身一展，靠定树身，大腿压二腿，一坐，信手掸了掸布鞋上的土，然后怀抱三弦，急促地弹奏起来。

一阵急促的爆裂的琴声，迅速地在这川道上空弥漫开来。声音噼噼啪啪，如一阵冷雨泻地，又如胸存郁结的人，仰天长叹。凭空降下来的一场热闹，不看白不看，吴儿堡的老少爷们，于是便忘记了刚才自己的轻蔑，纷纷端了饭碗，围上来观看。这场合，大姑娘小媳妇自然也不会错过，人人都是"人前有"！眼见得只一袋烟的工夫，在张家山的琴声中，这大槐树底下，立着的、蹲着的、坐着的、攀在树上的、骑在大人脖子上的，竟聚了不少的人。

圈外站着的李文化，见了这阵势，有些怯火，怕张家山丢人现眼。也难怪他平日见这张干大，懒懒散散，浑浑噩噩，一副死蔫蔫睡不醒的样子，哪里知道，他的身上，还藏着这一手绝技。倒是谷子干妈，心放得堂堂的，站在圈外袖着手，眯着眼睛在笑。她对张家山的根底知道一些，她明白这老东西，今个要逞能了。

李文化担心确实是多余了。大凡老一辈的陕北人，他身上都天生带着两手绝技。这两手绝技，一是石匠手艺，一是弹三弦。细石匠难做，粗石匠却好做，一手拿凿，一手挥锤，敲敲打打，一个上午就学会了。凿碑子、雕石狮子的高手，自然不多，但是洗石面、砌窑洞、垒花墙的粗石匠，人人都是。那弹三弦也不是什么难活儿，半崖上掏出一钵椿木根，做成琴身。从牛腿把子上抽出一根筋来,劈成三绺,算是琴弦,不懂韵律,不懂节拍,两只人手摸揣一阵,就弹上路了,什么《大摆队》,什么《得胜令》,耳朵里逮来音,信手弹出去就是了。

一件褡裢,褡裢里放着石匠工具,头上架一张吃四方的嘴,走到哪,干到哪,吃到哪,屙到哪。这大约是陕北人维持生计的最后一道防线了。接下来再要背兴下去,沦落下去,那就是乞丐生涯了。陕北人有的是尊严,这尊严是从娘肚子里带来的,不是学的,它与种族习性有关。煮熟的鸭子浑身稀脓的,剩下一张嘴梆硬——尊严使他们难开尊口,或者羞开尊口,或者懒得开口,于是在那讨吃生涯中,便由一把三弦琴,慷慷慨慨,激激越越,悲悲怆怆,怒怒愤愤,做代言人了。

闲言少叙。只见张家山,将那三弦琴,拨得震天价响。琴声中,眼睛渐渐放光,两道卧蚕眉,拧成一个疙瘩,两只牛蛋大的眼睛,瞪得贼圆。那宽阔的胸膛,一起一伏地,似有一股英雄气,地转锦江成渭水,天回玉垒作长安,正在沸沸扬扬,夺路而出。

弹拨间,张家山抬起眉眼,扫了一眼众人。见人聚集得差不多了,于是"吭吭"两声。这叫干咳嗽,为的清理嗓子,又叫叫板,意即给观众一个准备。众人听了咳嗽声,于是明白,这个老年说书人,就要开始吟唱了。果然,只听急促的琴弦,"嘣嘣"两声,戛然停顿,余音尚且在耳,张家山一声低哑、浑浊、沉闷的嗓音,从胸膛大吼而出:

> 铜吴州,钢佳州,
> 生铁铸定个绥德州。
> 清涧的麻花入口酥,
> 柠条梁的家狗大如牛。

有个好汉叫李自成。

他把崇祯爷拉下了龙廷。

李自成就出在咱米脂县，

米脂县有个蟠龙山，

西城楼下压着九条龙，

近照上米脂无有西门。

老鼠打开城门洞，

英雄出世人人惊。

……

张家山吟唱的，正是那在陕北流传久远的、以他们的乡党闯王李自成为题材的三弦唱词开篇。每一个三弦艺人，倘若他心中陡然生出一股莫名其妙的惆怅与豪迈，便要唱这段唱词开篇，以排遣胸中的块垒与郁结。此时此境，这段唱词自张家山口中道出，却也妥帖。

众人听得瞠目结舌，沉湎其间，一个个不管是人不是人，此刻脑子里都在嗡嗡作响，缅怀那英雄祖先，反省自己的卑微与渺小。此时，这张家山突然"嘣嘣"两声，将那三弦停了，然后伸出衣袖来，揩了一把嘴角上的白沫，气喘咻咻说道："各位，世上最难喝的，是那迷魂汤，最难吃的，是这开口饭。这辈子说话太多的人，下辈子要变成哑巴。变哑巴不变哑巴，那是以后的事。尔个，我先说肚子的事吧！不瞒各位，这头拉车的草驴，从早上跑到尔个，还一滴草料未沾，我这贫嫌富不爱的棺材瓢子，肚子也早就饿得咕咕叫，前腔子贴到后脊梁了。各位，大胆问一句，不算尴尬：你们谁家，锅里还剩一些残茶剩饭，槽里还长一些青草饲料，拿来咱们搭伙，共产主义上一回，如何？"

庄稼人于粮食，却是不缺，更兼因了张家山的弹唱而唤出的那一股子慷慨豪迈之气，还在心头缭绕，尔个，见张家山张口，登时有几家的婆姨，顺手拿了自家男人手里的空碗，回到窑里盛饭。一刻工夫，不独张家山手里，托起了一只老碗，毛驴跟前，多了一盆草料，就连谷子干妈和李文化，也都跟上沾光，有了吃食。

张家山边端起米汤呼噜边卖嘴："吃开口饭的人，这一辈子说话太多了，下一辈子真的会变成哑巴的！"说完，伸出巴掌打了一下自己的嘴，又去训斥谷子干妈和李文化："怪不得你们天生的穷命。你们那耳朵，也算耳朵，配听我在这里说天书么？忘了你们是干啥吃的？还不快大声吆喝，去收鞋底子！莫辜负了这时光！"

谷子干妈和李文化听了，并不还嘴，只唯唯诺诺地应承。应承罢了，一边吃饭，一个腾出嘴，又"鞋底子长，鞋底子短"地大呐二喊起来。

原来陕北地面，自有了"北京知青"这档子事后，带给这地方的最明显的最直接的文化冲击，是服饰方面的冲击，简言之，西装裤代替了大裆裤，塑料底鞋代替了老纳鞋和绣花鞋。吴儿堡也不例外。村子里的男人女人，自兴起这被称作"懒人鞋"的塑料底鞋开始，时至今日，家家户户都堆了些不能再上帮子的旧鞋底。废物反正无用，换两个油盐钱，权当是白捡的。因此，尔个听了张家山的话，得了一提醒，于是大姑娘小媳妇们，纷纷从自个家中，捡些鞋底拿来。一刹那工夫，大槐树底下，成了个市场。

生意上了正路，碌碡上坐的张家山也显得高兴。吃了个肚儿圆以后，将那老碗搁在一旁，又开始弹拨吟唱。

张家山肚子里的古董，却也不少，什么《十月怀胎》，什么《妓女告状》，什么《十不足》，什么《太平年》之类，该荤则荤，该酸则酸，哼哼唧唧，直唱了一个下午。原来众人最喜欢的，却是酸曲，此地正有"男人心焦唱酸曲，女人心焦端簸箕"之说，于是乎张家山，将自己肚子里的酸曲，尽兮晃倒腾，只求讨得个大家高兴。什么"白格生生蔓菁绿缨缨，大女子养娃娃天生成。叫一声妈妈不要气，稆生娃娃是好的"；什么"白脖子鸦雀朝南飞，你是哥哥的勾命鬼。半夜里想起干妹妹，狼吃了哥哥不后悔"；什么"羊羔羔上树吃柳梢，拿上个死命和你交"；什么"你要死哟快早早地死，前晌里死来后晌兰花花走"；什么"对面价沟里拔黄蒿，我男人倒叫狼吃了。先吃上身子后吃上脑，倒把老奶奶害除了。黑了吃来半夜里埋，投明做一双坐轿鞋"；什么"我把哥哥藏在我家，毒死我男人不要害怕。迟来早去是你的人，跌到一起再结婚"。

张家山那张一辈子没有刷过牙的臭嘴，连诌带编，尽兴唱来，为的是消磨时光。到了晚上掌灯时分，眼见得吴儿堡贴白纸对联那家，门口人声嘈杂，一支几百瓦的灯泡高高挂起，身着白色孝衣的孝子贤孙们涌涌不退。张家山收了三弦，看一下李文化和谷子干妈，道："正瞌睡着，就遇见个递枕头的。凤凰展翅咱们起飞，动身，赶那个场合去吧！"说罢，叫一声"得罪"，撇了众人，领着谷子干妈并李文化，一步一挨，向那高门楼子走去。

第六章

那眉宇间有一颗黑痣的凶恶的汉子，姓杨，单名一个禄字。老杨家这一辈子，生出老弟兄三个，老大杨福，老二杨禄，老三杨寿。杨福、杨寿，都是怯懦无用、胆小怕事的人，独这老二杨禄，老虎不吃人，恶名在外，成了这吴儿堡方圆地面，一个一脚踏得地皮响的人物。

人们冠这种人物一个称谓，叫"黑皮"。黑皮这个字眼，口语中常说，字典上不见，这乃是陕北的一种方言称谓，含死狗、恶棍、泼皮、无赖诸种意思。有好事者，一番考究，给这个字眼，下了一确切的注释，叫"扎着势的死狗"。又说这黑皮的"皮"字，似应写作"痞"。这种注脚可谓准矣！是死狗，确实是死狗，像一摊狗屎，染谁臭谁，为达到个人目的，无所不用其极。然而虽然骨子里是死狗，那言行举止，却笨狗扎个狼狗势，粗狗扎个细狗势，摆出个大人物的姿态，逢人一面哈哈大笑，遇事总要抢个上风头来。生人见了这类人,往往被假象迷惑,觉得这人热情豪放,大大咧咧,头脑简单。这叫"红萝卜调辣子——吃出看不出",你要打上两回交,你要共上一段事,你要吃上几回苦头,你就知道,火车不是推的,牛皮不是吹的,这黑皮,确是厉害的凶残的主儿,这黄土地上生出的一种恶之花了。

杨家代代赤贫,家里穷得叮当响,一窑的家当,不够一担子担,用老百姓的话说,是些狼不吃狗不咬的"人底子"。到了杨禄这一代,破衣烂衫之外,这老弟兄三个,一人天生一个癞疤头。这头遇到晴天,太阳一晒,满头是脓,脓水子流得满脸都是,那气味,熏得苍蝇都招架不住,不敢招惹。这头遇上雨天,又结成一头的硬痂,宛如鱼鳞,奇痒难耐。疮害得久了,沤得长了,连头发根儿,也都烂在了肉里,不再往出生长头发。

那还是当年的事。那一日,南北大道上,来了个讨吃的老汉。大槐树底下坐定,看见这三个癞疤头,老汉说,他有一个偏方,能治。那时,杨禄的父亲,还在世上耽搁着,他说,试过了,各种法子都试过,那脓照样流,那痂继续结,一点成效都没有。老汉见说,笑道,那是身上有毒,这毒,是胎里带来的,你这儿老汉,年轻那会儿,肯定不酸正,尔个要叫这病好,却也不难,什么时候毒发出来了,发完了,那头自然会好。

老汉说的这个偏方,其实最是简单不过,将米汤浇到头上,唤狗来舔,狗的舌头在舔米汤的同时,就将头上的毒气,一并舔走了。

杨禄的父亲听了,一阵欢喜,于是叫婆姨滚好一锅米汤。米汤晾凉,先给老大杨福,美美地浇了一头,然后嘴里"吆儿吆儿"地叫着,唤自家养的那条黄狗舔。杨福的头太臭,虽然黄狗眼馋那满头的米汤,可是嘴一搭上,舌头刚"吧嗒吧嗒"地动了两下,就不舔了。非但不舔,还"汪汪"两声,以示抗议。没奈何,又唤老三杨寿。这次,狗倒没有嫌弃杨寿的头臭,倒是那杨寿自个,受不了这番折腾。狗那粉红色的舌头在头上闪动,两片黄瓜嘴不停地吧嗒,奇痒难耐,较之癞疤头本身的痒痒,更见邪乎。杨寿高叫一声:"捂搂!捂搂!"然后用两只手护住头,不让狗舔。老父亲见了,过来干涉,刚从脚下脱下鞋子要打,那杨寿,拾起身子,一溜烟地跑了。

老二杨禄,这时候却大大方方地走到狗的跟前,先将个癞疤头,在米汤盆里浸了,而后,提出来,身子一耸,将湿淋淋的一个头,递到狗的嘴边。

狗开始舔,吧嗒有声。杨禄忍耐不住,杀猪般地叫起来。叫归叫,那脚下却扎个马步,并不移动半步,脖子也直挺挺地挺着,不往回缩。父亲凑到跟前一看,见这杨禄,牙关死死地咬着,眼泪扑簌地往下落。父亲心疼儿子,说道:"实在受不了,就算了。咋样都是活人哩!"杨禄听了,伸手给了父亲一巴掌,怨恨道:"都是你,年轻时候光凭自己风流快活,染下这脏病,让它报应到我们弟兄仨头上!"打罢,见父亲站着不动,又伸出手,拽过父亲,让父亲的两条腿,分开,死死地夹住自己那个癞疤头,尽那黄狗,由着性儿来舔。

兄弟三人,一娘所生,秉性却大大不同。那老大老三,任这个世界揉搓,践踏,并不起性,反而用一句话来宽慰自己,这话叫作:"人活低了,就按低的来。"类似这类现成的话,还有一句,叫作:"猪娃头上都顶三升粗糠哩!既然来到这个世上,总不至于叫我们饿死!"独这老二杨禄,生性刚烈,暴戾异常,不肯长期屈居人下,每遇屈辱,则咬牙切齿,默记在心,以俟出头之日。

大黄狗一日三舔,舔过半月以后,那狗身上,生出癞子,毛齐刷刷价蜕了一回。这老二杨禄,头皮却渐渐见好,先是不流脓了,继而结成干痂,干痂退后,却也日怪,一头黑油油的头发,长了出来。杨禄就势,用这头发,梳起个洋楼,算是对往日缺毛少发的一种补偿。

那老大老三没经狗舔,头发自然不会长出,不过随着年龄渐长,头上不再流脓,干痂也不复结起,而是长成了两个又大又亮的秃子。

老父亲过世,这杨家老弟兄三个,靠老二杨禄,顶门立户。那老大杨福,当年去办李家河的寡妇李刘氏,亦全仗老二做主。那老三杨寿,等了多年,想遇上这么一个茬口,只是还没遇上,只好还在家里,有年没月地打着光棍。

那老二杨禄,头发一旦长出,便开始横行乡里。他举着镜子一照,觉得自己和别人一样了,自己没有必要再忍气吞声了,于是先在自家门口,占去一绺马路,用碎石砌起一个厕所。时值夏天,这厕所里的屎尿,臭了一个村子。村子里有人不识好歹,出来管这闲事,那杨禄,手提一把宽刃大铡刀,在大槐树下那个碌碡上蹲了,单等人出头。等了三天,吴儿堡可村子悄没声息,无人再敢吱声。

第二件事,却是偷牛。邻村的人,中午歇晌,将那揭地的牛,连同耩子,停在了地头。下午又去揭地,只见地头耩子还在,牛却没有了。一路追寻,后来在杨禄家院子,发现一张牛皮。原来那牛有些干渴,于是挣脱缰绳,串到吴儿堡村子,三串两串,进了杨禄家院子。杨禄见了,"砰"的一声,先把大门关了,而后骂骂咧咧,叫出老大老三,让他俩一人拿一条绳子,挽成活套,套住牛的四条腿,使劲一拽,牛蹦了两下,一个马趴,翻倒在地。见牛放翻在地,那杨禄手提一把杀猪刀子,一扑而上,先用膝盖,扛住牛的脖子,继而用手揣摸了一阵,然后,顺过刀尖,一刀扎了进去,旋了两旋,这牛头便与身子分家了。邻村的人见杨禄强悍,不敢与他论理,于是一张状纸,告到乡上。乡上有个法庭,法庭听了,聒噪一声:"杀人的事都还管不过来呢,哪还顾得上杀牛的事!状纸先留在这里,你人回去吧!"这事便被耽搁了下来。那牛的主家自认倒霉,而杨禄的气焰,又嚣张了几分。

  第三件事,却是强占人家白脸婆姨的事。村上有个新过门的小媳妇,脸蛋生得俊俏,腰身也好,杨禄见了,打起她的主意。一日,见那男人做石活去了,于是威吓一句,要那小媳妇晚上给他留门。小媳妇惧怕,夜晚果然给他将门留了。从此,两人明铺暗盖。村子人人皆知,只是不说破罢了。那小媳妇自有她的道理,她觉得自己生了一张招惹是非的脸,这一生肯定安生不了。男人懦弱,这身子迟早会给人占去的,既然杨禄占了,这杨禄又兀地强悍,从此她也就省了许多心了。那小媳妇的男人,是个老实疙瘩,只知道生起气来,打自个老婆,全没个良法。后来,甚至发展到杨禄进家门后,倘若吊着个脸子,他于是得赶紧找一个托词,出外躲上一阵。令人可笑的是那杨禄的黄脸婆姨见了这种花花事情,非但不恼,反而四处逞能,逢人诉说,好像这男人的业绩,是她的似的。众人听了,笑一回,顺毛摩挲几句。

  后来村子里来了工作组。工作组的任务是科技扶贫,捎带着社会治安综合治理。那工作组长人里挑人,花里挑花,后来竟选这黑皮杨禄,担任治保主任。以恶治恶,以邪压邪,从此却也太平了几分。那杨禄有这顶黄袍加身,自己也就收敛了几分,四乡的毛贼黑皮,见杨禄在那里坐着,于是也畏怯三分,不敢轻易滋事。工作组治乱有方,组长胸前戴了个大红花,回城复命去了。

  工作组一走,杨禄益发得意。村上还有几个人,或明或暗地和杨禄对抗,杨禄轻轻易易地找了这些人一点事情,该压的压,该收买的收买。从此在这吴儿堡,杨禄一枝独秀,吴儿堡的世事进入了杨禄时代。

这吴儿堡杨门一族,渊源悠久,何其高贵,陕北高原上一个响当当的名门望族,如何到了这一辈手里,竟正不压邪,猥琐地沦落到这等地步。诸位,这正应了《透天机》上"中五百年半鬼半人"这句话。

当年那杨作新,青布长衫一穿,文明拐一挂,二轱辘眼镜一戴,腰里二把盒子一别,夜闯肤施城,亡命后九天,丹州城里取人头,吴起镇上夜谈兵,何等英雄气概!那美人坯子杨蛾子,婷婷婀娜,仪态万方,朝那杨家硷畔上一站,像一朵怒放的山丹丹,照亮了吴儿堡这可条的川道。那些老一辈的赶牲灵的脚夫,如今腿脚不听使唤了,出不得门,坐在家里,回想那赶牲灵路上的事情,还记得吴儿堡南头硷畔上站着的那个女女哩!

古人说得好:"行人莫问当年事,故国东来渭水流!"其实杨门一族,有了今天的破败,却也在情理之中。一个家族,它不会冷不丁地就冒出个大人物的,它要靠几代,甚至几十代人的积攒。获得可以遗传,家族中每一代、每一个人的获得,并没遗失在路途,并没随棺材装进坟墓,而是作为基因,遗传给了后世。代代积攒,蓄久成势,于是在某一代某一个人身上,便会来一次全面爆发。五百年必有王者兴,于一个家族来说,亦是此理。那杨作新杨蛾子,正是杨门的一次爆发。爆发完了,于是这个家族,精疲力竭,气力殆尽,好像抽了精的小伙,疯长了一料庄稼的土地,发过一次山洪的河渠,登时软沓下去了。它又需要苦苦地挣扎、忍耐、休养生息,寄希望于时间这个同盟者,以便给予它第二次爆发。那下一次,也许会在三代五代,甚至更长时间之后。

这样,吴儿堡这个高贵的村子,中国民间第一奇书《透天机》

甚至也不敢对它稍有小觑的村子，这一时期，便让那黑皮杨禄出头，就是可以理解的了。谁若不懂，算他解不下这天地轮回阴阳交替，此一时彼一时的道理。

说话间，到了这一场"回头约"事故。这一次，杨禄存心逞强。那"回头约"在那里搁着，白纸黑字，写得明明白白。那杨禄，伸出了手来，一把将"回头约"撕了，厉声嚷道："啥叫个理？锤头子硬就是理！当年我杨禄小的时候，一头脓疮，两条鼻涕，遭人下眼观，受尽了世上欺凌，人间白眼，不见有一个大个子站出来，护我一护。世人欠我的债太多，老天欠我的情太多，这一次，我就是要耍个黑皮，逞个霸道，丈二长的橡子强出头，看你世人，看我两眼半！"

那秃子杨福，早已亡故。尔个这李刘氏一死，膝下两个小子，都还少不更事。因此这一场抬埋，全凭杨禄做主。那一副对联，那对联上的"各安其位"的话语，都是杨禄所为。杨禄对这一场丧事，倒是尽心尽力，眼见得那女裙衩入土为安，李家河那边并无半点响动，这杨禄的一颗心，才算放宽。

第七章

那李刘氏已经抬埋上山，入土为安，今个晚上要过的这个"事"，又叫什么"事"？为啥那杨禄家的门前，人影绰绰，嘈杂有声，一副过"事"的架势。原来，乡间风俗，人死之后，七七四十九天之内，逢"七"便有一个事故，人称"七七斋斋"。这第一个"七"，叫"头七"，又叫"人七"，言下之意，今晚一过，那个亡人就不再是原来的那个人，而是过了奈何桥，入了鬼魂的簿了。杨家今天过的，正是"人七"。

张家山是个事故人，乡间的这一套习俗，四时八节，红白喜事，样样都在手掌之中，所以专门算定了这个日子，前来行事。白日格大槐树底下那一番轻狂，那一番张扬，其实并无实际的意义，只为讨得个杨禄不疑。尔个跌跌撞撞，踏上门来，才算正式进入角色。俗话说，"善者不来，来者不善"，杨禄若是个乖觉之人，他该有几分警觉才是！

好个张家山，抖起胆子，撩开长腿，大大咧咧地走到门口，将半截铁塔一样的一个身子，靠在门框上。抬起一只脚，放在门墩上，而后，"嘣嘣"地拨动两下琴弦，扬声叫道："红白喜事！红白喜事！若要叫事情过得好，少了把三弦不热闹。掌柜的，不知道是你这事情赶上我了，还是我张家山赶上你这事情了！"说罢，缄了其口，不再说话，只将个椿木疙瘩子三弦，抱在怀里，"嘣嘣嘣嘣"地弹起，让三弦代他发声。

"谁在这里添乱？"一语未了，后头窑洞里，走出了凶神恶煞的杨禄。一根火柴棒含在嘴里，正在掏牙缝。

见门口站着的，正是白日大槐树下弹唱的那老汉，老汉身后，一个病病恹恹的后生，一个畏畏怯怯的婆姨，那杨禄脸上露出几分轻蔑。他瘪起嘴，吐了一口口水，连那火柴棒儿一起吐了。而后品起个脸儿，摆了摆手，吆喝他们离开。

杨禄这个举动，不合常理。按照陕北人的礼数，红白喜事途中，遇到这种讨吃的行艺人，便要请到桌面上去，毕恭毕敬，奉为上宾。有手不打上门客，不管怎么说，这是世界在抬举你这事主哩。非但不能驱赶，通常，一曲弹罢，还要由那赶事情的亲戚，给艺人上了"花红"，才算体面。艺人收不收你这"花红"，是他自己的事，你要不给，又算悖了常理了。那吃饭的事，亦要慷慨些才是，即便是吃食匮乏，众人碗里省一口，也要将这艺人管饱，让他没个说是。如此这般，无非是想求那艺人，唱些耳朵顺些的曲子出来，再就是防他出了这门，一张吃四方的嘴，四处作践这主家，丧扬得你四乡八里，没了脸面。

张家山见这杨禄不通大礼，于是只管冷笑，怀中的三弦，表达主人的感情，激激越越，猛烈而有愤慨之声。张家山心中暗想：怪不得你敢于毁约，原来脑子不满！心里想着，手里三弦只顾弹奏。

啥叫脑子不满?这却是一句骂人的话。人的脑子二斤半,这个"不满",就是说不够二斤半,或只有二斤三两,或者还要少一点。按张家山的思考,人的脑子不满,或者说"不够数",是由于当年父母交媾时,某一方不喜悦,没有达到高潮所致。这比如那麦子扬花时,刮了一场风,所以麦粒是瘪的,谷子秀穗时,遭了一场旱,所以谷壳是秕的。这句话初听起来,并不打人,细细一详,好是镪火。

张家山这里一闹腾,满院子的孝子贤孙,都忘了自己的正事,凑过来看热闹。那些白日听了张家山说书,没有听够的,这时也尾随而来,跟着观看。碍于杨禄的为人,这些人不进那个大门,只是站在大路上,透过门洞往里瞅着。

双方都是强人,各各争执不下。正相持着,穿白色孝衣的人群中,走出一个手提马灯的小伙。后生先高挑马灯,照着人的脸,骂骂咧咧地,驱散了孝子,继而,又走到杨禄跟前,数落了他几句,那话语无非是"有手不打上门客"之类的寻常口语。数落完了,又招一招手,示意张家山并随行的两位搭档,在院子里椿木底下的一个小炕桌前坐下。待三人坐定之后,朝窑里喊了一声,吩咐茶饭。

张家山只稍稍地动了一下筷子,便又顺过三弦,开始弹唱。这次,他吟唱的是一个背信弃义的故事,故事的主角是梅鹿和狼。梅鹿是一种飞禽,它的学名大约叫乌鸦。张家山讲述的,是梅鹿从陷阱中救出了狼,而狼后来又吃掉了梅鹿的故事。这故事大约也属于艺人们的传统节目,开篇段子。那杨禄听了,觉得刺耳,想要发作,又觉得自己有事在身,怕惹起新的麻烦,只得咽了两口唾沫,忍了。

这天是"人七"。夜里要办的一件大事,就是众孝子们要上一趟老人山,去祭一次坟,让那亡人李刘氏(在这个村子她叫杨刘氏）顺顺当当地由人变成鬼，离了阳间这个家，与死丈夫团聚，去开始她以后的行程。所以待天黑严之后，那掌马灯的在院子里一阵吆喝，而后，众人排成一队，由掌马灯的打头，一步一摇，一步一哭，离了大门口，过了街道，自吴儿堡南面，杨蛾子家的后窑掌，直奔老人山而去。

自事主家门口，至老人山新坟，三步五步，还要燃起一个火堆。这叫"鬼路灯"。过去的年代里，这火堆用麦草点燃，尔个社会发达，有了石油，因此这火堆，往往是用原油蘸了棉纱点的。村子旁边有的是磕头机，在那油池里，偷上一桶原油就够了。

遇到桥梁、河流、三岔路上，还要撒些纸钱，摆了供品，一行人绕着那供桌，转上三圈，继续前行，这叫"买路钱"，也叫"过金桥"。如此等等，名目繁多，不必一一细表。

一行人一走，院子里登时变得冷清、阴森。看热闹、打彷徨的那些毛孩子们，似乎嗅到了某种不祥，一个一个地离去了。一只乌鸦，栖落在那棵椿树上，"呜哇，呜哇"地叫了两声。声音起得突兀，叫得哀婉，让人后脊梁骨发怵。幸亏有那张家山的一把三弦，在不紧不慢地弹奏着，才稍稍压住了这家宅院的凶险阴森之气。

在徐缓的琴声中，李文化将嘴巴凑到张家山耳边，说道："张干大，你这葫芦里卖的是什么药，我却不知道！都乍舞了一天了，至今都没有提那'回头约'的事，却劳神伤身子，尽日些闲秆！"

啥叫"闲秆"，这又是一句骂人的话。玉米地里，那白白地长了一料，却不结玉米棒子的玉米秆，叫它"闲秆"。类似这类意思的话，还有一些，例如那"驴日骡子白受苦"，就是一例。骡子那东西，虽然也是东西，但是又不能当东西使唤。这一句话重，前一句话轻，李文化在张干大面前，不敢造次，所以只"闲秆"云云。

见李文化不满，那谷子干妈也说："老槐树底下，你那三弦猛地一停，我只当你，要捅破这一层纸了，谁知你却说到吃饭那事上了。我想理在咱们手里攥着哩，'回头约'在腰里揣着哩，古话说，有理走遍天下，无理寸步难行，咱们当着众人，将这事捅开，众心是秤，肯定会向着咱们的哩。到时，不怕他杨禄不服！"

张家山见说，嘿嘿地笑了两声，又朝四周看了一看，说道："休得聒噪，乱了我的方寸！你们那一点见识，对这世事的险恶，又知道个多少！在六六镇，我是坐地虎，手稍撩几下，再难缠的事也就摆平了。这吴儿堡却是不同，人生地不熟的，不敢有半点闪失。你看那杨禄，眉宇间一颗黑痣，腮帮子一边一块疙瘩肉，何等凶恶。这吴儿堡又是一族，若要动起户族来，我们三个，恐怕连村子都走不出去，尸首摆在干滩上都没有人去收。饭可以给你施舍两口，但是若要动女骨，这一个村子，都会和你拼命。所以这事，我冷眼观了半天，脑子想了半天，明白了只可智取，万万不可强来。这个马蜂窝可不好捅。今个一天，我也不是日什么闲杆，而是正在进入角色。尔个，我这个角色，算是慢慢进入了。"

张家山一席话，果然老辣，说得李文化和谷子干妈，心悦诚服，不敢再有二话。

张家山言罢，长出一口气，又对李文化说，你朝那老人山上，瞅上一瞅，看那一场事故，尔个走到哪一步了，是不是该咱们快登场了。李文化见说，站直了身子去看，这一看不由得惊叹起来。

见李文化惊叹，张家山也就停了琴弦，直了身子，背转身去看。这一看，见多识广的他，也不由得一声喝彩。只见头顶黑黝黝的一架大山，苍苍茫茫，影影绰绰，仿佛横空出世，那"鬼路灯"，一盏一盏，曲曲弯弯，一路排列，从山根通向山顶，从地面直接半天，那灯光划破黑暗，现出暗红的色彩。至山顶，又与秋夜那满天的繁星相接。这情景，远远一看，宛如一架灯光做就的天梯。

张家山见了,沤了一天的眉眼,绽开一丝笑意:"仙人指路——等的就是它!待一会儿,靠这些灯盏指路,咱们就可以见到那李刘氏了!"说罢,稳稳身子,复又坐了下来。

"在今夜?"李文化问。

"是的,在今夜!"张家山答道,"而且要在子夜以前。子夜一过,那李刘氏就不是李刘氏,她成了四处游荡的孤魂野鬼了!"

张家山缄口不再说话,只是顺过琴弦,怀中一揽,猛烈地弹奏起来。琴声刚烈暴躁,似那热水瓶经冷水一激,猛然爆裂的声音,又似有千军万马,布成方阵,一路大呐二喊,湍湍而来。

一会儿工夫,大门外哭声又起。这是孝子们回来了。这哭声原来都是假哭,礼仪而已。古话中说:"楚人有善哭其夫者,咿咿呀呀,宛如唱歌。"其实民间的妇女们,大抵都是善哭者,这是一种技能。女孝子站在门外,以哭声迎接男孝子们进门。进了大门,哭声止了,换成笑声。张家山赶紧拨动琴弦,喧喧哗哗一阵,以示接迎。接着,孝子们草草地用了一点茶饭,近路的亲戚摸黑回家,远路的亲戚到村子里寻窑安歇。只一阵儿工夫,杨家院子场光地净,这"人七"一场事情,也就算圆满结束。

张家山耐着性子,直到散了宴席,才"嘣嘣"拨动两下琴弦,算是曲终事了。待动身时,那提马灯的后生,从腰间掏出两块皱巴巴的钱来,算是"花红",递给张家山。张家山也不推辞,伸手接了,叫一声"尴尬",又说一句:"这是一口强饭,不好吃!"那后生听了,抿嘴一笑,并不搭话。三人将这黑皮杨禄,算是欺侮了一回。出了大门,不敢怠慢,遂将谷子干妈扶上驴车,一行三人穿过村子,徐徐地向南而行。仰头看时,那老人山上的"鬼路灯",闪闪烁烁,一直升向半空。

车轮"铮铮"地响着。四野静寂,空旷无人,大家说话,也就不再有什么顾忌。李文化说道,为啥还要向前赶路,何不就此停住驴车,咱们去上老人山,背尸首。张家山说,尸首是要背的。不过,小心不为过。走远一点,咱再回头,提防背后有眼。又说,一会儿月亮就上来了,月亮地里正好行事。

李文化这时记起了那个提马灯的后生。他说那人倒也面善,不知是这吴儿堡的什么亲戚。张家山见问,半晌不语,后来说,他防的正是这个人。他观这一群人,都是些粗俗浅陋之辈,莽汉里头的数儿,包括那杨禄,虽然凶狠无比,若要论斗起心眼来,我张家山就是把他背着卖了,他还不知道,还给我递秤哩!独独这个提马灯的后生,精明过人,眼后边有眼,他那一笑,笑得好怪,好像什么都知道似的,事情要出,恐怕会出在这后生身上。说罢,叹息一声。

闲言少叙。驴车铮铮有声,走了一程,停下来。张家山侧耳倾听,见后面确实无人尾随,于是要李文化拨转驴头,重回吴儿堡。一阵车轮滚动,车子到了吴儿堡南头。这里正是杨蛾子家硷畔底下。张家山提起驴车上的麻袋,打个调儿,倒掉里边的塑料鞋底片子;又从车上,摸出一瓶酒来,揣进怀里。而后,命谷子干妈,款款地在路边盛着,莫生闲事。又令李文化,到硷畔上那户人家,偷两把铁锹来,随他一起上山干活。

两人刚上了塄坎,只听谷子干妈在叫。回头一看,只见谷子从腰间抽出红裤带,挎下一绺,又用牙齿一咬,断成三截,一截绑在自己的扣眼上,另两截,在手里扬了扬,示意要给张家山和李文化戴。"避避邪!莫要让那婆姨的魂影,把你们给缠住了!"她说。

"你考虑得周到!"张家山褒奖一句,折回身子,由那谷子干妈,在他胸前磨蹭了一阵。继而,那李文化,也由谷子干妈给戴好了。两人拾起身子上山。

李文化是拦羊娃出身，上山溜坡是他的特长，因此上扛两把铁锨，在前头行走，疾步如飞。那张家山已年迈力衰，体力有些不支，但是人的劲在心上，牛的劲在鞭上，应承了"回头约"这件事情，应人事小，误人事大，他的心里吃劲，故而精神抖擞，上山溜坡，也不让李文化太多。

有"鬼路灯"引路，一顿饭的工夫，两条汉子上到山顶。这时半轮明晃晃的上弦月，升了起来，满世界一片清明。明月照得山顶，如同白昼，那一个双头并葬坟，端撅撅地立在那里。香火纸表，刚刚燃尽，空气中还弥漫着浓烈的蜡烛味儿。

见了新坟，李文化一把从肩上扔下铁锨，扑倒在地，双膝跪倒，哭嚎道："娘亲啊，不孝的儿子来接你来了！"张家山见了，慌忙将他拉起，骂道："这里哪是你表孝心的地方！李文化，留着你那尿水子，到了李家河你大坟前，再放吧！"李文化见说，止了眼泪。

其实此时此境，李文化一颗心悬在半空，战战兢兢，哪有心思痛哭。见了亲人，哀音一起，这是礼势。见有人劝，遂之噤声，亦是常理。

喘息片刻，两人便各执一把铁锨，开始掘起墓来。

这是一座并葬墓。上头两个相连在一起的坟头，好像两朵并蒂莲花。坟头下面是一个竖井。竖井通到底下以后，两个墓穴，两副棺材，男左女右，各安其位。

陕北的这种夫妻墓，除了"并葬"以外，还有两种葬法，一种叫"分埋"，一种叫"合葬"。那分埋，是说两座孤立的坟头，互不相扰，坟头下面，自然是两个竖井，两个墓穴，两副棺材。好像那现代文明提倡的"分床分被"一样，各人都守着一份自己的清静。那合葬,则是一个大些的坟头,一个竖井,一个墓穴,一副棺木。棺木中,两人相挤在一起,宛如那"好鸳鸯同床床空半,美夫妻共枕枕有余"一般。这类葬法,往往是那些"搬埋"的墓茔。例如离这座新坟不远的那个杨作新与荞麦的合葬墓,一个迁自小镇,一个迁自肤施城,后人将他们迁回老人山,合葬一处,即是一例。那墓,你中有我,我中有你,颠鸾倒凤,相拥相抱,更在坟顶,竖一座雕龙画凤的龙凤碑,表示这一对冤家"荞面饸饹羊腥汤,死死活活相跟上"之意。

我们这里说的是张家山、李文化就要下手的这座新坟,谁知一不小心,提起亡人,骚搅了地下的那一份宁静,说来却是罪过。

这李刘氏的坟,土是新土,还没有坐实,因此掘起来,并不十分费力。加之白生生的半轮月亮,朗照着这一片山野,宛如白昼,更令这两条汉子,麻利三分。眼见得尘土飞扬,铁锨片子上下乱飞,一条竖井,慢慢地将这两个人儿,陷进去了。

要紧的是这掘墓的活儿,对张家山如此阅历丰富的人来说,竟还是第一次,因此心里不免有几分怯意。那一棵高大的杜梨树,经月光一照,将它巨大的阴影,斜斜地刺过来,夜风中摇摇曳曳,摇动中地面上忽明忽暗,更令人见了心中生出几分胆怯。

好在棺木埋得并不算深。月亮在空中走了有一竿子远的时候,这一老一少,已经将竖井里的虚土起完。剩下的是两个拐洞,那里一左一右,是两个墓穴。墓穴里盛着棺木。拐洞口上,各挡着一块青石板。

李文化思母心切,听张家山说了句"男左女右"之类的话,于是,一把把铁锨扔了上去。继而,身子一扑,要揭右边那块石板。张家山见了,伸手一挡。

张家山说:"事情既然已经开了头,就不要着急。总会让你见上娘亲的。只是，这穴门可不敢随便开，提防叫那邪气冲了。当初封这门时，阴阳肯定做过法的。得先把这法解了才是。你李文化年轻气盛，头火正旺，阳气正盛，神神鬼鬼近不得你的身，我张家山这棺材瓢子，可经不住阎王爷三声叫了。我还想多活几年，多吃几口你谷子干妈做的家常饭哩！"

说罢，张家山伸出手，格开李文化，然后一手拄锹，一手指着墓穴的门，口里念念有词，说道："左青龙提刀在手，右白虎把定墓门，前朱雀赶出妖精，后玄武拦挡妖魔。凶神恶煞远避急急如律令，我六六镇张家山来了！"

说罢，运足气力一脚踹去，将个青石板踹得粉碎。粉碎处，只见一股恶臭，自墓穴中奔涌而出。世间有四样东西最臭。这四样东西是甚？"娃娃屁股老汉的嘴，牛的蹄窝连疮腿。"小孩的屁股，遗屎屙尿的，整天难得见个干净的时候，更有那邋遢婆姨，照顾不周，致使小孩的尻蛋子上，结上不少屎垢痂，闻起来膀臭。老汉的嘴，一口臭唾沫，有牙的地方，牙上黏满牙花，日积月累的饭食陈渣，郁结其上，没牙的地方，臭唾沫填满，更兼这人老了，肠胃不好，肚子里常有恶气透出，令这老汉的口，臭上加臭。牛的蹄子踏遍四方，那蹄子四周是硬甲，中间却是一个"凹"形。各样物什，积攒在这蹄窝里，发霉发酵，又与角质混合在一起，平日不揭开也罢，一旦用铲子铲开，奇臭无比。想那人的指甲，稍长，中间藏些污秽，便有味道，牛的蹄窝藏污纳垢之地，经年经月，焉有不臭之理。第四臭说的是连疮腿。大腿根起个脓包，脓越汇越多，聚成一个大包，有一天脓包突然挣破，一摊脓"哗"地直射出来，白花花，黏糊糊，随风能臭几里。然而，以上四臭，臭则臭矣，较之今日格张家山李文化遇到的尸臭，还得逊上几分。所以世人称这尸臭为"恶臭"。

这恶臭，熏得张家山连打几个喷嚏。李文化则一阵恶心，窝了身子，肠肠肚肚一阵翻腾，想吐。吐了几吐，又忍住了。

等恶臭渐渐散去，好个张家山，从怀里掏出一瓶酒，咬开盖儿，呷一口，一扬头，咬牙切齿地向墓穴里喷去。左一口，右一口，前一口，后一口，眼见得那瓶底儿朝天，再也控不出半点了，于是扔了瓶儿，说道："李文化，进窑，见你的娘亲吧！"

两人进了墓穴，撬开棺木。棺开处，只见一个小巧玲珑的小妇人，静静地躺在棺木里，面色生动。身上穿一件花袄，嘴里含一枚硬币，脚底下蹬一捆谷草，脖颈底下枕一副金童玉女图案的荞麦皮枕头。一个祭食罐，算是陪葬品，搁在头的一侧。"是你娘亲吧？"张家山问道。李文化点点头。

白生生的月光斜射进墓穴，照在这女裙袂的脸上，好白。张家山见了，忍不住摸了一把，口里骂道："好你个不值钱的东西，害得我们好苦！"

话音未落，只听得头顶上方一阵哈哈大笑。笑声中，有一个男人朗声说道："好你个六六镇的张家山，太平世界，朗朗乾坤，怎容得你这鸡鸣狗盗之徒，掘墓扒坟，滋生事端，破坏安定团结。张家山，你可知道，咱陕北的乡俗对这种盗墓贼，该如何处置？"

说罢，那人拾起刚才李文化扔掉的铁锨，铲起一锨土，晃一晃身子，就要往下丢。

第八章

　　头顶那喊声,事出突然,张家山委实被吓了一跳。那李文化是个没经过大诈的人,这一声喊,竟吓得他尿了一裤裆,浑身发软,身子顺着墓壁,软塌塌地坐了下来。

　　那老杜梨树上,栖着一群过夜的乌鸦。乌鸦也被这喊声惊动,离了树枝"呜哇——呜哇——"地乱飞,声声惊心,更令这老人山顶,增加了恐怖的气氛。

　　张家山朝自己大腿上掐了一把,算是冷静一下自己。继而,大着胆子,朝头顶望去,这一望望出了名堂,只见月光白白的,照着一个后生的身子。张家山一见,却认得他。这人,正是今个晚上过"人七"时,手执马灯的那位。

　　"你要干甚,朋友?我们只做我们自己的营生,与你何干?谁骑驴,压着你的脊梁杆了?"张家山努努力气,鼓起余勇,问道。

　　"干甚?你这是明知故问,还是咋的?陕北人咋价处置这盗墓贼的,你枉活了几十岁了,不是不知道吧?"那人又重复了一遍。

张家山对这乡俗,自然再明白不过。"活埋盗墓贼不犯王法",这是一项规程。大凡世人,最痛恨的,就是这种扒坟掘墓吃死人饭的人,所以村村户户,都有一个约定俗成的规矩,凡见这盗墓的人,唾沫星也不要费,操起铁锨,将他一埋了事。这规矩是老辈子传下来的,并非自今日始。

这时候,李文化缓过劲来了。李文化冲头顶上喊道:"我们不是盗墓贼!我们冤枉!我这是来接我娘亲的。这棺材里躺着的女裙袄,是我生身母亲!"

"这个么,我知道!"头顶上的后生笑道。

张家山见这后生,并不显得凶恶,手里的铁锨,尽管一挥一挥的,却不把土往下丢,心想,这事大约还有救,于是喊道:"这后生,我认得你。你是今个晚上,手提马灯的那位!"

"算你眼力好!"后生答道。

"这么说,你是那亡人的外甥了?"

"何以见得?"

"咱老百姓有一句话,叫作外甥打灯笼——照舅!这话不是说说而已,而是真做。舅舅死了,吊孝上坟,那前面提灯引路的,就是外甥。舅母死了,当然也是这个规程。"

"张家山,你这话说得倒也在理,只可惜,杨家这一辈上,坟头子上火旺,没有女人出世。没了女人嫁出,这外甥从何而来?"

"听你这一说,后生!那么我就更知道你是谁了!没了外甥,那就通常由娘家侄儿承担这引路的角色。后生,我知道了,你姓刘,是那'回头约'上刘姓人家,是耶不是?"

后生一听,微微一笑,算是默认了。

一旁瘫着的李文化,见说那人是他母亲娘家侄儿,身子登时硬正了许多。他扶壁站起,高叫道:"大老表,大姑舅,你当我是谁?我是李文化呀,是那六六镇李家河的。俗话说,姑舅亲,姑舅亲,打断骨头连着筋,要说,咱们才是名正言顺的亲戚呢!"

论起亲疏,头顶的这大老表,却与李家河李家、吴儿堡杨家一样亲疏。他那不安分的姑姑,前嫁后娶,两次坐轿,无论前夫,无论后夫,于刘家河刘家,都是一样远近的。只是姑姑后来进了杨家的门,他和杨家就来往得多一些,那李家河三年不走,路就断了,长了苔藓。他也知道那里还有一条根,只是户里再没要紧的亲人,而李文化又浮萍不定,因此,多年断了音讯,自然生疏。

听说是刘家河刘家的,张家山登时气壮。一伸手,从怀里掏出个"回头约",伸手展开,往空中一挥,骂道:"刘家河的,你还懂不懂得个这红口白牙,立约为凭的道理?杨家违了'回头约',天理难容,日后必有报应,你身为娘舅家的,又是立约一方,理应舍了情面,动手来拦杨禄,给个公道,想不到你却助纣为虐,为虎作伥,尾随上山而来,要暗算你这姑表兄弟。良心安在?天理安在?"

李文化听了,也顺着张家山的话茬,口里不住地"大老表""大老表"叫着,求头顶上那后生,发发恻隐之心。

见话到了这个份上,那个大老表依旧笑着,说道:"张干大受惊了!刚才我说的,都是戏言,想不到二位却当了真。那姑舅兄弟李文化,我却认得。今个见你们来得蹊跷,我便明白,一场干戈起了,你们是为动女骨而来。两位听着,我并非赶来寻事,而是想凑一只手,为你们帮忙的!"

墓坑里的张家山、李文化听了,惊魂未定,仍是不信。

大老表又说:"当年这一纸'回头约',一式三份,你们拿一份,杨家拿一份,另一份,现在就在我这腰里别着。红口白牙,立约为凭这个道理,我如何不懂?不瞒你们说,那赶牲灵的捎话给李家河,就是我让捎的!"

听了大老表这样说,张家山和李文化方才不疑。

一场虚惊过罢,张家山喊了一声,叫那大老表,扔下他刚才搁到地面上的麻袋来。麻袋有两条。接了麻袋,张家山提起女尸,李文化上来搭手,一条麻袋从上面一捅,一条麻袋从底下一捅,中间系上一截火绳子,扎个死结。然后,两人一起用力,将这女尸举了起来,叫上面那大老表接住。

上面那个大老表接过尸体,又说,棺材里面还有一个祭食罐,是他亲手放的。他要张家山,务必也要将这个祭食罐带上,这女骨走到哪里,祭食罐就跟到那里,等到将来到了李家河以后,再随女骨一起下葬。他说,他姑姑下一辈子轮回转世,她的贫贱或者富贵全在这祭食罐上,因此这是一件圣物,万万马虎不得。

张家山叫了声"多事",于是唤李文化取那祭食罐。祭食罐递上去后,那大老表伸出一个锨把,先吊上来个李文化,然后两人一齐用力,吊上来了大个子张家山。

张家山上到地面,伸展一下长胳膊长腿,心情一阵轻松。见了那大老表,想起刚才那一番多事,委实想给他两拳,奈何这里不是个地方,于是,一口唾沫,强咽了。又见那杜梨树上,乌鸦还在一个劲聒噪,张家山说了声:"打搅打搅!"一语了了,乌鸦不复吱声。

接着,三人你一锨我一锨,将那空墓坑,草草地填了。说是空墓坑,却也不确,里面还睡着一个男相公。只是少了一个女裙衩,那男相公现在形单影只,成了光棍汉了。坟墓仍全成个圆状。而后,这具尸首,由李文化背着,肩扛铁锨的大老表在后面掖着,缓缓下山而来。那张家山,怀抱一个祭食罐,撅着屁股,跟在后面。

下山的途中,两姑表轮换地背着。下得山来,却不见了驴车。原来那谷子干妈,看见月亮起身了,明晃晃的,于是将驴车赶到庄稼地里,这时,听到响动,又将车赶了出来。张家山见了,"哼"了一声,算是褒奖。

大家七手八脚,将车上的塑料鞋底,扔进庄稼地里,腾出车厢,将个死猪一样的女骨,放进车里。张家山拍拍车厢,示意还有块空位置,刚好谷子干妈能坐。谷子干妈赶紧身子一趔,她嫌龌龊,竟自个儿抢过张家山怀里的祭食罐儿,拔脚先起身了。

那大老表握住张家山的手,嘱咐一句"前程珍贵",就此告辞。

张家山这时才记起,忘了问这大老表的姓名。待要问时,那大老表自己倒先说出来了。他说他叫刘玄礼,刘家河小学堂的一名教书先生。西京一所名牌大学毕业,因为倦于世事的喧嚣不堪,所以辞了公职,回归本土,将个满腹经纶的身子,混迹于草莽之间,只求平安了此残生,所谓的"云无心以出岫,鸟倦飞而知还",如此而已。

张家山听了,对这大老表生出几分敬重。他张口又问起前程的吉凶,那刘玄礼说:"欲渡黄河冰塞川,将登太行雪满山。云横秦岭家何在,雪涌蓝关马不前。世道险恶,前程未卜,不过有这'回头约'在胸口上揣着,晚上有月亮照耀,白日格有太阳照耀,谅来这事能成吧!若要不成,那就没世事了!"

等李文化还了家具,一杆人立马登程。李文化依旧牵着毛驴,前面行走,张家山怀抱三弦,跟在后边。路途还远,起出女骨,仅仅是完成了第一步,什么时候将这尸首,拉回李家河,还给那亡人李万年,这桩事情,才算了结。

车轮辚辚滚动。走了好远,张家山扭头看时,但见那月光如水，朗照大地，月光底下，大老表刘玄礼还站在那里，向这边张望。

瞅着张家山他们正在行走这个空儿，且让我们将这刘家河刘家的身世，绍介一二。"天下匈奴遍地刘"，这是一句北方地区流传久远的古语。谈及陕北的人文地理、世事变更、氏族繁衍、人种溯源，记得谈过吴儿堡杨家、黑家堡黑家、袁家村白家、李家河李家、张家畔张家等等，那么不谈刘家，那就有些大不对了，这于他们是不公平的。

"天下匈奴遍地刘"，这话道出了匈奴民族被汉文化同化的一段历史，也为中国北部地区，包括刘玄礼的刘家河广大刘姓人家，寻根问祖提供了依据。匈奴民族原本无姓，如何取了"刘"姓？这得追究到魏晋南北朝时期的一个人身上，这人就是大夏国国王赫连勃勃，五胡十六国中的一位国主。既是赫连勃勃，为何又是刘姓？据说这是当时统治北方的那一位皇帝给赐的姓。查查中国历史，两千余年的封建统治中，刘姓人建立的王朝，四停中约占一停。记得有刘邦的西汉，刘秀的东汉，而刘邦刘秀之外，又有三国鼎立时刘备刘皇叔建立的蜀，魏晋南北朝时期刘渊建立的汉，五代十国时刘致远建立的后汉，以及差不多同时其余的刘姓人家建立的前汉、南汉、北汉等等。这赫连勃勃，是哪一个刘姓皇帝给赐的姓，记不准确了。总之，皇帝以自己的姓给赫连勃勃冠之，以示安抚宠爱之意，以求得边境安宁。

赫连勃勃是个厉害的主儿。一天，陕北高原与鄂尔多斯高原接壤处过来了一支游牧的部落。部落自称是那个胡笳声声马蹄得得亡命出塞下嫁匈奴的中国四大美人之一王昭君的后裔，那部落头领正是赫连勃勃。说是游牧部落，也不算准确，那游牧仅是一个方面，更重要的事情是骑马打仗。原来匈奴人种，生性强悍，孩儿三岁即可骑马，五岁即可挥鞭，七岁即可拉开硬弩，若有那体弱多病的，则扔到草原上去饲鹰，因此上说这又是一支锐利的战斗部队。赫连勃勃在这块地面，游弋有年，渐次势大，皇帝赐他"刘"姓，大约就是这时候的事情。

后来，这刘赫连游弋到距离吴儿堡、刘家河不远的地方，但见一个大湖，波浪翻涌，万亩草原，一碧千里，旁边又有雄浑的陕北高原，可为倚靠，于是，喜道："我走过这么多的地方，天下之美，无有出其右者！"遂将马鞭，往地上一扔，喝令众人，在这空旷野处，平地起辉煌楼阁，为他筑一座都城出来。

诸位，现今的生态学家们，面对今日陕北高原的荒山秃岭，支离破碎，鄂尔多斯高原的流沙侵蚀，荒漠漫漫，常以当年刘赫连的这句话，为其保护生态的呼吁做注脚。这是题外话。

这刘赫连建立的都城称"统万城"，意即君临天下，一统万方之意。这统万城，历经整整七年修造，死伤数万名工匠，方才告竣，据民间传说、野史记载，这统万城的城墙是用白土和着糯米蒸了，一层一层堆起来的。堆一层，便让监工用锥子来刺，若刺进城墙，则杀筑城的民工，若刺不进去，则杀持锥子的监工。刘赫连的凶残无道，滥杀无辜，此中可见一斑。

统万城既已建好，大夏王赫连勃勃便弃了"刘"姓，与朝廷反目。他集全国之力，向南进犯，先占了黄土高原腹心地带的肤施城，改为"小统万城"，意即陪都，继而挥鞭继续南下，克耀州、华州、彬州，对古长安形成合围之势。兵困长安半年之后，终于攻克，杀戮半月，遂将长安亦称为"小统万城"，算是他的第二个陪都。

不可一世的赫连勃勃，据说后来死于内讧。赫连死后，他的几个儿子又分立为王，继续在北方游移。史载，二三百年后，这赫连勃勃一支，才从喧喧嚣嚣的中国历史舞台上突然消失。这个庞大的赫连勃勃家族是如何消失的？据说，就淹没在汉文化的汪洋大海之中了。

那王昭君是四大美人之一，匈奴这个马背上的民族，又素有骑士之风，更兼这赫连勃勃，不管你承认也罢，否认也罢，毕竟是做了几天老子天下第一的一国国主。所以这刘姓人家，或多或少，身上总有一些帝王的骨血存在。所以后世之后，陕北地面的刘姓人家，高贵者，显赫者，不计其数。就他们的行为举止，处世态度，思维方法，外貌特征，更是让那些凡夫俗子相形见绌的。也许我们上边说过，下边继续还要说的，那飘飘忽忽，神龙见首不见尾的刘玄礼，就是一例。

不独陕北，偌大中国北方地面上，这刘姓的渊源，或可都疑心到这赫连勃勃身上去。当今有一个做小说的，姓刘名绍棠，他生前与笔者有过一次通信，所谓的"天下匈奴遍地刘"一说，最初就是笔者听这刘老先生说的。自然后来又有史学教授、历史系大学生，屡屡在笔者耳畔聒噪这句话。记得，刘老先生还有一件作品，标题就叫《一河二刘》。

瞅这个机会，再将那王昭君往上的匈奴的事迹，略陈一二。省得每每有好事者，拿这个话题来烦人。

匈奴起于北方大漠，商末时已有记载，周时已成中原的第一心腹大患。这匈奴原本亦是华夏子孙，只是黄帝有四个老婆，四个老婆面目各异，所生儿孙于是就有些差别了。后来黄帝将他的儿孙七十三人，分封为七十三个国家，匈奴乃其中一支。此说不是为墨者杜撰，远朝的司马迁，近世的于右任，都有参证在册，可为凭证。

秦统一六国后，将抵御日益壮大的匈奴，作为当时的第一要政。此时的匈奴势力，东抵大兴安岭，西达阿尔泰山，南则囊括了今天的大半个陕北，北则一直向中亚细亚伸展，疆域无边。蒙恬、扶苏的筑万里长城，修秦直道，正是为抵御匈奴之故，而汉将军霍去病、李广的"誓扫匈奴不顾身，五千貂锦丧胡尘。可怜无定河边骨，犹是春闺梦里人"，亦是诗家以诗记史的实录。

至汉武帝时，汉武帝勒兵三十万，至北方大漠，恫喝三声，天下无人敢应。无人敢应的原因一方面是汉武帝的穷兵黩武，另一个原因却由于一个弱女子的出塞。这弱女子正是王昭君。昭君原是后宫美人，因自恃美貌，不愿贿赂画师毛延寿，被冷落宫中。后来出塞，成为匈奴呼韩单于后。昭君出塞，落脚的地方在当年的九原郡，今天的包头西九十里。昭君出塞，南北匈奴分裂。北匈奴开始悲壮的史诗性迁徙，南匈奴则永远地在陕北高原上羁留下来，成为今日陕北人种血缘的主要部分。后世有许多重要的事情，都在这些羁留者身上发生，包括赫连勃勃，包括吴儿堡的那些可信亦又可疑的故事。

那失路的北匈奴，他们悲壮的迁徙亦从此时开始。他们穿过漫长的中亚细亚栗色的土地。他们将自己掉队的子孙胡乱扔到路途，他们中有的部落甚至永远地羁留在路途上了。有理由相信，现今的中亚五国的子民们，一定有或多或少的匈奴血脉存在，甚至于不妨大胆猜测一句，其中的某一国，甚至就可能是那些羁留的匈奴部落繁衍绵延，滚动而成的。这些自然是无凭的猜测而已，因为岁月已经将这一段历史变成一个黑幕。记得，笔者曾经骑着一匹黑走马，在中亚细亚做过五年的游历。一日，当笔者惊骇地问那一片黑黝黝地用圆木搭起的金字塔式的墓，它们属于哪个年代，属于谁时，游牧的哈萨克族人说，当他们的先辈开始在这里游牧时，它们就存在了，它们不属于哈萨克，它们显然是在这之前，一个匆匆路经的民族留下的。那些圆木搭就的坟墓，历经中亚细亚的灼热阳光的照耀和风吹雨淋，经年经岁，已经变得乌黑，干得发脆，形同焦炭，静静地卧在连绵起伏的沙丘之间。

北匈奴是公元二世纪时从鄂尔多斯高原动身的。三四世纪时，他们鞍马劳顿的身子，曾经在黑海、里海岸边闪现过一下。然而，这里的严寒、酷热、干旱和一望无垠的碱滩，又迫使他们继续迁徙，直达欧洲腹地。欧洲历史上，称匈奴民族这一次对欧洲大陆的冲击为第一次"黄祸"。又称近一千年后，成吉思汗及其子孙们对欧洲大陆的冲击为第二次"黄祸"。匈奴挺进欧洲，以这个高贵的民族，最后像沙漠中的潜流河一样被欧洲板块吞噬作为结束。这一条黄色的河流流了那么长，沿途哺育了两岸茂茁的森林和丰饶的草地，而终于泯灭在一种文化面前。然而这不叫泯灭，它只是在另外的母体上得到继续延续。"假如种子不死"——正是这话。现今，在欧洲的历史学家们的典籍中，在传奇和传说中，在那些为数众多的黑眼珠黑头发的子民在劳顿之余偶尔抬起头来仰望一下天空时，"匈奴"这个词语会不自觉地从他们的口中蹦出，作为对平凡生活的抗议，作为对光荣与梦想的希冀，作为对历史的尊重和敬礼。

值得一提的是匈奴的一支，后来在多瑙河畔，建立了他们自己的独立的国家，这就是如今的匈牙利。匈牙利的民族诗人裴多菲，曾经在他的民族史诗中盛赞过那场悲壮的迁徙，以及奠业立国的经过。而千百年来，匈牙利的国学家们，亦一直持此说。只是前些年，又有好事者提出异议，说匈牙利立国是在公元二世纪，而匈奴民族进入匈牙利是在五世纪，因此只能说匈牙利部分人有匈奴的血统，而不能将它的立国奠业归结为系匈奴的一支所为。此说一出，即遭到匈牙利官方的制止，他们认为，以那光荣的豪迈的传奇般的匈奴民族作为自己开国的祖先,是一件荣光的事情,也是令整个欧洲为之肃然的事情,一个国家,总该有点来龙去脉才对,于是乎,力排众议,重申匈奴立国说。

这里有一件趣事。这事发生在另一个刘姓作家叫刘成章的身上。刘成章出访罗马尼亚,在罗作协主席家中做客。当他偶然间说出他祖籍陕北,他的身上也许有匈奴人的血统时,屏风后面一声惊呼,作协主席的夫人尖叫着从内室里跑出来,紧紧地拥抱刘成章先生,并且伸出她的脸颊,让刘吻她。夫人是匈牙利人。越过两千年的时间和空间,这一对走失的兄弟姊妹在这一刻重逢。"我可以吻她吗?"生性腼腆的刘成章问。"可以吻,这是礼节!"夫人的丈夫答道。这一刻,世界上也许有许多事情发生,但是,没有哪一件能比上这一吻更重要、更深刻,那一吻是如此苍白而美丽。

天下匈奴遍地刘。以上说的是刘姓。其实每一姓追溯起根由来,都有许多故事在内。这一个个姓氏,仿佛一个个线头,牵动起来,便可以触到历史的深处,牵到一根根迟钝的神经。历史不是无踪可寻的,抓住一个个姓氏,攀缘上溯,便有许多蛛丝马迹可寻。眼见得眼前世界,一夜间热闹起了许多文化,衣食起居,屙屎尿尿,皆上升到文化范畴,冠之曰"文化",其实,关注一下姓氏,说姓氏可以成为"姓氏文化",自信在这里不是妄言。

以前我粗略谈过陕北高原的李家、杨家、黑家、白家,继而又浓墨重抹,顺着历史这条线索攀缘而上,说了刘家。相形之下,这刘家似乎又说得多了一点,这对李、杨、黑、白,似乎又有一些不公道了。好在日月常在,光阴有年,且容这说话的,撩撩手梢,再缀补一二如何!

那陕北高原李家,虽然追根追到李自成,但从李自成往上,又追到了匈奴身上。君不记得当年改"大顺镇"为"六六镇"那个酸儒是如何唱的?首一句"阉党当年并赫扬,远从西夏溯天潢",正说这李自成远祖乃西夏国王李继迁是也。第二句"一朝兵溃防株累,尽说斯儿起牧羊",是说李自成兵败,陕北李姓怕受株累,纷纷证说他是牧羊的胡人身世。

那杨家的身世,读者已经知晓。匈奴当年从内地掳来汉民百姓,于这鄂尔多斯高原与陕北高原接壤地带,筑成一个个集中营式的建筑,叫吴儿堡。"匈奴高筑吴儿堡",说的正是这事。迁徙的匈奴部落中有个走失的士兵,与吴儿堡的杨姓姑娘野合,遂有这一支生机勃勃的吴儿堡家族的产生。

那张家畔的张家、张家山的张家,是何身世,不甚了了。只知道有一句陕北民歌,叫"好女子出在张家畔",又有家族传说,说"回乱"时张姓人家出了条好汉,拳打陕甘两省,脚踢五路英雄,率了户族一路追杀,一直将起义的回族赶出陕北,在河套的一处地方,双方成对峙之状,后来握手言欢,尽释前嫌,歃血结盟,发誓永成兄弟,互结同心。那地名后来以"同心"名之,据信现在还在,即宁夏回族自治区的同心县是也。

至于"黑""白"二姓,原本却是一家。那时是"朱"姓。因为避讳,兄弟二人一个姓了"白",一个姓了"黑"。他们的族籍大约是回族。又有那姓"呼延"的,嫌这"呼延"烦琐,于是,一族取前一字,姓了"呼",一族取后一字,姓了"延"。"呼"姓"延"姓,亦是陕北的一大家族。又比如那"高"姓,家族亦十分显赫,隋唐五代时一位高姓将军叫高允韬的,在陕北地面曾自立为王,后世又有一位高迎祥的,举旗造反。又比如那"史"姓,《水浒传》"王教头私走延安府"一节,提到个史家村,提到个九纹龙史进,其实这史家村叫史家背巷,正在肤施城左近。又比如"拓"姓,姓得古怪。这个字的音读"tà",这个"拓"姓,是否是北魏那个拓跋氏的后人呢？世事淼茫，不得而知。

小说家言，三分是实，七分就虚，原本当不得真的。若有人按图索骥，对号入座，则大谬也。说者姑妄说之，听者姑妄听之，若何？

前面说了那么多的刘姓的事，落脚处，却只为说刘家河的刘姓；而说刘家河的刘姓，却单为说刘玄礼一人。

刘家河可条川道的人以刘为姓。饱学之士刘玄礼考究说："刘，字典里的注释是'杀'的意思。但古往今来，很少见人们把'杀人'写作'刘人'。以此，事实上刘字在汉语语汇中，至少是现代汉语的语汇中，是仅仅剩下了一个用途——姓。"

刘家河川道的一个庇荫处，有一座古寺，人称古浮图寺。寺中有几座东倒西歪的旧瓦房，院内几棵白皮松。那寺的后面，向阳处有一座古墓。民间说法，那古墓正是不可一世的赫连勃勃最后的葬身之处。是那刘赫连的真坟，还是疑冢，县志中对此未加肯定，亦未见否定。以此说来，这刘家河的刘姓，似乎离那刘赫连更近。

刘玄礼小时候，生性聪明。陕北人大气，心性高，可是因了这简陋的穷山恶水，触目可见的寂寞荒凉，各方面都要笨钝一些。倘若有了那高的心性，又聪慧无比，那就是说，上苍嫌这地方太荒凉了，它要开一朵鲜艳的山丹丹，来点缀这无尽的荒凉，来弥补这世事的不公。玄礼小时，上小学上到二年级，便辍学回家放羊，到了小学升初中那一年，看见村上的孩子们要去考试，于是将羊只赶到一个山坳里，堵住，也跟上学生娃去打了一次彷徨。这一考却考上了，于是开始上中学。中学上了两年以后，又回家里来牧羊。适逢高考，他借了几本中学课本，看了看，又去参加高考。这一次又是榜上有名，且进了西京的一所名牌大学。大学毕业后，婚姻上的事情，给他一次打击；事业上的事情，又给了他另一次打击。"三十不娶而不娶,四十不仕而不仕",刘玄礼说完这两句话,便弃了公干,回到刘家河,将那古浮图寺略略修缮,做了学校,他则教鞭一拿,做了个娃娃头,当上了教书先生。这次,他受户族的委遣,前往吴儿堡奔丧,月光底下,与张家山一行道别,而后便回刘家河复命去了。这"回头约"之事,风波已起,户族如何看待这件事还待商榷。

第九章

老人山上,起出女骨,通衢大道上,与刘家河刘玄礼惜别,张家山一行,惶惶如丧家之犬,急急如漏网之鱼,撒开欢儿,月光底下,一阵狂奔。眼见得,吴儿堡老人山上那棵威赫赫的老杜梨树,渐渐被一架山岭挡住,三人的脚步,才放得缓些了,毛驴的四只蹄子,亦重新变得清晰有声。

这件事干得干净利索,张家山不免得意。月光如水,道路空寂,他们正好行路。至黎明时,行到一个岔路口。路分两条,一条是他们刚才行走的柏油马路,另一条是可以过胶轮大车的石子土路。那李文化,已经领着毛驴车过去了,张家山心中一灵动,多了一个心眼,要他回头,改走土路。"不怕一万,单怕万一!"他说。

太阳冒红时,估摸着,已经走出五十里地了,张家山告诉李文化,要他把脚步放缓,容他小解上一泡。小解完了,干啥事应啥心,他见那天色已明,怕仓促之间,麻袋遮掩得不严,就走到车子跟前,伸手去拽。

张家山这一伸手不要紧,只听手到处,"轰"的一声,惊起一群苍蝇。继而,一股恶臭扑面而来,熏得张家山翻肠倒肚子地一顿喷嚏。原来那苍蝇,是在行走的途中,一只一只,悄悄地敛落下的。夜里湿气太重,这苍蝇的翅膀扇不起来,于是只好黑麻麻地爬在麻袋上,尖嘴透过麻袋,吮吸那尸香的味道。而今太阳一照,翅膀早干了,适逢刚才张家山大手一拽,正好是个起因,于是"轰"的一声,嗡嗡地满天价乱飞起来。飞了一阵,舍不得那尸香,又重新敛落在麻袋上。还有一些苍蝇,觉得毛驴那厚墩墩的屁股,也是一个去处,于是敛落在那上面。

尸首受了,那毛驴却不受。它有尾巴,本来可以用尾巴打苍蝇的,可是这李文化,套车是个外行,将那驴的尾巴,夹在后里了。毛驴尾巴抬不起来,无法拍打,屁股蛋子又痒得不行,只得抬起后蹄,拼命地蹶了几下蹦子,然后一仰脖子,"咯哇咯哇"地叫开了。

李文化见了,两只手使劲地拽紧缰绳,才没叫这毛驴大惊。他原先光顾前面看路,没注意这车上,竟装了半车苍蝇,尔个一见,恶心得弯下腰来,一阵干吐,那臭味儿,也离他最近,刚才心情紧张,又忙着赶路,这回车子一停,他是真真切切地嗅出来了。"膀臭膀臭的!"他龇牙咧嘴地对张家山说道。

谷子干妈面对这蜜蜂"朝王"一样的一大堆苍蝇,有她自己的解释。她认为这些苍蝇是神神打发来的使者,提醒他们这掘墓的事做得不对。他们这分明是激怒了那一路神神。她认为现在最好的办法是往回走,让这架女骨重新回到它原来的地方,入土为安。她差点要跪下来叩头,但是让张家山给拦住了。

尽管张家山嘴上梆硬,那谷子干妈的话,还是说得他心里直发怵。但是,开弓没有回头箭,这第一步已经跨出,再要张家山回头,那是办不到的。他品着个脸,对谷子干妈说:"冲犯了哪路神神,由我张家山支应着。要降灾,降到我头上来吧!有'回头约'在此,阎王老子来了,我也敢和它论理,说到阴曹地府,我也不怕!"

这时道路上,稀稀拉拉地已经有些行人。张家山说,这里久停不得,拔些艾蒿,盖在车上吧,一为避邪,二为杀杀这臭气。又说,李文化你眼尖,你觑顾着,待前面有了代销点,你停住车,给咱们一人买一个口罩。说完了,又补了一句:"记着,要打发票,回去我报销。"

给车上胡乱地盖了些蒿草,驴车继续行走。

行到中午,太阳火辣辣的,车上的苍蝇还是那么多,臭气却更加浓烈。张家山忍耐不住,叫道:"李文化,你眼在额颅上头长着哩!都行了这么长路了,那代销点你还没有瞅见一个?"李文化答道:"这地方路野,十里八里,连个村子都遇不上,哪谈什么代销点!"

李文化话音未了,忽然改口说:"有了有了,张干大你看,鼻子跟前就是!"

张家山抬头一望,原来前面是个小镇,这条山区简易公路,正从小镇中间穿过。镇上今天大约逢集,黑压压的一疙瘩人,仿佛挤热窝似的,挤在路上。那小镇靠他们这头,恰好有一个代销点。

又行片刻,到了代销点门口。李文化喋了一声,叫驴停下,而后一挑帘子,走了进去。

李文化这一进去,半天不见出来。眼见得这里人多眼杂,不宜久停,张家山在门外有些暴躁。他顿着脚,朝门里喊道:"李文化,你狗日的,有咱就买,没有咱就抬脚走人,你磨蹭个鬼哩!莫非屋里有个红鞋女妖精,把你勾住了不成?"连喊三声,那李文化,才挤眉弄眼地出来了。

李文化出来,拽住张家山的衣袖,悄声说道:"张干大,你说你经多见广,得是?"见张家山连连点头,李文化又说:"那你看看里面的女子去,给眼过一回生日。那里面,活生生地坐着一个美貂蝉哩!"

张家山一听,有些恼怒,嫌李文化没有正形。他扬声骂道:"好你个李文化,心里头一点事都不搁!你忘了咱们是干啥来了,难道是热闹处卖母猪来了?闲话少说,我只问你,代销点里那口罩,是有耶没有?"

李文化见骂并不恼,瞟了一眼车后头站着的谷子干妈,又说道:"张干大,你是枉活了一世人哩!那女菩萨,你到底是去看耶不看,活生生一个年画上走下来的女子哩!我只怕你看了以后,看在眼里,拔不出来了!你常吹你年轻时候的五马长枪,我看那都是假的,老牛闲来磨牙,给嘴皮子过过生日而已。噢,我明白了,是有谷子干妈在跟前,你有顾忌,不敢胡骚情!"

这一激果然有效。架不住这半大小子李文化的一番撺掇,张家山心动了,于是吩咐谷子干妈到车前面来,牵住驴缰,自个跟上李文化,一挑帘子,进了那代销点。

李文化没有虚说。那女子果然生得漂亮。脸蛋白得像刚出地皮的白皮萝卜,像扒了皮的羔子肉。一头黑油油的头发直披到腰间,头发是直的,那前面的刘海,却是天然的自来卷,像几朵乱云,妖妖娆娆,撩拨人心,在额前翻卷。眉毛像炭,鼻梁直挺。直挺的鼻梁两侧,各有一个毛眼眼,忽噜忽噜转着,瞅着你。那脸颊上,两只颧骨提起,颧骨上停着两朵红云,所谓的"人面桃花"大约正是指此。嘴不大，两边嘴角，却调皮地向上翘起来，那嘴唇一张一合，令人失魂落魄。民间谈起女子，谈她"俊样"，那俊样，就在这撩人的嘴唇上。

张家山一见，眼睛直了。只看第一眼，第二眼却不敢去看。怕甚？怕羞！他在心里说："深山藏俊鸟！这女子将来不知要给谁做婆姨。好灶火费炭，好婆姨费汉，这女子不整死几个男人，才怪哩！"心里这样想着，暗自庆幸自己跟这一摊祸水无缘。诸位，这正是所谓的狐狸吃不上葡萄，就说葡萄酸的意思。这样想了一回以后，心里始觉安定。壮着胆子，鼓起勇气，又抬眼瞅那女子一眼，这一瞅，心里爱得不行，又将刚才那想法推翻了，叹息曰："唉，我张家山这一生，要能跟上这号女子睡上一回，也算在人世上没枉走一遭了！"这样想着，口内生津，有涎水流出。

诸位，原来张家山、李文化，这是进入了绥米境域。这地方出美人。所谓的一方水土养一方人，四大美人中的貂蝉就出在这里。当地俚语言，说那貂蝉出生之时，天空明晃晃的一轮月亮，突然暗淡无光，待貂蝉一声啼哭，那月亮方又明了，又说这一带十里方圆，各类花儿，因了貂蝉出生的缘故，三年不发。为甚不发，是被貂蝉之美给羞得来着。成语中"闭月羞花"一句，据说就是由此得的。

叹息一番后，张家山收住邪念，动口问那口罩的事。女子一开口，好像鼻孔不通似的，一口纯正的陕北上路话，直噪噪。她推说没有。张家山说，这是件寻常的物什，如何没有？那女子回话道："山里人谁发神经了，要戴那东西，你要找个牛笼嘴、驴码眼什么的好办，要找这口罩，得上城去。"

将口罩与牛笼嘴、驴码眼比成一类，这话便有些骂人的意思。只是这话骂得巧，叫人觉是觉出来了，却只有默认，你若要点破，便不免有小题大做之嫌。再则，这话从一个女子口中说出，且是一个漂亮女子，那是便有骚情的成分在内。

所以这张家山听了，非但不恼，心里反而觉得无比舒坦，凭空地和这女子亲近了许多。张家山说道："我不和你拌嘴，空磨闲牙。有没有口罩，待我认真地找上一找！"说罢，举起眼睛，朝那货架上一路扫去，眼神后来停在了一个东西上。"那是什么？"张家山问道。

有一个物什，显眼地挂在那里，姑娘的身子一动，撞着了它。它"不来不来"地来回摆动着。那东西，中间一块花格细布，两边两个松紧带做的耳子。张家山指着它，问那女子："那不是口罩，又是什么？年轻轻地，就学下个遭谎。你是卖货的，我是买货的，你既然有货，为啥不卖！"

女子见问，看了那物什一眼，脸色微微一红，答道："你老看得走眼了，这哪里是口罩！"

张家山有些恼了，说道："这分明是口罩，你怎么红口白牙，硬说不是。嗨，女子，你说这不是口罩，又是什么，你说！"

女子颧骨上的两朵红云，更明显了。她有些害羞，说道："老人家，你要买，可以卖给你，但是，这不是口罩！"

张家山不容分说，要那女子取出一条来。拿来以后，比画一阵，往李文化嘴上一捂，又将两个带松紧的耳子，往两边耳朵上一挂，叫一声："按模扎楔，刚刚合适！"说罢，又叫女子再拿两条来。

那女子背过脸去偷偷一笑，又伸手摘下两条，放在柜台上。

张家山在这里忙活，那李文化觉得嘴上有点憋气，又觉得有点新鲜，于是从嘴上摘下那东西，放在眼前细看。看了一阵，李文化狐疑地问："张干大，有一句话我不知当说不当说。这物什恐怕不是口罩吧？我见过公家人戴的口罩，那口罩的颜色是白色！"

"花的怕啥？花的才耐脏！你不想戴，你就算了！给你个人，你都不会装！"张家山噤断完李文化，伸出大手，从柜台上抓起那另外两个，揣到腰里，又说道："这里比不得咱六六镇，李家文化，你就将就着使唤吧！"

一桩买卖这就算做成了。动问价格，那女子说一副五角，张家山说这价钱倒还公道。于是，一边伸手在身上摸钱，一边要那女子开个发票。说开发票这话时，张家山很是自豪。他偷偷地瞟了女子一眼，在心里说，这女子一定把他当成公家人了。

李文化摆弄了两下，将那东西重新戴上了。他决定不再摘下来。臭气也确实熏得他够受的了。这时，眼见得张家山要付钱，而付完钱，就没有理由再羁留在这代销点里了，可他身上的邪劲还没有发够。于是，他偷偷地拽了拽张家山的衣角，又将口上的那东西向下拉了拉，露出上嘴唇来，将个嘴唇登到张家山耳根，说道："张干大，你说你能行，是不是？胳膊上能走马，脊背上能擀面。你要真的能行，今个验证验证，让我开上一回眼界。你——你敢摸摸这女子的衣服么？"

张家山见说，笑一笑。他停止了点钱，伸出一只粗手来，横过柜台，往那女子的花衣服上，摸了一把。摸罢，问道："女女，你咋穿上这花衫衫，这么好看！你这花布，是从哪里扯的，赶明日，我给我婆姨也扯上这么一身！"

女子见说，不好意思地拧了一下身子，躲开张家山的手。她告诉说，这衬衫不是扯布做的，买的是整件，城里把这叫成衣。这是她进货时，肤施城里挑了一条街，买下的。

旁边的李文化，趁机骚情两句，给嘴过过瘾："这哪里是衣服好，分明是架子本身好嘛！这衣服要给你老婆穿了，丑人多作怪，非成个妖精不可！人家这女女，啥衣服穿在身上，都会好看，要是不穿衣服，会更好看！"李文化后边两句，说得有些露了，怕那女子听见，是压低声音说的。说罢，吐吐舌头，扮个鬼脸。

张家山"喏喏"两句。他是得逞了。于是转过脸来，不无自豪地冲李文化一笑。

李文化没等他转过头去，又把那东西往下巴底下抹了抹，露出嘴来，激张家山说："摸衣服不算数。那个摸法，谁都敢摸！张干大，你要真有本事，你摸摸这女子的绵手手，如何？"

"这更简单！"张家山慨然应允。

付完钱，还差些硬币，张家山说："好女女，你张开手来，待我数给你看！"说罢，"一五一十，十五二十"地往那女子手里搁硬币。搁一次点到为止，摸一下女子的手。

"张干大，这一回，我算实实地服你了！世事到你这里，就算尽了！人聪明是天生的，不是点灯熬油学下的。我李文化这一辈子，就是打上灯笼撵，也只够给你拾鞋底，不是？！"李文化在旁边，情不自禁地赞叹道。

再没有理由在这代销点逗留了。一老一少两个大男人，向那俊俏的貂蝉女，长长地一声问候，换回那女子千娇百媚的一笑。继而，前脚撵后脚，两人出了大门。临出门时，李文化郑重其事地将自己嘴上那东西，正了一正，因为那臭气，又要开始熏他了。

出了门，见了谷子干妈，张家山将脸上荡漾的春意，收起。他将那物什，塞一个给谷子干妈，另一个，自己动手，往嘴上戴，戴的途中，多看了谷子干妈两眼，心想，人比人活不成，驴比骡子驮不成，不比不知道，平日，满以为自己已经达到小康标准了，今个见了这女子，才知道自己刚刚脱贫，刚刚满足了温饱，止住了肚子不饥，还处在白菜熬萝卜的大烩菜阶段。

那谷子干妈，只是不知趣，还想耍个矫情。她将那物什，翻来覆去看了一阵，擦擦眼睛，说道："哈，他干大，这不是口罩，这是那东西！"

张家山恼道："东西是人叫的，给它取个啥名，它就叫啥！今个，管它是驴码眼、牛笼嘴，咱就叫它口罩，它就得叫口罩。看谁能看咱两眼半，能把咱咬了，当钱钱肉卖！"

谷子干妈还想申辩。张家山这时已经给自己戴好。张家山的脸盘大，这东西有些小，勉强戴上后，勒得两只招风大耳生疼。实效第一，因此他也就不顾忌什么了，加之榜样是重要的，他要给谷子干妈和李文化，树个样子。戴好，他又伸出手来，不容分说，也给谷子干妈戴了。戴好以后，拍拍肩膀，说道："少聒噪，赶路要紧，这里人多眼杂，不是久留之地，当心把咱们的正事耽搁了！"说罢，催动李文化，牵着毛驴就走。

谷子干妈哭笑不得，想要卸了，又怕趄了张家山的令，惹他不高兴；想要戴着，又觉不雅、难堪。这时车子已经动了，莫奈何，只得勾着个头，一手捂嘴，一手揽住怀里的祭食罐，向前撵去。

驴车滚动着。

前面，李文化牵着个毛驴，仰着个头走路。嘴上添了那物什，他感到排场，腰身闪着，下颏翘着，人未到，那嘴先到了，驴车的一侧，气昂昂地走着个张家山，手插在腰里，迈着八字步，黑盆盆一样的一张脸，煞是严肃，额颅上的三道抬头纹，刀刻一样深邃。额颅的肉拧成一疙瘩，像在思考什么大事。那物什搭在嘴上以后，有点小，耳子虽然是松紧的，但是拽得左右两个招风大耳，直愣愣地伸展开了，一走一扑扇。车子后面，几步之遥，跌跌撞撞走着个谷子干妈。羞答答，怯生生，一手揽着罐儿，一手捂嘴，勾着头行路。

这一拨人实在怪异。于是,满街的买家、卖家、看家,都一齐停了手中的活计,涌上来观看。人群中,自然懂家不少,知道那是什么物什,只是心里明白,嘴上却不说,正如那看皇帝新衣一样。内中有个鲁莽汉,终于按捺不住,扬起手臂,往张家山嘴上一指,高叫一声什么带。话音未落,惹得四周一阵大笑。

　　这一声叫得张家山也有些心里发毛。他现在明白,自己嘴上捂着的,不是什么口罩了。他想将这取下来,又觉得自己大丈夫一言既出,又半途废了,不好,也降低在谷子干妈和李文化眼中的威信。他在心里对自个说:"名字是人起的!我这就叫它口罩!如何?口罩!口罩!口罩!谁说这不是口罩,谁是王八蛋!"这么一想,这么一念叨,心里也觉安定,于是硬着头皮,依旧昂起个高贵的头颅,不恼不笑,不左顾右盼,匆匆赶路。

第十章

陕北地面，地广人稀。荒野小镇，即便是逢集，人数也是不多。可是因为有了这一宗热闹，此刻，这一处成了个乱人场子。路口人挤人，人拥人，锈成了一疙瘩。所以把个张家山他们前面的去路，堵了个严严实实。

更兼那驴车上，苍蝇翻飞，嗡嗡作响，有一股奇异的尸臭，四散开来。张家山他们，嘴上有那东西捂着，虽有感觉，但感觉不深，这无名小镇的人们，平日吸惯了甜香空气，一个个嗅觉甚是敏锐，如今突然闻起这味道，甚觉蹊跷。于是一个个喷嚏连天，伸长脖子，想要探个究竟。

更有那小镇上的交通警察，也耸着鼻子，打着喷嚏，磨磨蹭蹭，皱着眉头赶来。这荒野小镇，难得见一辆汽车，要这交通警察做甚？原来，陕北人心气高，好讲个排场，要个洋辣子，那小镇镇长到肤施城里观摩过一回后，见那十字路口，安全岛上，胳膊一屈一伸的警察,煞是好看,心想,怪不得咱小镇精神文明老搞不上去,原来是少了这摆设。主意拿定,于是专门从春节闹秧歌的队伍中,挑了个举着镰刀斧头的伞头,白袖筒一戴,蓝制服一穿,站在这街上开始指挥。一天也难得见一辆机动车,可这小伙也不闲着。机动车难得见到,可那马车驴车牛车人力车,总还是有的。因此小伙子的胳膊一屈一伸,倒也并没闲着。嫌耳根过于清静,这些车虽叫车,却不会鸣笛,于是警察提议,镇长批准,所有过往车辆,到了安全岛跟前,都要吱声,以向警察致意。人力车好办,人到了跟前,一句闲传,说一句玩笑,了事。高脚牲口、低脚牲口过来了,牲口不会说话,警察又不允许驭手代言,于是驭手,只得将那牲口耳朵,提上几提,让它长鸣两声。马的叫声"咴儿咴儿"地,骡子的叫声"呜哇呜哇"地,毛驴的叫声"咯哇咯哇"地,牛的叫声"哞儿哞儿"地,安全岛前一片热闹。那交通警察见了,生出一种满足感和自豪感,自此始得安宁。

张家山见路途堵塞,有些着急。又见那警察,像闻见腥味的猫儿一样,跛子担水,一瘸一瘸地近了,心中除着急以外,又生警觉。心想车上的女骨,一旦被发觉了,平白无故地又得枉生一番口舌,加之这里离吴儿堡太近,那赶集的人中,难免有吴儿堡的买家卖家,即使没有,吴儿堡的亲戚路人,肯定是有的。到时候一场好事,眼看就坏在这上头了。

张家山两只豹眼,往四周一睃,想找条岔路,绕过小镇,可是这里川道窄狭,一边是山,一边是沟,自古华山一条路,非从这人堆里穿过不可。张家山皱了皱眉头,当下有了主意,他先在李文化、谷子干妈耳边,低语几句,然后从驴车上,摸起三弦琴来,"啪"的一声,将那带子,挎在肩上,将那琴身,揽进怀里。而后,又将嘴上那物什,卸下来,装好。

人群挡道，驴车不前，斜刺里一声吆喝，走出个人高马大的张家山。

张家山先把着三弦，朝前躬一下腰，算是礼势。礼势毕了，只见胳膊抬起，半空中有三秒钟的停颤，然后猛地一声拨动，那三弦便"呛呛呛呛"地爆响起来。接着，舌吐莲花，嘴唇张合，唱出一段名曲。这名曲，正是那尽人皆知的《太平年》。

一九头上才立冬，
打马三鞭尉迟恭，
甘罗十二为秦相，
太平年，
辅助秦王徐茂公。
年太平。

二九头上冷气生，
赵王爷领兵下河东，
幽州围定个杨文广，
太平年，
单骑千里是关公。
年太平。

三九头上小落霜，
镇守三关杨六郎，
大刀元帅是焦赞，
太平年，
偷人盗马是孟良。

年太平。

四九头上冻冰朗,
张飞在马上使钢枪,
桃园三结义关云长,
太平年,
神机妙算诸葛亮。
年太平。

五九头上水倒流,
十八的马汉坐幽州。
好汉闪上杨文广,
太平年,
杀了奸贼报了仇。
年太平。

六九头上打罢春,
踩起五方按地神,
赵王回国归山去,
太平年,
韩信死在未央宫。
年太平。

七九头上李世民,
辽东造反盖苏文,
淤泥河上唐天子,

太平年,
白袍仁贵数他能。
年太平。

八九头上八叉穗,
六郎困在两狼山,
七郎搬兵回朝去,
太平年,
旗杆柱上乱箭纷。
年太平。

九九头上数吴起,
吴起十二去征西,
在朝没听娘的话,
太平年,
丈二黄沙埋了他。
年太平。

十九头上再没九,
十姐死在窑里头,
桃花女的好办法,
太平年,
脚踏门槛叫三声。
年太平。

九九算上八十一,

西凉定国薛平贵,
孤雁挡住王三姐,
太平年,
一马放到凉州城。
年太平。

八九算是七十二,
王祥卧冰为母亲,
母亲得了忧痨病,
太平年,
想吃鲜鱼润口唇。
年太平。

七九头上六十三,
灶君娘娘怀百万,
怀抱琵琶双流泪,
太平年,
一声哭倒雁门关。
年太平。

六九算上五十四,
人说霸王不识时,
霸王落了乌江岸,
太平年,
乌江岸留下一首诗。
年太平。

五九算上四十五,
黑虎灵关把字枢,
前山杀到后山岭,
太平年,
马后又捎刘炳文。
年太平。

四九算上三十六,
九里山下活埋母,
因为埋母出霸王,
太平年,
折了阳寿整八年。
年太平。

三九算上二十七,
孟姜女是范郎的妻,
范郎打在边墙里,
太平年,
一声哭倒千万里。
年太平。

二九算是一十八,
阳曹刘全进北瓜,
北瓜送到阎王殿,
太平年,

替死还魂李翠莲。

年太平。

这是一件老古董,宛如出土文物。歌中所述,都是一些历史上的故事,说书艺人将它连缀成篇,押韵道出,以娱人耳目,开人襟怀。张家山刚一开唱,人群中有懂得的,便一声喝彩,喝罢彩后,又亮起耳朵,边听边咂着嘴巴,啧啧品味。有那第一回听的,当然就更是认真,耳朵眼睛并用,生怕把哪个字给漏掉了。

张家山见他受到如此重视,不免得意,一张大嘴,仿佛牛拉稀一样,滔滔如泻,无遮无拦。唱着紧火处,张家山一纵身,跳进人群圈子里,一个身子,摇头摆尾,大筛开了。俗话说"身大力不亏",他的三弦的龙头,不时地戳向人群,人群见了,"哗"的一声退去。他的大屁股,不时地往旁边一趔,夯出一块地面。他的眼珠子,不时地给那些大姑娘小媳妇,送送秋波,脸上再做个鬼脸,害得这些女人们,欢喜之余,人人嘴里都含了些唾沫,待他扭到跟前时,便向他脸上吐去。

这种做法,叫"踢场子",民间艺人的传统做法,非自张家山始。通常,场子踢开,下面便在这场子里,做戏了。

眼见得这街面上,夯出一条通道,而张家山的《太平年》,正唱到"九九头上数吴起,吴起十二去征西"一节上。他收了势,咽了那《太平年》的后半截,扬头朝街那头怔怔地站着的李文化和谷子干妈,大喝一声道:"二位憨憨,此时不走,更待何时?!"

李文化一听,大梦方醒,用那缰绳,朝驴屁股上狠命地抽了一下,然后牵起驴缰,飞也似的从人流中穿过。那谷子干妈担心自己被拉下了,于是,伸出手来,抓住车帮子,让驴车拖着走。

"唱完再走!唱完再走!不要把我们闪在半路上!"人们发

着喊声。张家山见驴车已经走远,也就顾不得众人的聒噪,叫一声"唱戏的是疯子,看戏的是傻子"!言罢,一顺三弦,丢下这傻呆呆的一群人,趟开大步,急急地追驴车而去。身后传来一片唏嘘之声。

离了小镇,又前行了二里多地。眼见得后边没有人追赶了。这一杆子人,脚步才徐缓下来。

相信张家山刚才那一阵扰乱,会给这个无名小镇,留下好长时间的热闹话题,而那些赶集的旮旮旯旯的人们,还会添枝加叶,将这事渲染一番,带给他们那闭塞的乡间。

想到这里,张家山现在有一些悔意,觉得自己管束不了自己,一狂起来,就没个分寸,难保这人里头,有吴儿堡的人,或者有吴儿堡的亲戚。

这天夜里,他们歇息在半山腰的一个村庄。说是村庄,其实只有几户人家而已。那女骨发出的臭味太大,苍蝇又嗡嗡个不停,行走间,他们在川道里遇过几个大些的村庄,这些村庄都不让他们歇息。好容易找到这里,磨了半天嘴皮,才说动了主人的恻隐之心,指着一孔放杂物的侧窑,让他们歇息下来。

驴乏得膝盖打软,人乏得散了架似的。匆匆吃过晚饭,张家山吩咐,谷子干妈和李文化去睡,赶"啼起"来换他,他照看着这女骨,顺便夜来给毛驴添草,吃饱歇足,明日再行。

谷子干妈和李文化睡去了。张家山牵着毛驴,原地转了两个圈圈,让这毛驴,痛痛快快地在硷畔上打了一个滚。而后,拴了毛驴,加上草料。担心夜晚寒冷,又从这窑里翻出个破棉袄,给毛驴身上披了。这些事完后,他就端了一个大盆,倒了滚滚烫烫的一盆水,坐在驴车跟前烫脚,直烫得一双跑乏了的脚,先是发红,继而发白,最后发软,这时从身上摸出个刀子来,开始刮脚后跟上的死肉,"明天还要用它,得把它侍候好!"张家山拍着脚板说。

刮完脚后,身上一阵舒服。张家山就又泡了一壶酽茶,蹲在碾畔上,嘴里"吱儿吱儿"地品起来。

嘴里品着,那眼睛却没有闲着。张家山举起眼睛来,望着眼前的这一片辽阔。陕北人话大,把这叫"眺世界"。男人女人,闲暇了,便站在这碾畔上,手里因推着个营生,或抽一袋烟,或品一壶茶,或纳鞋底,或端簸箕,或什么借口都不找,只是端立在那里,而后,那眼睛举过头顶,似望非望地盯着天边的某一处,想这人世上的事情。风景太单调,不能牵挂住他们的眼目,所以那眼睛,大而化之,专注视那大事;那胸怀,也是概而括之,专究事物根底。不脸红地说一句,这叫"大思维"。

月亮很白,照着这一处僻静的山野,照着半山腰这一处碾畔,照着这世间的烦恼人生。月光把白日那些坑坑洼洼,都填平了,让此一刻的高原,变得那么平和、柔美、波涛不惊。夜气逼着,那架驴车上的女骨,臭气也仿佛不如白日那么浓烈了,那车现在变成了一架普通的驴车,和那些乡间小路上千百年来行驶过的驴车没有什么二样。四周很静,只有秋虫在草间唧唧,仿佛在哀叹它们的稍纵即逝的生命。

闲来无事,张家山将驴车上的那个祭食罐,取下来,托在手里细看。这瓦罐甚是奇特。它的直径约八寸大小,高约一尺,下半截,是一个直通通的肚儿,快到顶上时,那肚儿,猛然收缩回来,收缩得有二寸大了,上面再有一个一寸高低的罐口。

它的奇特之处在于,在那瓦罐的七寸高的地方,开了一个小小的四方口子,然后有一架刻着的梯子,从底下一格一格,直通到那四方口子上去。

月光很白,张家山眼睛尚好,因此他很快就发现了罐上的这架梯子。他有许多阅历,明白了这小小的四方口子,象征着一个崖窑,而那刻着的梯子,是人们避灾祸、避战乱时上崖窑的天梯。

崖窑大约是陕北这种地理环境和生存环境所产生的独有的东西,顾名思义,即凿在崖上的窑洞。苦焦的陕北大地,灾荒连连,兵乱连连,一部高原的历史,一半是饥饿史,一半是战争史。蚂蚁一样在这黄色的肌肤上蠕动的高原人类,仅仅是为了活下去,而且是一种苟活,常常要在村子就近的地方,选一面壁立的千尺崖,在那崖石的中腰,上不着天下不着地的地方,掏出一个口小肚子大的洞穴。这洞穴平日贮存下粮食和饮用水,世事一有风吹草动,主人就会率了全家,攀上那绳做的天梯,躲进崖窑,然后收起绳索。这时任凭外边世事喧闹,任凭那夺了焉支又失了焉支,任凭那兵来将往,世事更替,主人只躲在崖窑里,作壁上观之状。什么时候外边安宁了,干戈销了,主人便又放下绳索,重新回到家园,有土即为家,继续耕种五谷,继续打发那没滋没味的人生。

这祭食罐一定十分古老。

张家山毕竟知识太浅,如果他像大老表刘玄礼一样有学问的话,他就会知道,这祭食罐的年代,比起他用来喂猫食的那个青花瓷碗,久远得多了。那青花瓷碗的年代是宋,这祭食罐的年代是汉,因为它半边是红的,半边是青的。土陶工艺中,由红陶向青陶的转换,大约正是在这个瓦罐上完成的。其实转换的秘密是个极为简单的秘密:给那些烧得发红的陶坯上,徐徐地"饮"一些水而已。这个"饮"字用得好生了得,中国的方块汉字用到这份上,就算把力气使尽了。

张家山手托祭食罐,很有一些感慨。他不知道这个古老的陪葬物,陪过多少人,装过多少愿望,至今日,又进入这老女人的墓穴的。这确实是一件圣物。它肯定是那大老表带来的。这个年轻人,这个刘家河的刘姓家族，对他们已故的姑姑的冥间生活，以及来生转世的生活，借这个祭食罐，寄寓了多么良好和善良的祝愿呀！其实祝愿的内容也很简单，无非是希望这个女人蝼蚁一样的生命中，能有一个小小的崖窑，能够在乱世中安身立命而已。

张家山将这祭食罐，又放回车里。

黎明时分，荒鸡乱唱，谷子干妈被惊醒了。这鸡一部分是家鸡，是住家户养的公鸡唱的，一部分是野鸡和山鸡唱的。它们在坡洼上边"叽叽咕咕"乱叫，叫罢，到沟里去饮水。谷子干妈醒来后，心疼张家山，就披一件衣服起来，换张家山休息。那张家山回到窑里，刚刚颠了个盹儿，只见谷子干妈，打门拍窗子地进来。谷子干妈脸色煞白，嘴唇乌青，嘴张了几张，只是胡曰曰，说不出个话，伸出一只手，来拽张家山。"啥事，看把你急的？"张家山问。

张家山嘴里虽然这样说，心里却也吃劲。看谷子干妈那副惊慌样子，他只当是"诈尸"了，出得门来，见那女骨还好端端地被麻袋装着，并无异样。再一看，只见坡洼底下，人声嘈杂，一辆四轮拖拉机"突突突突"，正从那简易公路上，吼叫着驶过。

那拖拉机的车厢里，满满当当地，装满了人。人人情绪激昂，手里拿着农具。那领头的一位，站在车头与车厢连接的脚踏板上，一手扛着铁锨，一手扶着前头司机。张家山定睛细看，见那人面目狰狞，满脸杀气，眉宇间那颗黑痣，隐约可见，此人正是冤家对头杨禄。

张家山见了，着着实实吓了一跳，赶紧一把拉住谷子干妈，两人蹲下来。张家山明白吴儿堡迟早会知道的，但是想不到知道得这么快。他原先还存一丝侥幸，就是希望杨禄见了这坟墓被盗，佯装不知，换个肚子疼，了事，想不到这杨禄却是一个灰汉，硬是不肯饶过。

张家山见那车上的人并不知道他们在这里借宿,四轮"突突突"地开过去了,心里始得轻松一些。这时李文化听见拖拉机响,也一手提着裤子,跑出窑门,张口问话。张家山见了,赶紧伸手捂住他的嘴,让他也圪蹴下来。

第十一章

这无名小镇原来有名,它叫王镇。三横一竖王。陕北地面苦焦,苦到这王镇,便算到头了。这地方人老八辈,尽出些出门讨吃的。粮食往地里一种,就拉个讨饭棍,嘴里念念有词,唱着"穷欢乐,富忧愁,讨吃的不唱怕干尿"的口歌上路。秋收季节了,再回来,庄稼打碾完了,又出去行乞。年底一算,那行乞所得的收益往往要胜过这瘠薄的土地的馈赠,于是来年,春节刚过,又拉起讨饭棍上路。

极高的心性和极为卑微的生活,就这样世世代代地矛盾着、折磨着王镇人的神经。他们在虔诚地祷告上苍,默默地积攒力量,希望他们中有一个人,能有一天走出黄土地,走出这生活为他们设置的怪圈。这个人后来出现了,他是一位作家。

作家在小镇上完小学,到县城上完中学,又到肤施城上完大学,而后一领铺盖,来到省城,在西京里那个能人云集、强人出没的地方，龙盘虎踞，开始辉煌。他辉煌了十来年，出过几本重要的书。这些书至今风靡，相信读者一定读过。就在他雄心勃勃，意欲向一个更高的高度冲刺时，在一个早晨突然一病不起，身子被病魔拦腰砍断。真是心比天高，命比纸薄。

陕北民歌中，有一首凄婉绝伦的歌子，是妻子哭她早夭的丈夫的，如果我们将这歌词稍稍改动，借以表达王镇乃至整个高原，对这位早夭的天才人物的哀惜之情，却也十分妥帖。那唱词唱道："青天黄天老蓝天，老天杀人不眨眼，杀了别人我不管，杀了我的××实可怜！"

作家在大行之前，曾经回过一次王镇。他在王镇的小学操场里踱了几圈，泪流满面地说："我不行了，我知道！我已经征服了中国，我就要征服世界，可是，想不到我病了！这是为什么？"说罢以手掩面，号啕大哭。

作家为什么要在这小镇小学的操场上踱步。原来，这操场是他陡然生出勃勃雄心，决心走出高原，开始他的堂吉诃德之旅的始发点。

六十年代初期，人类在对太空的征服史上发生过一件大事。有个叫加加林的苏联少校，乘坐宇宙飞船完成了人类有史以来的首次太空飞行。加加林在太空飞行的那个晚上，在荒凉而又贫瘠的陕北高原上，在这个王镇小学的操场上，一个五六年级的小学生佝偻着腰站着，他还没有吃晚饭，因为从家里带来的一点发霉的干粮已经吃光了。在他的记忆中，他还从来没有吃饱过饭的时候。站在这操场上之前的下午他去了一次黄河边，赤着脚，站在波涛翻滚的黄河边，千唤万呼，等待着那普希金式的金鱼出现。他刚刚在小学语文课本里学了《渔夫和金鱼的故事》这一课。而此刻，他站在操场上，是为了仰望天空，是为了加加林少校。

第十一章 115

他望见了加加林少校的飞船吗？我们不知道！我们只知道，饥饿的他，卑微的他，蝼蚁般的蒿草般的他，在这仰望中突然热泪涟涟。他在这一瞬间突然意识到了他和他的父老乡亲们生活的全部悲剧性，他在这一刻产生了走出黄土地，走向大世界的勃勃雄心。然后，他扳着来给他送干粮的农民父亲的肩膀，用刚在课文里学到的一句话来告诉父亲，"王侯将相，宁有种乎？"而许多年后，他在他的引起强烈轰动效应的著名作品中，将书中的男一号命名为"高加林"。他在这个人物身上，寄托了自己的全部梦想，和对这块土地的热泪涟涟的祝福。

作家死后，他的骨灰安放在西京城里的骨灰堂里。城市的地方太窄狭，只给了他一个小小的、不甚显眼的位置。王镇的人，到省城去看他，他们看到的是一个壮志未遂的梦，是一个在拥挤的城市里翻不转身展不开腰的他，于是他们说："回来吧，可怜的孩子，远行的人，我们在王镇小学的操场上，在你当年望星星、望月亮的那个地方，大大地、宽宽地为你修个纪念馆，你在那里面尽可以伸腿，尽可以屈腰，爱做什么梦，都由你！"

张家山估计错了，他以为这天这个集子是遇集。其实不是，或者说也是遇集，但是在集日的同时，小镇还有一件重要的事情。那天是这个纪念馆的奠基仪式。仪式上，四邻八乡的人都来了，而当张家山他们经过小镇时，适逢那奠基仪式结束，一群人刚好离了操场，来到马路上。

这一群人中，恰好就有吴儿堡村的代表。看来，处处有鬼，张家山的担心，不属多余。

那吴儿堡的代表，是个无名无姓的人。不过他是谁，我们的耳畔倒是偶有所闻。他正是那被灰汉杨禄强占的白脸婆姨的男人。

陕北对这类看不住自己婆姨，听任她乱来的男人，有个称谓，叫"盖佬"。方言土语中,这个词儿起得文明,巧妙。书面语言中,称这类男人为"戴绿帽子的","盖佬"一词,与这个意思相同。这里有一个笑话。当年北京知青插队时,有个女知青,见男人们调侃嬉闹时,不时蹦出"盖佬"这两字,知青不解其意,就去问房东。房东是个热闹人,耍个怪,哄这女娃说,"盖佬"是"大学生"的意思。世间万般事物,哪样不能提,为什么偏偏说是"大学生"?原来,这知青平日总恃自己是书香门第出身,看不起这些乡下人,房东生出醋意,这是日弄她。涉世不深的女孩子,倒是信了这话,于是,下次谈起身世来,大庭广众之下大声噪噪,说道:"我们家,我爸是盖佬,我妈是盖佬,我哥我姐都是盖佬,独有我不是盖佬!"众人一听,先是一怔,继而大笑不止,直笑得撑破肚子。那女子,原本想弄个乖巧,显示她"结合"得好,想不到弄巧成拙,后来知道了"盖佬"的确切含义,不由双手捂脸,羞愧满面,不敢见人。

灰汉杨禄"跌"了一回黑皮,硬是昧着良心,将那"回头约"违了。这事过罢,杨禄的心,是在半空里吊了两天,几天过后,看看没有响动,心里始觉安定。安定下来后,心里一阵轻松,正所谓"得胜的猫儿欢如虎",又所谓"人闲生余事,驴闲啃槽帮",几杯水酒下肚之后,杨禄就想起那白脸婆姨。恰好这时,王镇上有消息传来,要吴儿堡派一个官差去,参加个纪念馆奠基。杨禄一喜,就轻车熟路,直奔那汉子的家。

到了汉子的家里,大模大样,在炕沿上坐下,接那白脸婆姨递过来的一壶茶,喝了,说出那王镇上官差的事,要那汉子不得延误,立马就去。"官差一户一户地轮,这次,是轮到你家了!"杨禄品了一口茶,说。

汉子听了,是老大的不愿意。他明白杨禄这两天又攒下了一点邪劲，想在他婆姨身上发一发。又见那白脸婆姨，和杨禄眉来眼去的，脸上装作没有看见，那心里却总是不美气。想要趔了杨禄的令，不去王镇，话到嘴边，见杨禄的脸沉着，便又变成了这样："两姓旁人的事，管它做甚哩！我是自小没上过个学，荒了，长大后又懒得动脑子，嫌麻烦，要不，我也能跟他并着膀子露两手！"

这话太大，不怕闪了舌头。这地方就是这样，大小是个人，便是个目空天下的主儿，有时发起邪来，皇帝佬儿也不放在眼里。这是文化背景所致，一方水土养一方物，没有法子的事情。

话虽这样说了，那王镇还是得去。婆姨给安顿了，秋收秋种在即，地里场里家里，需要添置几样农具，因此上拦羊打酸枣，公事私事一齐办。汉子听了，点头称是。瞅了那杨禄一眼，咽了口唾沫在肚里，于是出了院门，到邻居家里借了辆旧自行车，登程上路。"拔出萝卜坑坑在！"汉子在踏上脚踏的那一刻，这样宽慰自己。

白脸婆姨站在大门口，瞅自家男人骑上车子出了村子，于是"呼"的一声，关上大门，继而回到窑里，脱裤子上炕。不提。

却说昨日格张家山在王镇一露头，这汉子就认出他了，心中暗道：这摇身子摆浪的，不是吴儿堡老槐树下，弹拨吟唱的那位，又是谁？那驴车上的尸臭味，他也是最先嗅到，并且打出了小镇的第一个喷嚏的。

这一行人行事有些蹊跷，文不像文武不像武，官不像官民不像民，那日他就有几分疑惑，今日观这阵势，又嗅见那膀臭的尸首味儿，明白这大约是动女骨的了。杨禄嫂嫂的死，他也知道，并且知道有个"回头约"在那里，当时他就想，这事难免会有一场干戈的。尔个他说："是非来了！好你个天不收地不管的黑皮杨禄，这回，你的对头出来了！"

张家山衣服扣眼里拴着的那个红布绺绺，也证明了他的判断。

原来，这类搬埋的事，那染事的人，都要在身上挂上一点红，算是避邪。也怪张家山，王镇街头那一阵子摇身子摆浪，只图自个潇洒快活，不承想，却让人群中的这汉子，圆睁着个眼，看了个仔细。

汉子骑了自行车，飞快地回到吴儿堡。进了自家大门跟前，推门要进，却见两扇大门，关得严严实实的。也是杨禄活该有事。往日，他睡了这婆娘，总是裤子一穿，鞋一趿，当时就走了，今个，他是前些日子在外村里，受几个小年轻的撺掇，去看了一回录像，这次，见了这婆姨，照猫画虎，学人家样子，尽兴了一回。这一次，是弄的时晌有些大了，且又加上葬埋的事，有些劳累，因此事毕之后，头一扭便在烧火炕上睡着了。当然，也是这汉子，眼睛里瞅见了个事，回来得太快的缘故。

汉子在门外，见大天白日的，关起大门在窑洞里睡觉，心里恨道："给我一点脸面都不带了！"抓住了门环，想要拍打，又丢开了，心想：恶人还得恶人治，且让那杨禄，不得好活上一场罢。想清楚了，便在那门道蹲下来，点着一支烟来抽。村上过过往往的闲人，见汉子在蹭门道，知道其中有隐情，捂着嘴笑。有那能说得起玩笑话的，便过来，捎枪带棍的，调侃两句，说得那汉子的心头，益发恨了。

好容易到大门有了响动。先是婆姨探出头来，后面是那杨禄。白脸婆姨见了自家男人，吃了一惊，那杨禄见了，脸皮虽厚，也不由得一红。那汉子将这一切，看在眼里，只是佯装不知。一伸手，将两人拦回窑洞，然后加油加酱，添枝添叶，将王镇上遇见张家山的事情说出。说罢，眼睛瞅着个杨禄，看他如何动作。

杨禄听了，却是不信，说道："谁吃了老虎胆、豹子心了，敢在太岁头上动土！"那汉子说："信不信由你！你到老人山上看一场，就知道了！"

杨禄听了，无法，只得抬起身子，到老人山上李刘氏的坟前，看上一回。这一看，暗暗叫苦，这坟虽然仍是全成一个圆形。可是土是新翻出的，那坟也全得不圆，更兼那坟墓旁边，零七八落有不少的脚印。

至此，杨禄心里已经明得像镜一样了：这坟肯定是被人盗了，而那盗走女骨的，正是那天先在老槐树底下，继而又在自己院子说书的老汉了。杨禄心中已经明亮，可这嘴上仍是佯装，说道："这坟好好的，浑浑全全的，哪有动过的痕迹。那么一个大人，又不是一苗针，说拿走就拿走了！好乡党哩，你去忙你的事吧，不要无事生非了！"

这汉子见说不动杨禄，心中暗骂一句：这小子好奸猾！骂罢，一转念头，又去撺掇那亡人遗下的两个儿子去了。他是决心"充"一场事情了，这事情不是针对张家山，却是针对杨禄。他要叫杨禄这小子，卷入一场是非之中，不得安宁，要叫他在四邻八乡，尽失脸面。

杨禄的两个侄儿，一个叫杨文光，一个叫杨文亮，都是些未成年的半大后生。那文光、文亮虽是些家常名字，却也有一些讲究。众人见那老子杨福，一个秃头，二百瓦的电灯泡一般，明光锃亮，便将这两个后人，一个叫光儿，一个叫亮儿。那杨福原是个没主见的人，见众人这么叫，初时还有些犯病，后来见众口滔滔，如何能禁得住，也就认了，再后来，连自己也这样叫他们。待上学时，要起官名，李刘氏这时记起了李家河的李文化，她坚持着，要给这两个秃脑小子，名字中间加个"文"字。杨福听了，虽不解其意，懒得多事，也就应允了。杨文光、杨文亮，从此得名。

这杨文光、杨文亮到底年轻，架不住那汉子一番撺掇，登时各人手里扛了把铁锨，乌青着脸儿，来到这老人山上刨坟。坟墓一经揭开，发现棺材里果然是空的。两人一见，抱着那无人再枕的、绣着金童玉女的荞麦皮枕头，"娘亲呀，娘亲呀"地叫着，号啕大哭。

这事惊动了吴儿堡整个村子。自人们记事起，在这村子里，还没发生过这号丢脸羞先人的事。人们说那些干尽坏事的，叫"扒绝户坟，上寡妇炕"，可这杨家不是绝户，有那杨文光、杨文亮延续香火，更有个人前的人叫杨禄的，在那里端翘翘站着，谁要做这事，分明是拿耳刮子，往杨禄的大脸上搁哩！

老人山上，梁梁峁峁上站满人，这真是几千年难遇的一场热闹。更兼有那个去过王镇的汉子，在一旁有的说上，没的捏上，把王镇他遇见张家山一伙的那个事情，又大肆渲染一番，更是惹起了众人的兴趣。那张家山在吴儿堡老槐树下那一场表演，大家都记忆犹新。尔个，纷纷说道："卤水点豆腐，一物降一物。这一回，且看黑皮杨禄，如何收场？"

杨禄最后一个到场。

搭眼一看，见刚才还浑浑全全、光光堂堂、体体面面的一个坟墓，尔个变成了一个丈二深的大坑，坑底下，浑身是土的他两个侄儿，正抱着个枕头，在哭他们的妈妈。大坑四周，人山人海，像看社火一样，见了杨禄，众人都收敛了脸上刚才的笑容，做出一副同情的样子，举起眼睛看着杨禄如何动作。

杨禄一见，气得七窍生烟，心里埋怨他这两个侄儿不懂事。"你把你妈，亮得圆哈哈的，是给谁看哩！"杨禄心里骂道。

文光、文亮兄弟见了杨禄，知道靠山来了，哭声更甚，一肚子的诉不完的委屈。哭了一阵，见杨禄只呆呆地、冷冷地站在坑沿并无动作，二人遂一前一后，爬上大坑，一人抱住叔父的一条腿，哼哼唧唧，只求杨禄做主。

杨禄低头看了一眼他的两个侄儿，又仰头扫了一眼四周像看西湖景儿一样的众人，明白今个这事，躲是躲不过去了。既然躲不过去，那就万万不能示弱。千万双眼睛在瞅着自己，这要一弱，往日好容易耍出的这一把悍性，就算全丢了，以后在众人面前，非但抬不起头来，反而难免有强人出世，再压他一头。反过来又一想，这事是坏事，又是好事，这世界平白无故地给我送来了一个露脸儿、耍悍性的机会，正如那电视广告里说的那样，"你给我一个机会，我给你一个奇迹"，这次要能耍过去，从此甭说吴儿堡，就是这一条川道里，上达北草地，下达肤施城，也都尽由我杨禄一人耍势哩！

主意拿定，于是杨禄咳嗽两声，抬头望了一眼众人，继而低头，将两个侄儿扶起，朗声说道："我吴儿堡杨禄，事不来不惹事，事来了不怕事。既然那六六镇张家山，不识高低，存心欺我杨家，那么，他就是我杨禄的冤家对头了。事情不大，两个乖孩子，你们起来，兵来将挡，水来土掩，有我杨禄在这里，管不叫这事，跌到地下。"

文光、文亮兄弟见说，揉着眼睛，站了起来。

那杨禄，又往高土堆一站，可着嗓子喊道："诸位，你们都耳朵乍长，听着，张家山盗走的这具女骨，虽是我们家的，然而，这女骨往吴儿堡老人山的祖坟上一埋，就是咱们整个吴儿堡杨家的先人了，因此嘛这事，不光是欺杨文光、杨文亮兄弟，也不光是欺我杨禄，而是欺咱们一族。这女骨一定要抢回来，这事不能马虎。至于如何抢，老先人留下来的有讲究，这吴儿堡杨氏一门，自杨文光、杨文亮往上，一代一代地往上数，数到第五代，凡没出五服的人家，一家出一个男丁，晚上动身，追张家山去！"

杨禄说完，一手拖了杨文光，一手拖了杨义亮，头也不回，气昂昂地下山去了。

回到家里，天已傍晚。杨禄抓起家里那只过事时舍不得吃的栈羊，一把掼翻，复一刀，给栈羊把血放了，而后，三拳两揣，剥了羊皮，去了五脏六腑，拿一把斧头，叮叮咚咚，将羊肉剁成碎块。

安顿黄脸婆在家熬羊肉，杨禄又去了邻村，二十块钱一天，租了一台四轮拖拉机来。

拖拉机已经开来，就在门外大槐树底下停着。锅里的带骨羊肉也已炖熟，香味弥漫了半个村子。可是杨禄左等右待，仍不见户族里的男丁上门。杨禄门口转了三个圈儿，没良法，只得来到杨家祠堂里，捻了一炷香，央告一番，然后取出供奉的那个《杨氏家谱》细细地薄了一遍。薄罢，将那些五服之内的杨门子孙，默记在心。临走时，又捡起平日祭祖、动户、祈雨、防雹时用的铜锣，提了出来。

吴儿堡是南北村子，这杨禄提了铜锣，自北向南，边敲锣边吆喝。那吆喝声是这样的："吴儿堡杨门一族听着。我杨禄刚刚拜了祠堂，见了列祖列宗。听我陈说这老人山上的事情，列祖列宗们人人惊恐，个个不安，都说这盗骨的事情要是开了个头，难免哪一天轮到他们头上。是我杨禄，一拍腔子，大包大揽，说这吴儿堡男孝子、女孝子，人人奋勇，个个争先，一定要夺回女骨，给先人拾回这个面子！列位听着，我这锣声，只敲三个来回，三个来回过罢，哪怕只有我杨禄一人，我他妈的也要去抢那女骨了！"

杨禄絮絮叨叨，边说边敲，闹得吴儿堡鸡犬不宁。

遇到那五服之内的本家，杨禄便站在门口，锣使劲地敲着，气头话说得更狠，直说得这家人心惊肉跳，唯恐那祖宗动怒，莫奈何，推出一个男丁交差，这锣才不再敲了，气头话才不再说了。

第十一章

三个来回敲罢,杨禄家门前,眼见得黑压压地,集合了三四十个男丁,人人肩扛铁锨锄头,走到杨禄跟前报名,听候调遣。

杨禄将那些老弱病残筛去,剩下十几个青壮年后生。

一伙人开始吃肉,一口二尺八的大深锅,两个后生抬了,放在院子当中,三块半截砖头支定。一人一个带把大老碗,尽自己舀,尽各人敞开肚皮吃。吃饭途中,杨禄又不知从哪里,弄来两瓶烧酒,咬开盖儿,搁到众人跟前。

大家见这杨禄,今天是难得的慷慨,不吃白不吃,不喝白不喝,于是也就端了大碗,放开吃肉。那两瓶酒你传给我,我传给你,有量的,抿一大口,量浅的,抿一小口,没量的,也学着众人,伸出舌头尖舔上一舔。一时三刻,眼见得那口熬肉的锅,见了底了,那两只酒罐儿,再也控不出一星半点了,众人方才罢休。

这肉,学名叫"炖羊肉",我们说的这地方,也叫"炖羊肉"。不过字的发音不同,那"炖"字,这里念"统",那"羊"字,这里念"夷",那"肉"字,这里念"褥",因此"炖羊肉"三字,连续起来,就是用鼻音发出的"统夷褥"了。

那酒亦是好酒,叫美水酒。这酒出在一个叫美水泉的地方,那美水泉,却包含着一个历史掌故,与一个叫隋炀帝的历史人物有关。也许后来,张家山的行踪会到那里,那时,再细说不迟。

酒肉下肚,脸庞光光的,嘴唇油囊囊的,众人情绪开始高涨,全没了当初那死蔫耷拉的模样。杨禄这个引火头,这时再提起那女骨的事情,众人听了,同仇敌忾。可惜张家山此刻不在跟前,要在跟前,非被这一群人将他肉撕着吃了,人皮缦了鼓不可。

一行人坐上四轮时,那杨文光、杨文亮兄弟,也坐在了车上,死活不下来,口里说着,他们要尽一点孝心。杨禄见了,也就不再勉强。

杨禄往司机座位和车厢中间的那个旮旯一站，说一声："走！"话音刚落，四轮"突突突突"地离了吴儿堡。这时时辰刚过半夜，外面月光世界一片清朗。这阵子，那张家山，正在那路途的一个硷畔上，端详那个祭食罐哩！

四轮"突突"地响着，趁着月色，一路疾驶，鸡打啼时过了王镇，天麻糊明时又过了张家山他们歇息的那个无名村庄。一群莽汉，只知道顺路追赶，到了这天中午，眼见得已经煽出一百多里，近二百里地面了。

那杨禄还算聪明，见路途上老不见那驴车的踪影，心里不由得犯起嘀咕。行走间，猛然省悟道："死娃病老汉，再加上一个解放脚的婆姨，就是有日天的本事，谅也不会跑得太远。他们在吴儿堡大槐树底下，聒噪了一天，晚上盗墓，第二日又连轴转，行走了一日，因此这二天晚上，一定是以逸待劳，在哪个地方歇息着。"

这样一想，于是杨禄叫那四轮停下来。杨禄说了自己的想法，大家觉得有理，问起路旁行人，又知道已经入了邻县县境了，于是四轮调转头来。四轮折身回来，一路查访，直奔张家山而来。

那杨禄，平日不过是地方上一个玩命的小小黑皮而已，今日格指挥一辆"突突"响的四轮，又有一群任他吆五吆六的随从跟着，心中那股得意劲，外表那股张狂劲，就别提了。老百姓对这号人这时候的心态，好有一比，叫作"大红公鸡戴串铃，硬充高脚牲口"，又叫"屎巴牛爱沿高粪堆"，这两句话用在这里，却也妥帖。

四轮停停走走，走走停停。杨禄查查访访，访访查查，就这样，天傍黑时，访到今个黎明时，张家山蹴过的那个硷畔。

第十一章　125

第十二章

这天黎明,眼见得那台四轮"突突"地从硷畔底下驶过,张家山出了一身冷汗,心想这事算是"充"下了。想到这里,心情一阵沉重。

待那四轮聒噪着走远,三人才敢直起腰来。商议一番,觉得这大路是不能再走了,那辆四轮,追人不上,肯定会返回来,或者在路口设卡等待。

那张家山,朝窑背上看了半天,说道:"走小路吧,从山岭上走!"

驴车是不能再用了,道路太窄太陡。于是,只好弃了驴车,跟房东说好,事情毕了来取。毛驴却依旧饶不了它,那具女尸现在得它,结结实实地驮在背上了。尸首横陈驴背,再用细绳子束好,那牵驴的角色,仍是李文化。那祭食罐,又得谷子干妈抱了。张家山则把个三弦琴,扛在肩上。

收拾停当，一拨人从窑背上种庄稼的白色小路上，摇摇晃晃上山。嘴上的那物什，大家也没有忘记戴。

太阳冒红时，一拨人已大汗淋漓地，登上山顶。

从山顶上瞧世界，较之张家山昨日格晚上那一番眺望，视野自然又宽阔了许多。那远处的山，近处的川，一浪一浪涌来的山头，尽收眼底。光线从那东方，平射过来，远处近处，纤毫毕见。

北方则是一片漫漫的荒漠。沙子像游蛇一样，千条万条，自那鄂尔多斯方向游走过来。陕北高原，正在被这流沙吞噬。在那沙海中央，起伏的沙丘包裹处，阳光下有一片白色的故城废墟，熠熠发光。那废墟，老百姓叫它"白城子"，因为那城墙上的土全是白的，而且像石头一样坚硬。这如今的白城子，正是当年赫连勃勃的统万城。岁月更替，往事如烟，骄横一时的刘赫连已经不知骨归何处，昔日繁华不让京都的统万城至今早已为黄沙所掩，仅留下一片白色的废墟。

张家山他们不知道，他们现在已经行进在陕北高原最高的一座山脉上了。这条山脉叫子午岭。子午岭是一条分水岭，他们的左手，是陕西境，他们的右手，则是甘肃境了。那子午岭，乃是昆仑山——那美丽的南山向东伸出的一支余脉，它与黄河并行而下，威赫地横贯南北。一山一河，框定了陕北这一块狭长的地域。子午岭极高，陕北民歌中"眺不见妹妹照山现"，那"山现"，就是这子午岭一早一晚，太阳光平射，能见度良好的情况下，山的轮廓反射到天上，出现的一种海市蜃楼般的幻景。

一杆人在这山顶，停驻了很久，将这难得一见的高原风光，美美地欣赏了一回。他们正在变成"山现"，他们自己却不知道。苍茫的陕北大地上，那些埋头耕作的人们，偶尔从地里拔出目光，向北方天空眺望时，他们会发现那半天云中，那美丽的"山现"里，

第十二章

一头驴,驴身上女尸横陈,一个病病恹恹的后生,正牵驴走着,一个系着红裤带的婆姨,怀抱个祭食罐,一个高身量老汉,扛着把三弦。那景似真似幻,不管怎样,它都会长久地出现在这些农人的想象中和闲谈中,给他们平俗的生活以刺激。

如果不是那驴背上的女骨,还在涌涌不退地散发着臭味,从而令张家山他们,记起这个世间的烦恼、生活中的责任,那么,这个美丽的高原早晨,简直不该再对它有一点挑剔和弹嫌的了。

山脊上有一条道路,恰好与他们要去的方向大致相同。于是,停驻片刻,大家开始行走。这是一条古道,它的光荣的名字叫"秦直道",而老百姓则叫它"天道""圣人条"等。这是堪与万里长城媲美的秦王朝的另一项浩大的工程,关于它,我们在后边大约还要谈到。

其实没有道路,只有漫漫的荒草和荆棘、原始森林和次生林。那秦皇远去的背影,已经为两千年纷飞的历史尘埃所遮。那古道也已经废弃,已经在无休止的战乱中泯灭。他们现在只是凭借感觉行走。谁也没有怨言,包括那头毛驴,它的碎步也踏得挺欢。

张家山觉得自己是在干一件高贵而伟大的事情。而谷子干妈,只要这是陪着张家山,哪怕是走到天尽头,她也心甘情愿,没有二话。至于李文化,他觉得这是他自己的事情,他是事主。而那女骨刘氏,她始终缄默不语,麻袋遮住了她的白脸脸,也不知道她脸上此刻是什么表情。

闲言不叙。却说张家山一行,正行走间,天色突然变得昏暗起来,空中也充满了嘈杂之音,地上的落叶,不时地被一阵阵旋风卷起。那驮着女骨的毛驴,预感到某种不祥,停住脚步,伸长脖子,翘起尾巴,"咯哇咯哇"地叫起来。叫着叫着,那屁股眼上,响屁连连,继而一摊稀屎直射出来,溅了跟在驴后边的张家山一头一脸。

"张士贵的马,上不了沙场!"张家山骂了一句。骂罢,捋起衣袖来,将脸上那污垢擦了。

骂归骂,张家山自己也觉得奇怪。刚才天色还好好的,东方红,太阳升,怎么说一声变,就突然间天地失色。张家山扬起脸来四下观看,看这不祥之音起自何方。这一看不要紧,只见那太阳升起的方向,有一团翻卷的乌云,黑压压的一疙瘩,正飘飘忽忽地向这边压来。那灰暗是因为它遮住了光线,而那嘈杂之间,那嗖嗖作响的风,都来自它。

四周都晴晴朗朗的,怎么凭空地天上就出现了这一疙瘩云。大家都立定了,看着那乌云朝这边飞驰。谷子干妈迷信,她的脸色都有些煞白了。

乌云越来越浓,越来越近,滚动着刮到了他们的头顶。那聒噪声则越来越大,仿佛要把人耳膜震破似的。刚才那断断续续、时刮时停的旋风,这时一阵紧似一阵,一阵劲似一阵。眼见得飞沙走石,地上的腐叶,纷纷被刮起。那挂在树上的树叶,则"哗哗"地翻飞摇动,仿佛鬼拍手一般。狼牙刺身上挂着那一串串铃铛,也在风中"呛啷呛啷"地摇动起来。

张家山腾出一只手,护住头顶上的白羊肚子手巾,仰头往上,定睛一看,笑了起来。他笑罢说道:"这哪里是云,原来是一群红嘴乌鸦。世上哪来这么多这东西!山野僻地,这东西,莫非成精了不成?"

话音刚落,汹涌的鸦阵早已君临头顶。追上来的鸦阵,不再飞得那么快了,它徐缓下来,严严实实地罩住了这三个人、一头驴和一具腐尸。鸦阵上下翻飞着,大声聒噪,"轰"的一声近了,近到简直可以伸手抓住,"轰"的一声又远了,搀到天空那一疙瘩子里面去了。

这一切，原来都是源于那具女尸。它散发的味儿，臭了一路，乌鸦们循着味儿追来，一传十、十传百、百传千，滚雪团儿一样，滚成了这样一个鸦阵。现在，随着鸦阵追了上来，那味儿自然更浓了。刺鼻的臭味弥漫在空中，逗引着这些乌鸦。乌鸦们贪婪地吮吸着那气味，流出长长的涎水，红着眼睛，想象着那诱人的美餐。这又不能怪这些乌鸦，清扫腐尸是它们的天职。

一只乌鸦好生大胆，它两脚一支，翅膀一合，敛落在了驴背上。落定以后，伸出弯曲的嘴巴，隔着麻袋，就是一嘴。张家山眼疾手快，伸手一个横扫，抓住乌鸦，高高扬起，重重摔下，眼见得那乌鸦在地上蹦跶了两下，不动了。

"这只乌鸦我却认得！"张家山踢了一脚那乌鸦，对李文化说，"这正是吴儿堡老人山那棵老杜梨树上歇息的那些乌鸦中的。看来，这鸦阵就是它们给招来的！"

李文化正要答话，汹涌的鸦阵，又是一个俯冲，活像一架重型轰炸机。又有那些不要命的，往驴背上敛落。

这一次，那毛驴终于神经紧张，承受不了了。鸦阵涌来之际，它挣脱李文化的手，一个撒蹄，向悬崖边上跑去。

就在毛驴要掉下悬崖的那一刻，张家山及时赶到。他抓住驴的尾巴，死命地往回一拽，那驴的两只前蹄，在空中蹦跶了两下，终于稳住身子，收回蹄子，它现在立在悬崖边上，惊魂未定，"咯哇咯哇"地叫着。

张家山拨转驴头，牵着缰绳。"给，李文化，牵牢！"他说。

张家山现在愤怒地拨动了三弦琴。三弦，这古老的、陕北的乐器，它现在发出刚烈的声音，雄雄壮壮，正气凛然，爆爆烈烈，天摇地动，似有千军万马，奔腾而来，又似有满腹惆怅，号天呼地。

毛驴在这稔熟的声音中，渐渐地安静下来，而那汹涌的鸦阵，也为这响声所震撼，不敢过于放肆、造次了。

是的，乌鸦们已经不像刚才那么激动了。它们现在不再上下翻飞，不再俯冲袭击，而是平稳地，像一片浮云一样，在距他们十丈高低的地方，组成一副扇形的云彩。

"走吧！"张家山说了一句。

一行人现在又开始行走。一切都和刚才一样，只是，张家山手中的三弦，得不停地拨拉着，因为三弦一停，那鸦阵就会敛落下来。

鸦阵也平稳地跟着他们的头顶飘浮，不快也不慢，不高也不低。那鸦阵，发出"呜哇呜哇"的叫声，好像在愤怒地抗议，又好像在争执不休，看怎么处置这种局面。

一只乌鸦，声调最高，好像是鸦阵中的哲学家在发表议论。它认为凡事都有一个定数，能吃上吃不上，眼下谁也不知道。但是这是一次机遇，不能失了。跟定了，或许还有希望，不去跟了，那就等于彻底放弃了，也就等于说是零的希望了。有一个盟友叫"时间"，相信时间会给我们答复的。这只乌鸦哲学家说，它不相信张家山的手指，能够一点松懈都没有，有年没月地弹下去。

这只乌鸦的话是有些玄，不过不能不承认这是个深思熟虑后的短促的真理。我们不了解乌鸦，或者不屑于了解，或是没有能力了解，但是既然人分三六九等，而在三六九等中有一种叫哲学家或玄学家，因此我们没有理由小觑乌鸦，否认它们中也有懂得这种智者之学的。

那只乌鸦如是说了，旁边的乌鸦们听了也都信服。因此这鸦阵，现在少了许多的浮躁，只聒噪着，在一行人十丈高低的地方，像一片云彩飘浮，等待机会。

眼见得没有什么危险了，一行人也就轻松了一些。有这么一个景致，在头上悬着，大家反倒觉得少了许多寂寞。苦只苦了一个张家山，他的脚得挪动，手指也不得闲着，间或，还得摸一把头上白羊肚子手巾扎成的那个英雄结，使它不至于被旋风吹掉。

路途迢遥，李文化闲得无事，侧耳细听一阵乌鸦的叫声后，突然有了一个堪称伟大的发现。

他对张家山说，这乌鸦的叫声，和六六镇那边的乌鸦，叫声大不相同。六六镇的乌鸦，是可着嗓子叫，音节短促而响亮，"哇——哇——哇——哇——"地；这里的乌鸦，却是日怪，舌头打着卷头，"呜哇——呜哇——"地，像唱歌的花腔女高音。

张家山听了，褒奖一句，夸李文化是"处处留心皆学问"，继而解释道："这一带的乌鸦，靠近蒙地。蒙人说话，用卷舌音，天长日久，影响到了这乌鸦。所谓的鹦鹉学舌，就是这道理。不独鹦鹉，鸟类中凡聪明的，都会学舌。至于那六六镇地面的乌鸦哩，也是这个道理。那地方，靠近关中，关中人说话，粗喉咙大嗓子的，直直地不打弯。六六镇的乌鸦，逮了这关中口音学，一辈接一辈地学下来，就学成这个样子了。所谓的一方水土养一方物，就是这道理！"

乌鸦继续在头顶聒噪着，好像知道这是在议论它们似的，"呜哇——呜哇——"地吼叫个不停。那叫声，吞没了张家山的后半截话。一行人继续前行，不必细表。

天傍黑时，子午岭山脊上，一座突出的山头，到了他们脚下。

山头往西南走势时，子午岭山脊，分成平等的两条，延伸向前。而在这山头上，这陕北最高的制高点上，古木参天，阴气逼人，四周是荒草，中间一块光秃秃的地面上，竖着一块石碑。那石碑上铁勾银划，书写着三个大字："好汉岭"。

这好汉岭的故事，在陕北地面流传甚广。张家山一个见多识广的人物，这故事自然也听过。不过听是听过，奈何身子为世间俗务所羁绊，却没亲历过。想不到山不转水转，今日为了一场"回头约"的事情，竟有缘临幸此处。想起这好汉岭故事，张家山心中不由得一阵豪迈，遂吩咐谷子干妈和李文化，今晚就在这里安营扎寨，歇息一夜。

地上那一处光光堂堂的地面，不知是被什么野物踹的。张家山低头瞅了半天地上的爪印，又耸起鼻子嗅了一阵气味，仍不得其详，遂吩咐李文化，晚上睡觉要灵醒一点，招呼好那头毛驴，当心被野物侵害。说罢，以身作则，自己到林莽之间，去拣干柴。干柴拣好，便在那空地上堆了。

怕乌鸦又来滋事，他们燃起一堆篝火。那鸦阵聒噪了一天，现在也有些累了，黑压压地，在篝火四周，敛落下来。

有几只乌鸦，不知趣往这篝火上扑。那个乌鸦哲学家见这几只乌鸦失去了耐性，刚想开言阻止，不料口开得迟了，乌鸦已经扑上了火堆。而那李文化，就势一展手，刚好抓住。

这天晚上，他们的吃食，就是这烤乌鸦肉。乌鸦肉有些酸，嚼在嘴里，难以下咽。再加上那具腐尸就在旁边放着，令人想起这东西，在此之前，谁知道吃过多少腐尸，这样一想，免不得胃里一阵翻腾，恶心得要吐。

幸好那祭食罐里，装了一罐子五谷杂粮。玉米、高粱、谷子、糜子、荞麦、绿豆，各样作物，应有尽有。这本来是给主人的祭奠之物，期盼她能有个五谷丰登的来生。中西文化，原本有些共同之处，《圣经》里说，"假如种子不死"，陕北这个习俗，其实也正是取这个相同的意思。实在是饥饿难耐，众人也就犯了忌讳，将那亡人的东西，放在热灰里爆熟，吃了。"将来再给它补上！"张家山说。

倒是有荤有素，凑合着，用那乌鸦肉填了填肚子，又用这爆熟的玉米花之类吃了一阵，一行人围着篝火，开始入睡。那女骨，张家山把它从驴背上放下来，搁在了自己跟前。一是想让那毛驴歇息好，明日好继续行路，二是他总觉得，那不省事的杨禄，决不会善罢甘休，就此认输。

女骨搁在自己跟前，张家山说："甭见怪，今个晚上，你这风流人物，就陪我睡上一回！"说罢，搂了女尸，头枕三弦，兀自睡去。那谷子干妈，原来还想瞅这山野寂寥，和张家山亲热上一回，能有个野合，最好，没有那事，亲亲热热地拉上几句话，解解心焦，也好。尔个，听了张家山这话，恼了，抱着自己的胳膊，一脸委屈的样子，蜷着身子，孤孤单单睡去。李文化放了驴缰，让那驴去寻草吃，自己又寻了一抱干柴，徐徐地加火。加到了最后，耐不住这漫漫长夜，也就迷迷糊糊地仰着睡了。

这天半夜，乌鸦们突然一阵惊天动地的聒噪。张家山从梦中惊醒，抬眼看时，见月光下树影斑驳，那吴儿堡杨禄，领着一杆人马，已经将他们团团围住。

那杨禄一手拄着一张铁锨，另一只手，指向张家山，嘴里日娘透老子地一阵大骂。

第十三章

好汉岭上，夜半更深，在乌鸦的聒噪声中，灰汉杨禄的这一声大叫，分外刺耳。岭上的这三个，白日里阳气正盛，抖起胆子，将那怯懦之心藏了，要做个顶天立地的英雄人物。夜里，山野空寂，月华映照，阴气滋生，三人心里，则不免多了些鬼祟之气，战战兢兢，束手束脚，只待天明。尔个，杨禄这一声大叫，三人从梦中惊醒，见了这阵势，都不免有些变脸失色。

为了这个"回头约"，从陕北高原北部，吴儿堡地面，一步一难，一步一险，前往那目的地，让两个亡人在李家河那个坟堆上汇合。今个这晚上，是第三天了，按照张家山的计划，七天头上，就要完成这一桩事情，赶上下一个斋日。没想到在这好汉岭上，一行人被这吴儿堡杨禄追上。

一方是势单力孤的张家山一伙，更兼有一具死猪一样的女骨作累赘；一方是年轻气盛的杨禄一伙，一路追来，势在必得。看来，那具惹是生非的女骨,是有些难保了。

杨禄一番大话排出,见张家山出言木讷,半响没有应对,心中不免得意。于是又有大话,顺嘴排出,一心先要占个上风头。

"跳寡妇墙,扒绝户坟,历来是人间的两大恶事。六六镇张家山,你狗日的好大的胆子,竟敢扒坟扒到我吴儿堡杨家来了。是谁家儿,支上你这竹竿测河深的?你要干这事,先不打听打听,看你家大爷是谁!幸亏我杨家还没灭门绝户,还有个天不怕地不怕的鬼神不敬的杨禄撑着。尔个,人赃俱在,六六镇张家山,你还有什么话好说?"

张家山这时已经有些回过神来。他嘴里暗暗叫苦,身子仰起,又从那女尸的背上,抽出一只手来。杨禄见他手脚动了,以为他要打架,忙喊道:"你不准动!你要胡动弹,我就先灭了你!"张家山听了,微微一笑,他的手指,却指向柴火。

那篝火,加了些干柴以后,呼呼地旺了起来。

篝火映照处,谷子干妈和李文化,也都揉着眼睛,坐了起来。

张家山手拿一根硬柴棒儿,一边拨拉着火,一边详端这事。哼唧了半天,他说道:"吴儿堡杨禄,你知道你这脚底下踏的,是啥地方?"

杨禄见说,回道:"你少打岔儿,这地方叫好汉岭。前朝古事,我知道的却也并不比你少!"

张家山又说:"你可知道这好汉的姓氏?"

杨禄果然对这好汉岭故事知道得详尽,他又回道:"好汉姓张,这我知道!不过,张家山,你少攀高门楼子,拿别人的大脸维尻子,这个张,却是永宁山的张家,你那张,是六六镇的张家!"

张家山见话撵到这里,声调也就有些高了,他回道:"同姓不同族,这我也知道!不过吴儿堡杨禄,我今个要说的是,这么一座威势的山岭,这么一个张好汉的故事,在那里搁着,杨禄,此时此地,你还是少逞些强吧!山有山神,水有水怪,纵然人奈何你不得,这山神水怪不会容你的!"

张家山这番话一旦说出,空寂的山冈上,夜风吹动树叶,飒飒作响,一只猫头鹰,在不远处一声尖厉的长唳,引得满地乌鸦又是一阵聒噪。那月光,寒碜碜的,映照着这一片山林,树影斑驳,光怪陆离。

杨禄听了这话,见了这景,后背上也有一丝发凉,不过他的嘴,却比刚才还硬。他接住张家山的话头,回道:"张家山,屁股屙屎屎鼓力哩,你少拿这好汉岭压我。我不买你这个账!你把我当成谁了?我是杨禄,鬼神不敬,吃钢咬铁的杨禄!我是吃饭馍长大的,不是给吓大的!闲话少说,赶快还人!动起干戈,这面子上就不好看了!"

诸位,这好汉岭,有过什么故事,为什么叫个饱经沧桑的张家山,见了这岭,陡生一股豪迈之情,又屡屡用这道不会说话的山岭,来欺杨禄,来压杨禄,以为权宜之计?其实,这故事,仅仅是一个陈年故事而已,要问其主旨,"好汉"二字,业已告诉你全部了。

民国开始的那一年,这道岭上,风云际会,干戈相向,发生过一次大的械斗。械斗的一方,是子午岭这侧的陕北土著,另一方,则是子午岭另一侧的甘肃土著。祸事的根子,却因了这子午岭而起。

喀喇昆仑山,译成汉文,叫黑色的南山,喀喇昆仑山往下,叫昆仑山,也就是南山。昆仑山往下,这个千山之祖,万水之源,向南伸出两道大岭,一道叫终南山,即南山到此终了的意思,一道正是这子午岭。

一道子午岭，高高隆起，横贯南北，成为中分陕甘的一道天然分水岭。前面说了，山形水势，止所不得不止，行所不得不行，个中变化，常又无常。这子午岭，好端端地走着，到了此处，却平等地分成了两条。当两条平行线，又在前面几十里外重合时，中间便留下这一块是非之地，纷争之土。

这是一块五十平方公里的森林。为了争夺这一块森林的归属，最初，岭两侧的几个村庄，年年月月，戳猫逗狗，发生一些小规模的摩擦。到了民国这一年，冤冤相报，摩擦升级，终于酿成了裹挟大岭南北几十个村庄的一场大械斗。甚至双方的县衙，从地方利益出发，也都卷了进来。

那时这岭还不叫好汉岭，它叫"圪针岭"。啥叫"圪针"？原来这大岭朝北是一面几百丈高的陡坡，那陡坡上，一钵挨一钵，盘根错节，长满了千年的红牙酸枣刺。陕北人将酸枣刺叫圪针，这样，将这满坡酸枣刺的山岭，就叫成圪针岭了。

几场械斗下来，双方互有死伤。更有那不怕事的，跑到山下串联一番，户串户，村串村，滚雪球儿一般，牵动了这大岭南北的广大地区。这事越闹越大，眼见得平日一个人迹罕至的圪针岭上，人山人海，闹闹嚷嚷，又一场血流成河的械斗，在所难免。

这时，陕北方面，出了个姓张的好汉。张好汉见又是一场械斗，一触即发，大岭两侧，又得平添几座新坟，又得多一些寡妇孤儿，于是身子一跳，站在了两拨人中间。张好汉站定，指天画地，说出一番惊人语来。

他说："诸位，像这样有年没月地斗下来，斗到何日为止？子午岭两侧，都是亲戚套亲戚，村庄连村庄，谅谁家也没有胃口，把对头一口吃掉。各位，咱们不如另寻个法子，了却这一场恩怨，定了这圪针岭的归属，如何？"

这话说出，博得气势汹汹的双方一阵喝彩。

原来，双方虎狼两家闹到这个份上，都有一些怯场。明知道这事斗下来，是个没结果的事情。但是事已掀起，脸面上的事情，箭在弦上不得不发，所以都不愿意先说出软话。老百姓有一句话，叫作"屎巴牛支桌子——硬撑哩"，说的正是当时这种情势。

这张好汉是陕北家的，他既然开了言，将个话把儿递了过去，那么，甘肃家的，也就接住这个话茬儿，问道："你是谁家的儿，丈二长的橡子强出头，敢来这一片是非之地充大？"

待问明了姓名，甘肃家又说："我们认你，不过不知道陕北家，服不服你？"

张好汉听了，回转头来，动口问他的父老乡亲们，看他的这"另寻个法子"的主张，他们赞不赞同。

原来这永宁山张家也算陕北一家大户，当地一处豪强。这张好汉的家世渊源，与我们的张家山没有多大干系，却与后世的一位历史人物有关。这历史人物叫刘志丹。历史对这人已有定论，叫"红军领袖""民族英雄"，外国人斯诺则称他是中国的绿林好汉"罗宾汉"。

刘志丹的娘舅家，正是这永宁山张家。张好汉之后，这张家，还出过一个人物，叫张廷芝，是陕北地面的一个国民党军阀，刘志丹将军的死对头。闹红时期的陕北民歌中，屡屡提及这个人物。而作为民间传说，物物相克，刘、张这两个姑表兄弟，自小串亲戚时，便拳脚相加，天生的冤家对头。

闲言少叙。

却说这张好汉，张嘴一说，陕北方面，人人喜悦，好容易等了个大个子出来，独力支天，大伙焉有不同意的道理。大家哇的一声地说了，你有什么良法，拿出来，咱们和甘肃家斗上一回。

什么法子？只见这张好汉，伸手招一招，将两拨人招到了圪针坡前。站在这又高又陡的坡上，他脖子往前一探，手指向下一指，说道："这圪针坡，少说也有百十丈高。满坡的千年老圪针，密密麻麻。甘肃家的，咱们要赌，就赌这个。诸位记住今个这个日子。今个我张好汉要耍一次二屎了。我要脱得一丝不挂，从这圪针坡上，滚下去，滚不到底下不算数。你们甘肃家的，如果也有人敢滚，那我就让你们一步。你们先滚，我就把这脚蜷了，装个鳖屁，回家搂老婆去了。从此这圪针岭，归你们甘肃。如果没人敢滚，那这世事该我出头，我就要滚了。这一滚，这个圪针岭，可从此就世世代代地归属陕北了。"

甘肃方面听了，众人面面相觑，半响没有言语。陕北方面听了，都是人人踊跃，个个鼓掌，半个圪针岭，一片喧哗。

面面相觑者也罢，鼓掌喧哗者也罢，将头往这圪针坡下一看，都不由得倒吸一口冷气。原来这圪针坡，不但又高又陡，更兼这是一个人迹罕至之处，那一坡的红牙酸枣刺，历经千年万年，又老又硬，盘根错节，重重叠叠，从那山根底下，像一张网一样，一直铺到山顶。若一个一丝不挂的人，从这山顶上滚将下来，这圪针还不满满当当，将全身扎满，那一条小命，还能保住？

张好汉见了众人的表情，益发有些得能，那话头子，亦益发有些硬了，言语之间，口口声声，要甘肃家给一个回话。

甘肃家的，觉得这张好汉有些欺人。恼怒是恼怒，不过要站起来一个人，和这张好汉赌命，却是没有。延挨了一阵时辰后，内中有一人站了出来。这人不是出来赌命，却是说话。他说，这张好汉一番排侃，气势汹汹，不怕闪了舌头，我看这叫"吓诈"，要真要往下滚，我看他未必敢。众人听了，都说这话在理。这人见自己的推断得到赞同，又说既然这张好汉存心要扬一次威势，出一次恶名,那咱们就成全他吧,成人之美也是一件好事!众人听了,又是一阵响应。

话撵话,撵到这个份上,这一场圪针岭械斗,焦点就只集中到张好汉一人身上了。他要敢从这圪针岭上滚下去,这一块五十平方公里,从此归属陕北,他要不敢跳了,缩回头去,就不要再提这圪针岭的事了,这一块地面,从此就是甘肃境了。

好个张好汉,果然说到做到。他又挨个地问了一遍众人,再一次地靠实之后,于是,来到这悬崖边上。从下往上,他现在要脱衣服了。只见他两只脚一前一后一甩,先甩掉了两只百纳鞋,接着脱下老布袜子。那时节,男人们的大裆裤,底部扎着裤脚,上头缠着腰带,张好汉又将这些物什都卸了,没有这些物什,那大裆裤自然溜到了脚跟底下。张好汉一个虎跳,离了那裤子。

上身是一件大襟袄。袄上一串布纽扣,从胳肢窝里,一直通到腰际。张好汉一只一只,将这些布纽扣全解开,剥下衫子。衫子里面,却是一领红裹肚,这东西也不能用,取了它罢。头上那一条扎成英雄结的白羊肚子手巾,张好汉也顺手将它抹下,撇在一边。

一袋烟工夫,张好汉身上,除了腰间那遮羞的裤衩之外,确实是一丝不挂了。他回眼看了一下众人,见甘肃家刚才说话的那位,嘴里嘟嘟囔囔,好像还有什么话要说,于是伸出手来,一把撕掉腰间的裤衩,说道:"这块遮羞布,也是一件累赘,取掉它吧!省得日后留下话头!"

遮羞布去掉,交裆里那一嘟噜,扑扑煽煽,露了出来,看热闹的,无论甘肃无论陕北,都还有许多女流之辈,张好汉叫一声尴尬,说一句"丢丑了",伸出蒲团般的两只大手,将那东西捂住。而后在人群中间转了一圈算是道别。

乡间男人,遇到这赤身裸体的尴尬时刻,见了女人,用双手将那东西捂住，算是一种礼节，能不能捂住，是另一回事，不过这东西得捂，表明这男人知丑，亦表示对女性的尊重。

闲言就此打住。尔个，却说那张好汉，逡巡一圈之后，重新来到悬崖边上。此时也就顾不得羞了，舍了那东西，腾出双手。而后，用这双手，抱住个头，身子便在悬崖边蜷了起来，蜷成一个卵形。就要向下滚动时，他又回过头来，叫了声："不要忘了给我收尸！"话音未落，只听一阵轰轰的声音，声响处，白花花的一团肉，向山下滚去。

开始还有些磕磕绊绊，不时地碰到那些粗壮的圪针钵上。后来随着惯性的力量，这团白肉越滚越急，越滚越快，并且带动了那些松动了的岩石，一起滚动。那季节酸枣刺已经落叶，满坡的红酸枣，格外惹身，站在崖上，向下望去，只见红是红，白是白，这团白肉一路滚去，将那摇摇曳曳的红酸枣，纷纷撞落，将那密密麻麻的圪针林，硬是压出一条路来。白肉过后，那圪针林又纷纷竖起。

张好汉这一滚，一直滚到了山根底下。到了山底，停稳以后，那一团白肉，慢慢地张开四肢，恢复人形，像摊煎饼一样，摊在了一块青石板上。动弹两下，就不再动弹了。

圪针岭上，陕北家的这一拨儿，愣了一阵，发一声喊，拣一条平日野物们走的小路，向山根奔去。更有那心细的，拣了张好汉弃了的衣物，跟在后边。那甘肃家的，一半大约是感动，一半大约是好奇，也都闹闹嚷嚷，尾随其后，想要看个究竟。

到了山根底下，一伙人也就不再分什么阵营，你中有我，我中有你，众人花插着，将那张好汉，围在核心。

张目看时，只见张好汉刚才那白花花的一身肉，尔个，密密麻麻，层层叠叠，被那圪针扎满，身子变成灰褐色的了。这圪针都是些千年老圪针，浅的扎进肉里，深的扎进骨头。刚才还活生生的一个人，尔个成了个浑身是刺的刺猬。

众人张口喊叫，不见回答。细看时，只见张好汉面目全非，何处是眼，何处是鼻，何处是口，已经分辨不清。既然他已没有了口，他不回答，就是情理中的事了。腰间那阳物，亦被圪针扎满，软塌塌地卧在那里，早没有刚才的蓬勃之势。

又有人，都是张好汉的本家，俯下身子来，要拔去这一身的圪针。这时有人搭言，却是甘肃家的，他说这事你就免了吧，这一身圪针，恐怕你得拔它个三天三夜，又说，你看这张好汉，软耷耷地摊成一团，只有出的气，没有进的气，分明是受了内伤，活不过几个时辰了。

众人听了，也就不再劳神为他拔去圪针，只将那裤衩穿了，为他遮住羞处，继而，七手八脚，抬着这张好汉，一步三摇重上圪针岭。倘若这张好汉不死，那么翻过岭后，再抬回永宁山家中药治不迟。

到了圪针岭张家山尔个卧着的这棵大松树下，那张好汉肠肠肚肚一阵鸣叫，嗝的一声，龇牙咧嘴喷出一摊鲜血，登时毙命。

陕甘两家，合起来哭了一场，原来准备厮杀用的铁锨锄头，现在派上了用场。大家一齐动手，松树下挖出一个墓穴，葬了张好汉。从此这圪针岭易名好汉岭。那甘肃家的，亦不食言，一帮人在这坟上，拜了几拜，然后偃旗息鼓，悄然退去。

子午岭这侧在陕北境内，属保安县治。二年头上，青草初发墓头之际，保安县令，便命人凿上一块石碑，亲手书写"好汉岭"三字，令人刻了，竖于张好汉墓前。从此这一处省界，不再有事，陕甘两家，异口同声，承认这一五十平方公里地面，永归陕北。

这就是那个令张家山回肠荡气，顿生豪迈之感的好汉岭故事。

张家山不知道，到了这几年，这个好汉岭上风波又起，因它的归属问题又添了新的故事。

"文革"期间,解放军一支测绘兵踏勘子午岭,画军用地图。子午岭是陕甘的分水岭,测绘兵们本着"以山脉最高处为分水岭"的习惯原则,一路画来,至此用现代仪器一测,测出左边这岭,高出右边这岭五十厘米,于是军用地图上,这五十平方公里,划到了甘肃境内。

军用地图本来是保密之物,于是这张惹出祸端的地图,长久地被搁置起来,后来战备解除,这张地图便作为第一手资料,归档。再后来,有关权威部门在画制国家的区划行政图时,采纳了这张地图上的画法。新地图出来,这五十平方公里,便划归甘肃了。

面对地图,甘肃人心里不再平衡。张好汉的故事已成昨日,尔个,甘肃人这样想:这么一块好地方,竟被陕西人巧取豪夺,占了这么许多年;这地方原来却是甘肃家的。这么一想,于是好汉岭下的甘肃村庄,开始滋事,当年那一场故事,隔多年之后,又重新开场。

自那张好汉之后,陕北人迁过岭来,给这圪针坡上掏了些窑洞居住。甘肃人一来,这些陕西人就背着铺盖跑了,甘肃人走,又重新回来,继续日月。三番五次下来,惹得甘肃家动了肝火,三言两语,哄来了一些当地驻军,又是爆破筒,又是炸药包,将这些土窑洞炸平。

这事做得有些恶劣。爆炸声惊动了保安城,保安城又上报到肤施城。肤施城方面,倒不仅仅是为了这一块地,重要的是咽不下这一口恶气,也是觉得无法给张好汉这个故事一个交代,于是出动警力,几十辆大卡车拉了些大盖帽,车头上架起机枪,浩浩荡荡,直扑好汉岭。

甘肃方面,自然不会示弱。这里却属庆阳城管辖,于是庆阳方面，亦出动军警，浩浩荡荡，赶到好汉岭。双方剑拔弩张，各执一词，互不相让，眼见得要惹出一场现代战争。

江山易代，乾坤变换。时至今日，这世界却容不得有个张好汉、李好汉之类的出头了。双方状告到中央，中央派大员来一查，觉得这场官司，确实难断，思忖再三，于是红头文件一发，这五十平方公里，不属陕西，亦不属甘肃，它属国务院直接管辖。这确是中国人处理问题的办法，轻轻易易，四两拨千斤，便把一场干戈化了，而且化得让双方都无话可说，都觉得自己是胜了。这样下来，这好汉岭地面，便成了个天不收地不管的所在，圪针依旧丛生，树木自由生长，野物大摇大摆地出没，人烟从此绝迹了。

上面一段插言，与我们的"回头约"故事，并无多大关系。只是，张家山的步履至此，又为情势所逼。于是，扯出这么一个轰轰烈烈的故事，借古人压今人，来为自己张胆，来削杨禄的气焰，想要占个地利之便。

但凡世间事物，无论是好人行善，或是恶人作恶，当事人自个心里，却都是清清楚楚的。当然也有自个心里不清楚的，那腔里不清的，古人有遗训，叫世人原谅他们，有一本奇书叫《古兰经》的为证。那《古兰经》里说："原谅他们吧，他们自己不知道！"但是，大量的为恶者，自己心里却都是清楚的。比如这杨禄，他又不瓜又不傻，"回头约"上明明白白的事情，他却偏要悖逆而行。行则行吧，不过他那自个心里，却是虚的，全仗一把虚火，一股悍性，一腔邪气壮胆。因此，我们说，好汉岭上，此情此境，朗朗明月，孤寂山林，张家山将这好汉岭故事，一旦牵扯而出，那灰汉杨禄，嘴上虽则依旧强硬，心里却不免生出几分怯意来。

第十三章

第十四章

当下,张家山见那灰汉杨禄不似前番那么咄咄逼人,心里始觉踏实了点。"宁得罪君子,莫得罪小人",张家山面对这一场烧叨,已有悔不当初之意。不过,事已至此,只得硬着头皮应招了。他决定继续拿话来诈他。杨禄的优势在于他的一身蛮力,张家山的优势却在嘴上,他想趁杨禄立脚未稳,先用一番大话镇住他,不致让事情发展到械斗的地步。倘若械斗,吃亏的就该是张家山他们了。

"吴儿堡杨禄,你小子口口声声地喊我张家山,你可知道,这张家山是谁么?你鼻子底下有嘴,那嘴不是用来出气的,是用来说话的,你不妨动动嘴皮,打听打听,看这张家山是谁!再用一杆抬秤称称自己,看看你几斤几两,你那一把骨头,配得上与他为敌么?"

杨禄见说,并不买账,反嘴回道:"张家山,你少拿大话诈我。你鼻子底下也有嘴,那嘴也不是用来出气的,你不妨也四处打听打听,看我杨禄是谁,这杨禄又怕过个谁!好你个张家山,屎巴牛站在粪堆上,硬充个大个子,大红公鸡戴串铃,硬充高脚牲口。你当我是谁!我岂怕你!我杨禄,早就听说过六六镇的个你了。无非是六六镇上的一个儿老汉,开了个什么民事调解所,四处磨牙,说黑道白,逞强使势而已。张家山,你自个心里清楚,尔个是虎落平原了,你那威势,就少耍些吧!"

张家山见镇不住杨禄,拍拍胸口,又说道:"我张家山,是四处逞强,是开了个民事调解所,想吃这人间的一口强饭。可是,我张家山做起事来,走得端行得正,从不越外,十字路摔一跤,端南正北。有一句老话叫有理走遍天下,无理寸步难行,这话正该我张家山在这里说。那杨家小子,我张家山北上吴儿堡,动这女骨,自有做这事的道理,有一件东西叫'回头约',你知道么?"

这一个"回头约",却正是这一场事故的关键所在,而此时此境提出,却也是正在火候。杨禄见提到这"回头约",自知理亏,嘴里呜啦了半天,辩道:"那是我们李杨两家的事。李杨两家是亲戚,你知道吗?驴槽上伸出来个马嘴,你张家山两姓旁人,掺和到这里搅事,逞什么英雄!"

"这话差矣!大路不平众人铲!吴儿堡杨禄,你看,这是'回头约'!这'回头约'上白纸黑字,写得明白,卖生不卖死,卖身不卖灵,有朝一日李刘氏归阴,吴儿堡杨家,须主动将李刘氏女骨,送归李家河子。倘有违逆,天诛地灭!"

随杨禄一起上山的族人们,早就知道有这个约,而这契约上的话,也都是那些祖祖辈辈所有的"回头约"上必备的一番套子话,他们自然知道。只是一时鬼迷心窍,受了杨禄的撺掇,心血来潮,上了钩竿。尔个,听了张家山复述出"回头约"上的话语,心头不免震颤，于是议论纷纷，那身子，也不似刚才那么踊跃地向前了，那手中的农具，也不似刚才那么乱舞，直指张家山了。

杨禄见了，有些着急，大喝一声，截住张家山的话头，说道："约是死的，人是活的！张家山，尔个都牛年马月了，你还翻那老皇历！告诉你，张家山，这约我就是要违。鬼神还怕恶人哩，你把我看两眼半，你把我杨禄的尿咬了！"

杨禄这话，却有些撒泼，有些黑皮无赖的味道了。张家山听了，还未应对，旁边斜刺里闪出个李文化。李文化冲着杨禄，伸胳膊扬腿，高声叫道："张干大没牙，我却有牙！吴儿堡杨禄，你不要摆咨，你不要日脏，你试试把裤子脱下来，看我敢不敢咬你东西。城里有一道菜，叫钱钱肉，那是驴的，我李文化只听过，却没尝过，这次，我权当是打牙祭，开洋荤哩！"

张家山生性高傲，心想那杨禄下作，自己这一方的李文化，却不能这样。眼见得那李文化，一拾身子，扑到杨禄跟前，口口声声要咬尿，逼着杨禄脱裤子。张家山见了，有些挂不住，伸手刚要阻挡，突然人群中，先有人，伸手去挡去了。

那挡李文化的，却是杨文光、杨文亮兄弟。两人一手拽住李文化胳膊，将他拖住，按住，让他重新蹲到火堆旁边。两兄弟口里，还一个劲地劝阻，要李文化不要造次，这杨禄论起班辈，却是他们的"大大"。

李文化却不知道，这两个半大小子是谁，一拾身子，又要站起。张家山却知道他们是谁了。"先不去管他俩，以后若再有事，或可还会有些用场。眼下，先让我把杨禄的这两句脏话回了。好容易逮了个使势的机会，岂可不用？"张家山想清楚了，于是，一手按住李文化的肩膀，另一只手，指向杨禄的鼻子。骂道："《透天机》上说了，中五百年半鬼半人。初听这话，我还不信，只当个囫囵话来听,今个见了你这杨禄,方才明白,这话是应了,而且就应在你我身上。搭眼一看,谁是人?我堂堂正正的六六镇张家山是人!谁是鬼?你腌腌的吴儿堡杨禄是鬼!契约契约,啥叫契约?周幽王临潼山烽火戏诸侯,失约于天下,周亡;曹孟德惊马踏麦田,违了约法三章,割须以谢罪天下。没有约,那是你们个人的事情,有了约,那就是天下的事情了。大胆杨禄,天地有灵,鬼神能察,你敢违回头约,敢失约于天下,你不怕天打五雷轰,你不怕苍天有眼,断了你家香火,你不怕这世人纷纷攘攘一张嘴,唾沫星子淹死你!"

张家山这一张利嘴,上面一番慷慨陈词,唇枪舌剑,算是发挥到了极致。说罢以后,连自己也不免觉得得意,定睛再看那杨禄。杨禄在口舌过往上,自然逊张家山一筹,见这话镞火,听了,心里不由得一个冷战。跟随杨禄来的这一拨人,人人脸上露出惊惧之色,月光一照,脸色发暗发蓝,煞是难看。

杨禄见打嘴仗打不过张家山,怕这样继续理论下去,自己越来越处于下风,又怕跟随他而来的族里兄弟们听了,起二心,于是他挽了挽袖子,亮开嗓子,朝左右喊道:"弟兄们,咱不跟这糟老头子理论。他嘴上安着转轴子哩,咱们口说说不过他。说一千道一万,他敢刨咱们的祖坟,亵渎咱们吴儿堡老人山,就是欺咱们的先人,就是欺咱们一族人,就是十恶不赦的罪过。随我上手,弟兄们,咱们先撂翻了这老头子,再抢回这女骨,闲事不问,闲话不说!"

话音未落,那杨禄身先士卒,嗷嗷叫着,挥动铁锨,先抢将过来。

张家山还四平八稳地坐着,一旁却急坏了个谷子干妈。谷子干妈是怕伤着个了老伙计张家山,不是担心抢走那女骨。对女骨,因

第十四章 149

了昨天晚上张家山那句打要要的话，她至今还有妒意。此刻，只见谷子干妈两脚盘起，身子向前一倾，向后一仰，再往前一闪，借了惯性，一骨碌站了起来。站定以后，指着杨禄骂道："灰汉杨禄，你要逞强，你姑奶奶来了！"说罢，扑扑坎坎地，向杨禄的铁锨刃子迎去。

谷子干妈这一手，不啻是飞蛾扑火，羊羔往狼的口里送。只见那杨禄，见谷子干妈是舍了身子，真格来扑，于是身子一趔，侧身躲过。躲过之后，谷子干妈的个大屁股，正好显在了他眼前，于是，杨禄抡圆铁锨，一锨头打在她的屁股蛋子上，这一锨使上了力，打得谷子干妈脚下一滑，"哎哟"一声，大屁股结结实实地墩在了地上。

"跌了尻子墩，拾个老婆针！"杨禄见了，拍手笑道。

李文化见谷子干妈不济事，于是壮着胆子站起来去迎。他这挺身而出，却是为那女骨。说到底，"回头约"那是他自己的事，张干大一个两姓旁人，八竿子打不着的一件事，仅仅是禁不住自己那一番央告，才铤而走险，酿出这一场欲罢不能、欲休不得的骚叨的，若要论起这事的起因，却在他李文化身上，因此乎，此时不出头，更待何时？况且，一只蛤蟆四两力，一人拼命，万人难当，李文化，若要拼起命来，大小也算一个人物哩！

那李文化，平日在电影电视里，学了些花拳绣腿，实用不实用，不知道，不过那架势却趔得蛮像真的。这时，身子已经站起，架势也就趔开，扎个马步，攒着的拳头提到肋上，心嗵嗵地跳着，嘴里却硬。那嘴里，不歇气地喊道："谁不要命谁来！谁不要命谁来！"

张家山见了，怕李文化露馅儿，吆喝一声，说道："文化兄弟，你先歇了你的拳脚，一会儿再使唤吧！世事险恶，步步有难，既然本事在身上，就不愁没个显露的机会，得是？！"喷断住了李文化，张家山横了一眼杨禄，说道："杨禄兄弟，你耽搁了瞌睡，惊动了四邻，破费钱财雇了四轮，扎了架子，舍上身子与我张家山做对头，说穿了，无非是为了这臭烘烘的一堆烂肉而已。这东西值是个甚，真就那么金贵？拿去肥田，也壮不了二亩苞谷，拿去使唤，也没人敢用。你杨禄真的稀罕，你就拿去吧！让人一步自己宽，这是一句老话。退步原比进步高，这又是一句话。我张家山说到做到，不再与你为难了，咋样？"

张家山说完这番话，如释重负般，长长地叹息一声。

李文化见说，吃了一惊，一连声问道："张干大，你是疯了？"

那杨禄，听了这话，觉得这事来得太便宜了，也是半信半疑。他停了手脚的动作，止了嘴里的聒噪，在火堆前站定。

张家山站起来，稳了稳身子，清了清嗓子，朗声说道："给是给你，不过你也答应我一件事情。人可以欺人，不可以欺天，老天有眼，在那半空里闪着哩，谁要做了亏心事，他该提防有个报应才是。这是一把三弦，这是一张我的嘴，你要真想做了这事，又想封住天下人的口，你就先把这三弦，放到火里烧了，再把我老汉这嘴封了，舌头剜了。要不，众口滔滔，我张家山这余生，就只做一件事情。我要抱着三弦，跨州闯县，走遍高原，把你杨禄这不仁不义的事情，编成曲子，四处传唱，叫你吴儿堡杨禄，叫你杨禄的子子孙孙，留下千秋骂名，永世不得安宁，叫这陕北民歌里，再添一个精彩段子！"

张家山这说法，有点跌黑皮的味道。恶人还须恶人治，这也是没有法子的事情。陕北人将耍黑皮叫跌黑皮。这个"跌"字有讲究，你想，光光堂堂、有头有脸的一个人，将衣服反穿了，往地上一跌,耍起了死狗,好汉怕赖汉,赖汉怕死汉。到了这份上,连阎王老子也得让你三分哩。

张家山的这一番跌黑皮,也是让情势逼的。这张家山,见多识广,手眼通天,何等精明的一个人,混了一辈子世事的人,到老了就成了精了,这精再继续老辣下去,就成怪了。古语"老而不死谓之怪",说的正是这话,正是这眼下的我们的老汉儿张家山。

张家山将这好汉岭上的阵势,搭眼一观,心里便镜镜一样地明了。自己一个吭吭哧哧的死老汉,再加上一个麻秆胳膊麻秆腿的李文化,一个手无缚鸡之力的谷子干妈,哪是这凶神恶煞的灰汉杨禄的对手,更兼有一帮如狼似虎的二后生助阵,真要动手起干戈,吃亏的是自己一方。他想,有一张"回头约"在手,心正理直,用语言吓一番,或许有用。假如那灰汉杨禄,软硬不吃,真耍胡来,以张家山的性情,倒真的敢抱把三弦,四处游说,满世界吹喇叭,丧扬那杨禄哩!

"灰汉杨禄,我张家山说话,从来是塘土地上吐唾沫,一口一个坑儿。这话既然已经说出,我也就不想再收。这个塄坎怎么个下,在你!你看着办吧,我张家山,不再有话了。"

俗话说:"牛头不烂,少了二斤柴炭!"好汉岭上,这张家山,先是提出这好汉岭故事,壮怀激烈,削了灰汉杨禄的三分气焰,又掏出那个"回头约",一番排俎,再削杨禄三分气焰,尔个,欲擒故纵,哄着杨禄顺竿爬,爬到高处,又将那竿抽了,一拳打到那杨禄的软处,杨禄的气焰则又削去三分。眼见得只片刻工夫,杨禄当初的十分气焰,靠了张家山的这一番唇枪舌剑,气息奄奄,仅存十分之一了。

前面说了,好汉怕赖汉,赖汉怕死汉,那杨禄最怕的,却还是这张家山的最后一招,这一招确实厉害。杨禄心想,这儿老汉,真要惹恼了他，他真的抹下个脸皮，抱着个三弦，满世界地游荡，一张没遮拦的烂嘴，四处丧败他哩！那时杨禄这一张大脸，何处去搁？

原来这黑皮，虽也属宵小之徒，泼皮无赖之类，却与泼皮无赖有一点不同，那就是极爱面子。所以我们在本书之初，为这黑皮称谓下个定义时，踌躇一番，终于说了个"扎着势的死狗"这句话，啥叫"扎势"？扎势就是拿花架子。城里人说，"笨狗扎个狼狗势"，乡里人说，"粗狗扎个细狗势"，说的正是这黑皮的做派。这黑皮倘若住在城里，领带一扎，西装一穿，皮鞋锃亮，能照见人影，"洋楼"光滑，能跌倒蝇子滑倒虱，人前有他，人后亦有他，处处占上风头，事事胡搅蛮缠，你不经过，你不知道他的恶顽。倘住在乡间，衣食所迫，环境使然，这势则要扎得更硬，这样才好在地面上混，倘若有一天势倒了，脸面失了，下坡碌碡众人推，立即会沦落到连一般人都不如的地步。

这杨禄，心里怯了，嘴里还硬，指着张家山顿顿脚，说道，"张家山，你不要逼我。世上杀人放火的事情，都是人干的，到了那份上，非干不可。你说要我做的一件事情，我明白，你是要我当个杀人犯，先把你这儿老汉给绝灭了！你要用你老羊皮换一个嫩羔皮！"

张家山接住话茬，回道："杨家小子，你说对了，我张家山正是这个意思！杨禄，成全我，你小子要真有种，先把我老汉给灭了，再取那女骨。反正这好汉岭，是个天不收地不管的地方，你尽可以行事。你能成全我，让我和这前朝的张好汉埋在一搭，也算抬举我！墓碑不必新立，这块碑子，我们两个伙用了！"

杨禄一听，沉吟起来。

沉吟半晌，杨禄说道："六六镇张干大，世间事情，要想端，颠颠颠，需要翻过来倒过去想，才能周全。你张干大也是个惯说是非口舌的人，你心要是不偏，你翻过来替我杨禄想想。我那嫂嫂，在李家河盛了才有几年？虽说有个先来后到，可她大半辈子光阴，是在吴儿堡度过的，是我杨家的媳妇。再说尔个，为了抢这女骨，我动了户族，雇了四轮，夸了海口，张扬得满世界都知道了。尔个你叫我空手而归，无功而返，如何向满门上下交代，又如何不惹得世人嗤笑？叫我杨禄以后又如何在人面前说得起话？"

杨禄说完，叹了一口气，大约有点悔不当初。

杨禄这话说的也是实情。张家山听了，半晌不语。这样说来，谁也不怪，怪只怪这李刘氏，生得太贱，卖了第一次，又卖第二次，尔个她是安宁，睡在那里，撞也撞不响，叫也叫不应，却把这个难题，留给了后人。

"你要真要逼我，我就只好犯一回王法，把你张干大，先灭了！"杨禄圆睁怪眼，咬牙切齿，吼道。吼罢以后，他补充道："我也是一口唾沫一个坑，说到做到！"

陕北地面，这一类"回头约"纠纷，世世代代发生。有寡妇改嫁，就必定有"回头约"，有"回头约"，就难免惹起纠纷，动起干戈。干戈一起，便没有了道理。通常，谁家强，这女骨往往由谁家占了，剩下的一家，只好顶着世人的白眼，四处打问，去买那些没有主的女儿骨，弥成冥婚。

如果两家都是强人，各要面子，互不相让，那最后倒霉的则是这女人本身。两家主事人，密谋好，瞒了这女人的娘舅家，一把刀子，中间一分，两家各埋一半了事。

好汉岭上，张家山和杨禄这一场事情，最后就谈成了这结果。

将篝火燃旺，将这女骨，从麻袋里扒出来，衣服扒了，白花花一堆臭肉，月光一照，炫人眼目。两家事主，手着女尸，量好位置，然后，一个是张家山，一个是杨禄，两人一阵推辞，都有些胆怯，捂攘，不敢贸然举刀下手。

推辞期间，月光下那一团白花花的肉，突然颤抖起来。杨禄于这事，却是胆小，别过脸去，不敢再看。张家山心里也有几分怯意，怯虽怯，却不露在脸上，那嘴里，反而哈哈大笑，说道："'人七'过了，'鬼七'未过，这女裙衩，魂灵还附在身上哩！挨这一刀，她有感觉！"

那杨文光、杨文亮两位，见母亲身子颤抖，心中疼爱母亲，纷纷跪下来，央告不要将女尸剁开。那李文化，尔个知道这两个半大小子是谁了，论起来，他们却是一母所生，陕北话中，将这种关系，叫"隔山兄弟"。

李文化自幼离母，母子亲情，原有些淡。不过虽然隔生，却毕竟是自个母亲，自个毕竟是娘身上掉下来的一块肉，因此，尔个见那杨家兄弟一跪一哭，心中也有几分凄惨，于是膝盖一软，也跪了下来。

杨禄见此，明白自己非心硬不可了，再要延宕下去，谁知又会有什么变故。想清楚了，于是脸面重新调过来，盯住女尸，又破口大骂自家的两个侄儿，让他们少来添乱，坏了自个大事。这边的张家山，也照此办理，喋断住李文化，他说"人死如灯灭"，哪有鬼魂存在，他不过是信口戏言而已。说罢，从身上摸出刀子，眼看就要下手。

这一番打搅，延挨了时间，果然引起了变故。想不到，惦着这女骨的，不止这两拨人，还有第三拨人，这时候也拍马赶到。

好汉岭上，正当张家山与杨禄，就要举刀破这女尸时，只听那歇息在四周的乌鸦，又是一阵骚动、一阵聒噪。满岭的人，因这响声，都吃了一惊，举目看时，只见伴随着那乌鸦扑噜噜乱飞，从山冈的另一侧，又大呼小叫，喊声阵阵，上来了一拨人。

来得早不如来得巧，这拨人正是李刘氏的娘家人。那打头的一位，我们却认得，记得，李文化曾叫他大老表来着。原来，这刘家河的刘玄礼，人回去了，那耳朵却没闲着，听见四乡一哇声地吵，说吴儿堡杨禄为抢女骨动了户族，于是在村子里一嚷。刘家河这村子，上下齐心，所以没费多少口舌，户族也就起了，于是一拨人尾随杨禄之后，一路打探，跟踪而来。

那李文化正在一旁筛糠般地打战，见这乌鸦聒噪声后，上来的是大老表，一时喜出望外，扬声就喊。

那杨文光、杨文亮兄弟，论起亲疏来，也该叫这刘玄礼大老表。尔个在这荒山野岭，遇见亲人，心中自然也就高兴，于是跟在李文化后边，也哇哇作声。

那大老表走到自己的三个姑表兄弟跟前，先将他们一一扶起，嘴里念叨道："你们还算有孝心！我姑为生你们，疼过一回，这疼得还不算冤！"说罢，一跃跨过火堆，来到女尸跟前，伸手一拨拉，右一拳打倒了杨禄，左一拳打倒了张家山。他嘴里，伴着出拳，大声喊道："谁敢将我刘家女儿，五股分尸，叫她下世，难再蜕生为人，谁就是我们刘家河的对头！"

刘家河动户，原来为的正是这事。

前面说了，这女骨，无论是进了吴儿堡的老坟，还是进了李家河的老坟，于这娘舅，都没有大的干系。人总是要死的，人死了总是要埋，埋在哪里都一样，哪里的黄土不埋人。正如刘玄礼所说，手心是肉，手背也是肉，李杨两家对刘家河来说，是一样亲疏。然而，两家若要串通起来，分了这女骨，于娘舅家，却是大忌。非但族里上下，会觉得脸上无光，就是那些已经嫁出去的女儿，也会觉得自己的娘家是纸糊的背墙靠不住，落下无数怨言。所以者，每每有女裙衩一死,孝子报丧的第一家,就是娘舅家,须得等娘舅家验过尸首,才准抬埋。抬埋途中,又要从头至尾,事事监督,直到全尸入棺,入土为安,才算罢休。

当下,大老表一番拳脚,打倒了杨禄和张家山两位。那张家山,本来是风一吹就倒的身子,煮熟的鸭子浑身稀松,只剩下个嘴硬,有这一拳,自然倒了。那杨禄是条壮汉,正当年纪,为什么竟也经不住这一拳?原来,并非大老表孔武有力,是那杨禄,见这是刘家河的人,少了些防备的缘故。

张家山行动迟缓,跌倒在地,吭吭哧哧,半天爬不起来。那杨禄却正当精壮,动作敏捷,摔倒在地,一个鲤鱼打挺,就爬起来了。他爬起以后,没有客气,顺手也回了一拳,那嘴里不干不净,骂道:"我们商量我们的事情,与你何干?谁的裤裆破了,露出个你!"

这是一句骂人的话,脏话,粗话。这话的言下之意,是将大老表比成了交裆里东西。话有三说,巧说为妙,这样骂出,既不夯口,又有新意。

那大老表听了,还算有涵养,没有还嘴,只据理争道:"埋在吴儿堡,埋在李家河,都行,我刘玄礼都不会说半个不字。只是,要将我那苦命的姑姑,一劈两半,东埋一块,西埋一块,这办不到!"

那杨禄听了,出语更戕,揶揄道:"不怪天不怪地,不怪鬼不怪神,不怪吴儿堡不怪李家河,怪来怪去,只怪你那姑姑。她自己长了几个,她都不知道,卖了一次,又卖一次!"

这话说得,连地上袒胸露背的死人,都楞丁地打了个冷战。那大老表听了,是可忍,孰不可忍,于是挥手一呼,刘家河的这一拨人,齐刷刷地拿了农具,向吴儿堡这一拨人扑去。

一场械斗这就算开始了。

铁锹锄头乱飞,双方正好势均力敌。好汉岭上,满场只剩下了张家山和他的两个搭档,现在反倒成了事外之人。那满地的乌鸦,因为这一场打斗,又扑扑乱飞,大声地聒噪起来。乌鸦中的那一位哲学家,嗓子最尖,不知道又在发表什么。

瞅这空儿,张家山要李文化去牵毛驴。毛驴牵来,两人一抬,将那尸首,横放在驴背上。月光下,少了遮羞布,那女尸白花花地,横陈驴背。只是走得匆忙,大家也就顾不得那么多了。

张家山叮咛谷子干妈,不要忘了那祭食罐。他自个,也很认真地将三弦琴扛在了肩上。

毛驴迈着碎步,离开了这道岭。张家山腾出一只手,扶着这驴背上的女骨。走远了,听见背后杨禄还在喊着:"狗日的张家山,这事不会善罢甘休的!你们等着,我杨禄还会撵来的!"

喊归喊,那灰汉杨禄,被大老表刘玄礼一把镢头,死死地逼住,忙着还手,腾不出身子,只得眼睁睁地看着张家山一行走远,看着驴背上那白花花的女尸,一闪一闪,隐入山的深处。

第十五章

　　山高路遥，行程要紧。离了那是非之地，将那一处地面，腾得宽展一些，让杨、刘两家去逞英雄。一行人趁着夜色，正好赶路。走不多久，就见东方动了。东方未动之时，却是西方先动，西方先有了亮色，隔一会儿，东方便显出鱼肚白，这是打啼起赶半夜的行路人的经验。先是鱼肚白，鱼肚白之后是玫瑰红，那玫瑰之色，在一个接一个的山头上轻曼缭绕，给这荒落的去处罩上一层梦幻之色。那一个一个兀立的山头，束手伫立，庄严肃穆，面东而向，期待太阳的出现，那情景，宛如群臣列班以待，在迎候君王早朝。片刻之后，一轮打着红胭脂的羞答答的秋太阳，自那千山之后，跳几跳，升了起来。这时候，满世界是一片光明。

　　这时辰是好时辰，况且又是站在高高的子午岭山脊上俯瞰，张家山他们看到的，该是陕北高原最美的景致了。

　　太阳光很柔和，且是平射，于是搭眼望去，那一个一个大馍馍一样捅捅挤挤的山头,那一条条纵纵横横左盘右突的山沟,那像身段苗条的俏女子一样站了一坡的白桦,那扎着威势,肩千年风雨,孤零零地兀立山顶的老杜梨树,此刻便尽收眼底。

从这里来看陕北高原,它的山形水势,便一目了然。

山是子午岭界分陕甘。自大岭以下,一条条沟壑,虽千折百回,千奇百怪,但走向大致相同,因为与这大岭并行的,是远处的一条黄河。大岭是最高处,黄河滩是最低处,沟壑是水流冲击而成的,自然如万头黄牛奔涌,直指黄河。据说这陕北高原,抑或叫鄂尔多斯台地的生成,得力于洪荒年代的一场怪风。怪风起自昆仑山,怪风过后,黄尘弥天,黄尘敛落下来,便囤积成这黄土高原。后世天雨割裂,水流冲刷,这山顶上的平原,便成尔今这支离破碎、令人惨不忍睹的景象。

那水却有两条,一条叫洛河,一条叫无定河。洛河、无定河,自这子午岭最高处,兵分两路,一条向南,一条向北,像个大括弧一样,数千平方公里的陕北大地,四百五十万堂吉诃德、斯巴达克式的高原人类,囊括其中。南一条是洛河水系,延河、葫芦河、沮河,属它所领;北一条是无定河水系,一路滚来,大理河、小理河、榆溪河,裹挟其间。两条水系之外,远在北方,更有两条独立的河流,一条是从大沙漠腹心散漫无度,平铺而来,莽莽苍苍不见首尾的窟野河,一条是轻歌曼舞,叮咚作响,穿行跳跃于大戈壁滩上的乌兰木伦河。两条河流均在遥远的北方,在那与蒙地毗邻的沙漠地带。它们的存在打破了这块空间的封闭感,让这沉重的高原,少了一些忧郁之色。

张家山他们在行进的路上,有些摩崖石刻,那石刻中有"苍生一望"字样。看来不独是张家山,那些历朝历代匆匆而过的行旅者,打这条道路上经过时,适逢时辰合适,都要做这样的眺望,并有那些好事者,将自己眺望罢了的感想,以"苍生一望"这四个字,勒石在行旅中。

这是一条古道,名字叫秦直道。张家山一行,目下正行进在这条古道上,可惜他们自己不知道。如果他们出生得早一些,行动得快一些,也许会瞅见秦皇那架着天辇,车辚辚,马啸啸,威仪地从这里远去的背影;也许会与胡笳声声马蹄哒哒的出塞的美女子昭君打个照面(昭君是北上,他们是南下,肯定会打照面的);也许会赶上为他们的乡党,那顺着秦直道疾驰而去的闯王李自成践行一杯酒。可惜他们出生得晚了,行动得迟了,因此眼前唯有萋萋荒草,甚至这条著名的大道尔个也塞满荆棘,依稀难辨。这一切不能怪他们,怪只怪时间这个冰冷的、冷酷的东西。

秦直道是堪与万里长城媲美的秦王朝的另一项浩大工程。它的督造者仍是大将蒙恬,建这条自长安通往边关的大道的目的,仍然是军事用途,即针对北方的匈奴。它的建造在万里长城之后,蒙恬率三十万兵马,将万里长城一节一节续起,继而便继续屯兵塞上,修筑秦直道,历经十年,这条宽三十米、长一千公里的纪元前的奇迹乃成。

秦直道是建在子午岭陡峭的峰巅上的。而今的修路,选择的是河谷地带,平坦一些的地方,这样,省力省工。古人有古人的笨办法,秦皇有秦皇的大气派,硬是刀劈斧凿,将这山头削平,遇到河沟,则将削下来的石料,去填河谷。

秦直道南起长安的甘泉宫,北抵塞上的九原郡。甘泉宫在淳化县境内,正是子午岭南下的末梢,那九原郡,即是后世的王昭君下嫁的地方,它距今天的内蒙古包头九十公里。有理由相信,当年马蹄得得,胡笳声声远嫁匈奴的王昭君,走的正是这一条道路;而勒兵三十万,至北方大漠,恫喝三声,天下无人敢应的汉武帝刘彻,走的亦是这条道路。

督造这条大路的大将蒙恬,以及后来被发配军中充当监军的太子扶苏,扎营的地方,正在刚才张家山他们路经代销点,遇见那个貂蝉女子的地方。那地方现在有两座坟,一座叫蒙恬墓,一座叫扶苏陵,坟上鬼气森森,夜来鬼哭狼嚎,乃蒙冤而死的蒙恬、扶苏千年幽怨之音也。据说蒙恬被药死后,三十万筑路大军团地而哭,一个捧起一抔土来,筑成这而今仍自硕大的一个墓茔。

这条大道修成以后,秦始皇走过没有?有好事者考证说,秦皇的最后一次出巡,走的正是这条道路,而秦皇章丘暴死之后,返驾长安时,亦是走的这条道路。路经这一处时,大将蒙恬、太子扶苏在路边迎候,突然嗅见那辇车上的死人味,两人打了一阵喷嚏,心里疑惑。这时宦官赵高,从车上扔下一条死鱼来,说这是秦皇东临碣石,从海边捞上来的鱼,那臭味,是这鱼发出来的。扶苏、蒙恬听了,不好启齿再问。再过了些日子,赵高做主,胡亥默许,李斯为虎作伥,一壶药酒赐到这天下名州,蒙恬、扶苏明知酒中有毒,不敢违了君命,长叹一声,仰头喝了,双双药死。

这是一段典故。陕北高原上,一步一个典故,一步一个传说,只拣那些要紧的说,也需费一阵唾沫星子哩!只因张家山的步履到此,拔出萝卜带出泥,顺便唠叨两句,一为娱人耳目,二为向远去的岁月行一个注目礼,如此而已。

这秦直道而今已湮灭,不成道路,不复被世人提起。天上水,地上水,重新将这子午岭的山巅,冲成陡峭的山峰,又将那被道路阻断了的河谷,重新冲开。而当年开掘的那路基上,蒿草灌木重生,古藤老树重长,世界上已经没有了这一条道路。岁月者,百载之过客;时光者,千年之逆旅。要知世事变幻,沧海桑田,仅从这条道路上望一眼,就彻悟了,心里像镜镜一样地明了,不为这眼前的人生俗务所羁所烦了。

但是这条道路已经成为一个传说、一个梦、一种鼓励这块封闭的高原上的子民走向大世界的一个符号。它出现在受苦人田间炕头的闲谈中,它出现在那些线装本的县志中,它出现在代代传唱不休的陕北民歌中。在民间,它不叫秦直道,它叫天道,叫天堂之路,叫圣人条。

陕北人心高。这种心高的一个原因就是这秦直道给的。在平凡的劳动中,在没有尽头的苦难中,他们偶尔会从田野上直起腰来,向子午岭山脊望去,向那条传说中的道路望去。据说,玛雅人来自外星,玛雅人一生唯一做的一件他们认为是有意义的事情,就是热泪涟涟地向天空仰望,期待奇迹,期待突然降临的不明飞行物将他们带走。陕北人的仰望,大约也是出于同一心理。心比天高,命比纸薄的陕北人,堂吉诃德式的斯巴达克式的陕北人,即便是那些最卑微的陕北人,都藏着一颗不安宁的躁动的心,渴望走出高原,渴望像他们的乡党李自成那样有一天横行天下。

这一天走了许多的路。按路程计算,距离那六六镇李家河,路途该过半了吧!

这鸦阵也没有继续追赶。也许乌鸦也有自己的区划、领地,互不相扰。因为这时候他们遇到的乌鸦,只是那些零星的单只或几只,而这些乌鸦,也已经不会用卷舌音,唱那花腔高音了。它们已经属于陕北高原南部的乌鸦,只会扯着铜锣般的嗓子,像关中人一样,愣兮兮地"哇哇"几声憨叫。

张家山想,这鸦阵没有追来,大约还有第二种可能。好汉岭上的那一场械斗,不知结局如何,那械斗说不定给乌鸦留下了吃食。如果有吃食,那自然比驴背上的这位,要新鲜多了,乌鸦们失去了对这位的兴趣,就是可以理解的了。

那吴儿堡杨禄撂下的那句话，还令张家山担心。所以他们这天的行走，还是格外小心。好在子午岭上，除了那条主要的山脊之外，还有许多岔出的分支，因此，他们在挑选道路上，故意避开了正路。

白花花的女尸，散发着臭味。原先，它用麻袋裹着，用衣服装扮着，大家只把她当作一副女骨、一件物什看待，尔个，那麻袋没有了，那衣服在好汉岭上五股分尸时给扒了，她成了一件裸体。她袒胸露背地横亘在驴背上，白色的肌肤，活生生一般，五官眉眼，又甚是齐整，这便不能不给人以许多荒诞的想念。而张家山的手，还要去扶一把，这想念于是就更撩拨人了。

山路寂寥，没话找话。忽然，那牵驴的李文化开言道："张家干大，你说这世事，日怪不日怪！"

张家山正盯着那艳尸瞅着。那艳尸仿佛也感受到了张家山的目光，胸脯上那两团鼓着的肉，嘟噜嘟噜直颤，两只乳尖，朝天顶起。张家山见了，心中生出一丝骇意，收了目光，不敢去看。目光虽收了，却又不由人，依旧用那眼角眉梢的余光，去瞅。一边去瞅，一边心里宽慰道："这哪里是尸首在动！这分明是在驴背上的缘故。那驴一走一颠，驴背上的人儿，焉有不颤的道理！"这样一想，骇意算是消了一些。骇意既消，禁不住又用眼睛去看。

这时，那李文化一句不合时宜的话，令张家山吓了一跳。张家山登时红了面皮，收回目光。

李文化又说："张干大，咱们这是料天地里说冷话哩，没个人听，因此上我这话，你不要笑话，权当是闲着没事，磨闲牙哩！"

"你要说甚，你就说吧！啥时学得这么拿腔捏调的！"

李文化见张家山这样说，嘴上也就没了遮拦，信口雌黄道："你看见这尸首上，裆里那窄窄的一绺没有？小时候一群孩子打耍耍，说个谜语让人猜，这谜语叫八百里秦川，草在两边。这谜语我猜了这么多年，硬是猜不出，今个一见女人这东西，如梦初醒，谜语上说的，原来是这东西。"

见张家山没有答话，李文化兴犹未尽，又说："还有一条谜语，在咱六六镇镇政府的墙上写着。是在男厕所，张干大你肯定见过的。我今天算是翻开了，那谜语原来说的也是这东西！"

"那是一条什么谜语，我没看到！"张家山并非引李文化这呆子说话，镇政府厕所墙上那条谜语，他确实没有看到。

"高高山上一道沟，年年月月热水流。不见羊子来饮水，却见和尚来洗头！"李文化见张家山不知，于是口中念念有词，将这谜语说出。

张家山听了，眉头皱起，噎断了李文化一句："傻小子，留点口德吧！这谜语别人能说，你小子却不能说。驴背上那东西，你当那是什么，那是——那是你来这个世上时，走过的路，算命先生把这又叫作：生你之门！"

"生我之门！生我之门！"李文化接住话茬，念叨了两句。念叨罢了，又很认真地将那东西，瞅了一眼，说道："我是从那里面出来的，脚先出来，头后出来，还是逆生，这我知道！我刚才说日怪，就说的这事：那窄窄的一绺地方，就能像变魔术一样，出来个大活人，这可真怪；而最奇怪的，是我李文化，就是从驴上的这个人的这地方出来，来到世上的，就更叫我觉得奇怪了！"

"那地方虽然满是尿骚味，可是，人人都得从那里走一遭。我也觉得这事有些怪！城里那些穿绸子挂缎子的，别看人模狗样，走过这里；咱们这些刚刚有两口吃食，能止住肚里不饥，能有一身补拆衣服，遮住身子不羞的，也是从那里来的！生门哪！"

张家山说完，眼睛按照李文化的指点，朝那尸首的下身望去。

望了一眼，羞红了脸，又赶快让眼睛离开。

"我妈不知道我们在说她吧！"李文化像是问话，又像是自言自语。

"她不知道！"张家山答道，"她要知道，她也不会开口。话丑理端，人人都是娘生父母养的。我们说的是实情！"

张家山说到这里，记起了《参考消息》上的一桩事情。

张家山爱看《参考消息》，这是他当大队支书时惯下的癞毛病，后来支书不当了，这《参考消息》却照样要看。旁人眼中，觉得这张干大日能，事事比人高一头大一膀，这时时手捧一张《参考消息》，就是令六六镇的人敬仰的一个原因。谷子干妈对张家山的这一嗜好，钦佩得不得了，当了一辈子睁眼瞎了，从未悔过，晚年却悔起自己不识字，不能像张家山那样，捧个《参考消息》，谈些古今中外的事情，惹得世人眼热。李文化却摇头，觉得张干大这是扎势，笨狗扎个狼狗势，粗狗扎个细狗势而已。

不管怎么说，《参考消息》这叫张家山知道了许多事情，他的文化浅，《参考消息》上说的那些事情，有些他能解下，有些费了吃奶的力气，也猜不出个渠渠道道，只觉得新鲜、蹊跷而已。他现在想起来的《参考消息》上的事情，就属于那些想疼了脑瓜仁，也不知其详的事情。

记得哪份《参考消息》上有篇文章，说的就是女人的这东西。张家山平日好与人理论，说些歪歪道理，可是比起这《参考消息》上的道理，他那歪歪道理，就是小巫见大巫了。

那一套道理好怪！那道理说，人一生，最想做一件事情，就是瞅女人不注意，从这里进门，重新钻回到女人肚子里去。那地方暖和、舒服，不愁吃不愁穿，不受人欺侮。天下有的是好地方，不过最好的、最让人留恋的地方，却是那里面。

说起这桩事情，李文化说他知道。

李文化是知道！他受了张干大的影响，在那六六镇调解所里，也是整日手不释卷，捧张《参考消息》来读。那些八竿子打不着的身外事，也整日在脑子里盘算着，为这事高兴，为那事忧愁，好像这全世界的柴米油盐，居家过日子，都得由他安排似的。陕北的人心性高，环境使然，天性使然，不这样他就难活，这是没有法子的事情。

李文化说，那是一个美国人造出的理论。这美国人闲得无聊，将我们的老先人留下的一条谜语，往电子计算机里一放，电钮一开，那谜底就出来了。谜底是啥？和咱们刚才知道的那个谜底，一样！

张家山听了，还是解不下，摸摸脑袋，要李文化细说。

"谁叫我叫个李文化呢！"见张干大诚恳请教，李文化也就不再谦虚，反正山路迢遥，正好拉话。

李文化说道："咱们那老先人的那个谜语，叫《桃花源记》。他把女人那东西，比作桃花源。张干大你试试往驴背上瞅瞅，再低头想想，是不是还真有点像。那老先人说，他多想躲在这桃花源里，一辈子也不出来，春天的时候赏桃花，秋天的时候吃果子，多逍遥自在，遇到乱世，就躲在那里面不出来，像我们陕北人躲在崖窑里一样。他是能行，比尿多了两个耳朵，找到那地方了，你们旁的人，馋死你们，你们找不着！那地方在哪里呢？老先生是个大文化，不像咱们粗人，说些八百里秦川、和尚洗头之类的粗话，老先生说，那地方不知道深浅，不知道远近，过了桃花林，爬过茅草坡，顺一条时断时续的小溪，逆流而上，就找到那里了。"

李文化说罢，嫌不解馋，清清嗓子，又一字一顿，背诵出老先生那一段文字来。直叫个平日好为人师的张家山，听了个目瞪口呆，不得不赞叹这李文化的博闻强记。

李文化背着:"晋太元中,武陵人捕鱼为业。缘溪行,忘路之远近。忽逢桃花林,夹岸数百步,中无杂树,芳草鲜美,落英缤纷。渔人甚异之。复前行,欲穷其林。林尽水源,便得一山。山有小口,仿佛若有光。便舍船,从口入。初极狭,才通人。复行数十步,豁然开朗。土地平旷,屋舍俨然。有良田美池桑竹之属。阡陌交通,鸡犬相闻。其中往来种作,男女衣着,悉如外人。黄发垂髫,并怡然自乐。

"见渔人,乃大惊。问所从何来,具答之。便要还家,设酒杀鸡作食。村中闻有此人,咸来问讯。自云先世避秦时乱,率妻子邑人来此绝境,不复出焉,遂与外人间隔。问今是何世,乃不知有汉,无论秦晋。此人一一为具言所闻,皆叹惋。余人各复延至其家,皆出酒食。停数日,辞去。此中人语云:不足为外人道也。

"既出,得其船,便扶向路,处处志之,及郡下,诣太守,说如此。太守即遣人随其往,寻向所志,遂迷,不复得路。

"南阳刘子骥,高尚士也,闻之,欣然亲往,未果,寻病终。后遂无问津者。"

李文化学那些村学先生,摇头晃脑,拿腔捏调,将这篇古旧文字,滔滔如泻地背出。乡下人将这种只详大意,不通文字,仿佛鹦鹉学舌一般的背法,叫念"口歌"。

见李文化口袋里倒核桃一般,滔滔不绝,张家山在一旁叹道:"想不到这半脑子李文化,别的眼不通,这一眼倒是通的,而且通得如此顺畅。看来人来到这世上,既带有一张口,就会有一口吃食。可惜这李文化,生在这穷乡僻壤,又少了教养,整日又得为这衣食忙碌,要不,难保将来不会是个著书立说、为官为宦的人上之人!"

这样的嗟叹一番后,又说道:"一眼一通百眼通!看来六六镇民事调解所,有了接班人了。李文化终有一日,额头上那只眼睛开了，会成为一个人物的！"

张家山叹息的途中，那李文化，已经将老先生的那《桃花源记》背完。背完以后，又将那"桃木林，中无杂树，林尽水源便得一山，山有小口，可通人"之类，按自己的理解，复述一遍，继而循循善诱，问张家山，看他现在解下这个故事没有。

张家山答道："我尔个是解下了。我这么聪明的一个人，尔个还解不下，那就奇了。是了，那老先生说的，确实是地方！"说着，张家山朝驴身上的女尸溜了一眼，接着又说："我还解下，那个美国佬，咋样猜破这个千年之谜的！娃娃，他靠的不是计算机，咱们这老古董，它计算机如何能破得？他要破，是靠仙人指路，这东西在世上搁了一千年，到今朝今世，该破了。那美国人有的是钱，不愁吃喝，于是乎每天闷着个脑袋，琢磨这桃花源是啥地方。一天他上街，仍闷着个头在想，不料想一头碰在了人身上。这人却是个粗人，张口骂了一句：你妈个！这一句骂得那美国人大梦方醒，他一把拉住那行人的手，连声谢道：你说得对！你说得对！那地方，就是我妈的！"

张家山说到得意处，不由得一阵大笑。李文化也陪着他，咧咧嘴。

两个大男人正在天上地上，云里雾里，信口开河，胡说八道，一旁早恼了个谷子干妈。

谷子干妈说道："你们这些大男人，真没意思！不要忘了今年是世界妇女年！"说罢，又指了指李文化，"李文化，你真是个实憨憨，半脑子，生生货，八成，世人没错说你。你跟上张家山老不正经地，瞎曰曰个啥哩！是你妈！你妈东西，它是你说的！你妈要是能动弹，非伸手来，撕破你两片嘴不可！"

谷子干妈说罢，脱下自己的衣衫，给驴身上的这个女人盖了，省得男子的目光，老寒碜她。

第十六章

诸位,刚才山路上张家山和李文化的那一番嚼舌,粗俗虽粗俗矣,说的却是一个道理。也真难为了他俩了,这么深奥的一个道理,要让他们那样浅显地说出,实不容易。既然刚才提到了电脑,那么这里不妨一比:要用286的电脑,去完成586的程序,实在是力不从心,强人所难。这个道理,要说,得让那饱学之士刘家河刘玄礼来说。

刘玄礼如果愿意说,他会这样说:这美国人的研究心得,是说《桃花源记》表达的是人类渴望回归母体的一种愿望,当人类在这个冰冷的凶残的危机四伏的世界上闯荡一番后,他回忆他这一生中,哪一刻才是他的最无忧无虑的时光,后来他悲哀地想到了,只有一时,只有一处,那就是在娘肚子里的怀胎十月的时光。于是他孤零零地站在人生旅途上,热泪涟涟地向人类的故乡望去,他渴望避开这红尘万丈嚣嚣尘世,他渴望回归,回到始发点,回到那温柔的母体。

这种出世的思想,或叫遁世思想或叫遗世独立思想,正是东方哲学的精髓,那个聪明的美国人感悟到了,从《桃花源记》这则中国国粹中破译出了。其实,他的破译借助于电脑只是一方面,更重要的是,周围环境的挤压,人类行至今天的种种恶行,启发和诱导他在东方哲学中寻找护符。诚实地讲,天下事物,本同一理,刘玄礼的回归刘家河亦是这种出世思想的暗中作祟。

作《桃花源记》的老先生叫陶渊明。陶渊明写这尴尬文章的年岁是四十一岁。那时,陶渊明的高堂父母不知是否健在,如果还在,那么,如果他们读到这篇文章,并且参破那里面的无奈和人生悲哀的话,一定会后悔让他出世的。"这地方如果你愿意待,就有年没月地待下去吧!可怜的孩子!"他们会作如是说。

闲言少叙。行路途中,张家山李文化两张没有遮拦的嘴,信口胡说,一旁惹恼了谷子干妈。

虽然他们说的是驴背上那个没知没觉的女尸的那东西,可那东西,谷子干妈腰间也有。别人信口雌黄说那儿,谷子干妈这儿,也有些起兴了。女人起了兴,又得不到个发泄处,于是那嘴上,就胡乱埋怨起来。

这埋怨是给张家山的,前面说了,这叫使势,或者叫骚情。碍着个李文化,因此这使势,要指向大家,这样脸面上才挂得住。李文化没有近过女人,不懂得女人这些小伎俩,见谷子干妈噪断,以为她是真恼了,赶紧分辩。那张家山,洞明世事,明白这谷子干妈的病害在哪里,只抿着个嘴笑,偶尔抬起头来,望谷子干妈一眼。谷子干妈的两眼迷迷的,放出光来。两人四目相对,心中受活。

李文化分辩道:"谷子干妈你是误会了,我们见了女人,猫舔还来不及哩,岂敢诽谤她们。况且正如你说,今年是世界妇女年,那女人们,一个个眼睛长在额颅上,在她们面前谁还敢造次。我们刚才那一番话,话丑理端,是在夸赞你们女人哩。张干大,你说是耶不是?"

张干大听了,抿住嘴,连连称是。

谷子干妈听了,仍是不依不饶,她说天下有的是好女人,女人有的是好故事,为什么哪壶不开偏提哪壶?就说驴背上这个女裙衩吧,一生中嫁了两回人,生了三次人,"人生人,怕死人",这容易吗?

谷子干妈说到这里,又使开了势,训斥李文化道:"干妈刚才叫你八成,生生,啥叫八成,啥叫生生,你知道吗?这是说你成色不满,欠火候,是个生坯子。你不要笑,你真要惹得老娘生气了,将你收回炉里,重烧上一回,再放你出来!"

一路上说说笑笑,倒也不显得路途劳顿。那张家山和那李文化,见这个题目扯开了,于是搜肠刮肚,屎巴牛放屁尽克朗腾,将平日所见所闻的那些好女子的故事,添油添酱说出,只图讨个谷子干妈高兴。二尺五是假的,谁都爱戴,谷子干妈明知道这是两个男人在唱高调儿,哄着自己高兴,却也乐得承受。

张家山先说了个剪纸女。这婆姨姓张,原先是张家畔的女子,后来嫁到外县去了。陕北的婆姨女子,几乎人人都会剪纸,张家山为啥偏偏提她?原来,这女人的纸剪得日怪,她剪个老虎,老虎肚子里还怀一个老虎,她剪一个侧着身子纳鞋底的女人,遮住的那半边脸,也能看到。她还会画画,不过画起画来,要等神经病发作了才能画出水平。中国人解不下她这些剪纸这些画,外国旅游的人来一看,惊呆了,说这才叫大文化。中国的那些假洋鬼子们,留个长发,穿个蝙蝠衫,跑到外国去讨教文化,讨教来讨教去,原来这文化的起根发苗,却在这里。外国人买了些剪纸买了些画,走了,从此这张老太婆成精了，她拿巴掌大的一张红纸片剪成毛驴，拿出去能换回一头真毛驴，剪个电视机，拿到商店能换一个真电视机。她的画就更吃香了。县上领导要提拔，给上头送礼，送啥人家都不稀罕，就稀罕这画，要出国哩，这画更是非带一张当礼品不可。可这婆姨的神经病不常犯，没奈何，大家只好耐着性子等着。听说，这婆姨出过好几回国哩，北京的那些大学，也三天两头专机来请，请去干啥哩，给那些戴眼镜的洋学生们上课哩！

张家山说到这里，叹息一声说，啥事情都没个圆满的，这婆姨占了这一头了，别的地方就欠缺些。她不生养，世上走了一遭，连个娃娃的面，都没见过。非但自个不生养，她养的猪也不下猪仔，养的羊也不下羊羔，养的猫也不下猫崽，院子里养的花倒是开得艳，就是秋来不结籽，鸡嘛，倒是下蛋，只是蛋孵不出鸡娃。农村把这种不生育的女人，叫"猜猜"。

张家山还说，这女人非但不生养，还有一个可怕处，就是个克夫命。她先后嫁过三个男人。第一个男人是个当兵的，老百姓口毒，把当兵的叫"死了没埋的人"，这话不该说，说出来伤众人，可这话用到这婆姨的男人身上，就算说准了。第一次上战场，那么多穿二尺五的，可这子弹偏偏就找上他了，像长着眼睛似的。第一个男人死后，她找了第二个男人。这个男人是煤矿工人，老百姓对这些挖煤的，也有个说事，叫"埋了没死的人"。这一次也算说准了，瓦斯爆炸，煤矿塌方，偏偏砸死了他。第三次，这张老太婆已经人老珠黄，与其说找丈夫，不如说找老伴。她这次找的是农民，农民的撑头大，再加上这婆姨已经老了，"克"不动了，这样两个人相跟到老，双双寿终正寝。

瞅张家山换气的那一刻，李文化插了言。他肚子里，也有一些剪纸女的故事，而且件件不比张家山讲述的这件差，几次踊跃，想

第十六章 173

插言都插不上，这回算是插上了。

他说对这些剪纸的婆姨女子，有个隆重的称呼，叫她们"民间艺术家"。称她们"家"，可不是个简单的事情。他说陕北地方苦焦，人们的文化少，再加上朝朝代代的走马换将，老先人留给我们的东西，靠啥传？就靠婆姨女子的一把小剪刀。外国人稀罕这些剪纸，稀罕它的啥，就是稀罕这里有文化，有玄秘。戴眼镜的洋学生们稀罕这个，也是这道理。你能撬开一个睡了几千年的人的口，让他说话，那他说出话来，一定是些惊人的话，不是？！

顺便，李文化还说到这陕北话，他说不要看这陕北话土得掉渣，又粗又野，却也是正宗，专家说了，陕北话是"源"，别处的话是"流"。啥叫源，石缝里蹦出一股水，汇成一个泉子，这就叫源，那泉水溢了，跌跌宕宕，一路流去，那就叫流。不要看这水后来成江成河成大海，刨起老根来，却得认最初那个泉子。

说起剪纸女，李文化说出一个王北平。这王北平自然也是个女的，而且是个长腰婆姨。啥叫"长腰婆姨"？原来陕北俚语中有"长腰婆姨短腰汉"一说，是说这样身材的男女，好那一方面的事情。"短腰汉"我们能想得来，腰身短，干起这号事情不伤身子，腰无须拱起，只搞"短促突击"就行了。那"长腰婆姨"一说，又是出于什么讲究，就不甚了了。是说这婆姨好腰窝，风摆杨柳一般地走过来，容易惹得男人动火，还是说这类身材的女子，生性风流，水性杨花，爱个红火热闹，抑或是从生理机制方面来讲的，这个嘛，不好说，说不好。俚语村言，原本也当不得真，只当是人们闲来嚼舌，一个耳朵进，一个耳朵出，就行了。

李文化说这王北平，论起剪纸方面本事，不在那张老太婆之下，也曾出过国，也曾讲过学，也曾一剪子剪出个电视、一剪子剪出个毛驴，加上人也长得端正，因此上那名声，不在张老太婆之下。更兼电视上，她把那穿着紫花布大襟袄的长长的腰身一展，把电视机前的男人们都给看瓜了。这些，张老太婆却又得让她一筹了。

张家山见李文化想抢个上风头，于是说道，这叫王北平的剪纸女，可有些身世，有些来历，较之那张老太婆，又如何？原来张家山，是想将李文化"亮"一下，他觉得女人的身世，奇到张老太婆，苦到张老太婆，就算尽了，李文化那张嘴，尽管能胡曰曰，看他还能扯出个啥新鲜的来。

不料张家山这一说，却中计了。原来李文化一场开场白，却是敲边鼓，唱乱台，那正戏还在后面哩。那后头要说的正是这剪纸女王北平奇异的身世。尔个，见张家山激他，于是说道："论起身世来，只这王北平三个字，便是全部了！"

李文化说的，却是王北平母亲的事。王北平母亲的娘家，在绥米一带，正是那有着蒙恬墓，有着扶苏陵，出过貂蝉女的地方。这女人做女时，也是无定河川道里的一个人物梢子，有名的长腰婆姨。后来闹红，她嫁了个红军士兵。

长腰婆姨不安生。"自从哥哥当红军，多下一个枕头少下一个人"，这首流传久远的闹红时期的歌，第一次大约就是由她唱出口的。还有一首民歌，叫《三十里铺》，也是说的当红军的事，那里面的第一段歌词是："提起个家来家有名，家住在绥德三十里铺村，四妹妹爱上了三哥哥，他是我的心上人。"后面还有一些歌词，因为有有伤风化之嫌，人们后来变成文字时，将它改掉了。那没有修改以前的歌词，里面有一段这样说："昨晚上奴家做了一个梦，梦见三哥哥上了奴的身，赶紧把个腰搂定，醒来却是一场空！"

却说有一天晚上，长腰婆姨睡梦中把腰搂定以后，醒来却不

第十六章

是空的。村上一个短腰汉后生见缝插针，钻进她的窑里。老百姓有话，说是母狗不摇尾巴，公狗不敢上身子，这话是说短腰汉敢摸黑钻进她的窑里，一定是有个说事的。

话说到了解放之初，这位红军哥哥，在北京城里当了大官，于是捎来一纸书，叫他的长腰婆姨，到北京去享福。长腰婆姨一进门，红军哥哥愣了，长腰倒还是长腰，只是当年风摆杨柳的一只细腰，尔个壮成了个八斗瓮。眼见得自个婆姨成了大肚子，这大干部不愧是大干部，水平高，啥也没问啥也没讲，先让在家里住了半个月，又让警卫员领上进了北平医院。北平医院里，长腰婆姨生下来个哇哇乱叫的王北平，随后，没让进家门，红军哥哥买了一张车票，打发这母子两个，回陕北了。

长腰婆姨抱着这个头上顶着"王北平"名字的女儿，回到陕北。无定河边的那个婆家，是不能回了，嫌丢人。娘家也是不能回了，不是她不想回，是娘家不让回。于是抱着个女儿，在陕北高原四处游荡。后来女儿大了，仍长成个妖妖娆娆的长腰婆姨，女儿嫁了人，这老婆姨也就跟着女儿住了下来。这就是剪纸女王北平的故事。

李文化说完，等待反响。

张家山可谓见多识广，这个故事却是第一次听说。他觉得这个剪纸女王北平的故事，比起他的那个故事更稀罕，也更有嚼头，刚要张口夸赞，口还没张，谷子干妈就抢过了他的话头。

谷子干妈虽然自个也听得津津有味，听罢以后，却把刚才还笑的那张脸儿收了，沉下个脸儿继续使势。她说两个大老爷们，你们讲的故事，是在抬高我们妇女，还是在贬低我们妇女？听了半天，我还是听不出个子丑寅卯来。她说你们男人的眼睛，怎么老盯在女人的东西上，先一个，说人家是"猜猜"，不生养，这一个，倒是能生能养,又说人家生养得不对。我看"猜猜"最好,省得受那一回罪,骡子不生养,驾辕哩,马倒是能生养,拉梢哩。还有那个长腰婆姨,稆生糜子稆生谷有啥不好?二亩地在那里搁荒着哩,不长庄稼白不长,收一料是一料。那倒是咋了?拔出萝卜坑坑在,那女人身上又没少一根毛。你们男人,嘴上说不封建了,心里还是把女人当自家的私有财产。

见谷子干妈这样说话,张家山看一眼李文化,说道:"想猫舔一下,谁知道却落下这一堆不是。说一句粗话,这叫舔尻子舔到痔疮上去了,李文化,你说是耶不是?"

张家山知道,谷子干妈是因为这长腰婆姨,想起自个早年的那个"你布置的工作我一满是拿不下"的故事。李文化年轻,阅历浅,既不知"拿不下"这个典故,也不知"拿不下"这个诨号,因此,也就不知道这谷子干妈的病是害在哪儿。尔个,见谷子干妈不高兴,他那一颗逞巧献乖的心,却还是在翻腾着,翻腾一阵,突然一拍手掌说:"有了!我这回是有个好故事了。这故事确实是实实在在抬高你们妇女的,里面不掺一点水分。谷子干妈你听好。不过这故事不是咱们陕北的,故事发生在云南。"

谷子干妈说道:"天下妇女都是好姊妹。不管是哪搭的,只要是给我们妇女贴金,不是作践她,李文化你就说吧!"

李文化于是开讲。李文化讲的故事,却是一个天上掉下来的故事。说是有一架飞机,飞机上载满了天南海北的人,在云南省的上空飞着,突然飞机一声爆炸,乘飞机的人都掉下来了。张家山和谷子干妈,虽然都是些大能人,可都没有坐过飞机,见李文化说那一飞机的人都掉下来了,吃了一惊,说道:"这飞机飞得那么高,跑没个跑处,躲没个躲处,掉到地上,还不摔成个肉饼子!"

李文化说:"正是!那时节,天上好像下了一阵肉雨,这百十号人，七里冬隆，都掉了下来。云南那地方多的是水田，这些人都掉在了水田里。一个一个掉下来的人，身子不是身子脸不是脸，都摔成了肉饼了。"

李文化说，蹊跷的事情就是这一阵发生的。当人们闻讯赶到这里，收拾这一处狼狈不堪的摊场时，突然听到死尸堆里，有婴儿的哭声。大家吃了一惊，举目看时，满地都是死尸，又不知那婴儿在哪里，于是，只得一具一具地去翻。后来，翻到一具女尸时，只见这女尸身子蜷成一团，女尸怀里，一个不满周岁的婴儿，正在咧着嘴哭。

从一万米高的地方摔下来，居然还活着，这叫在场的人都吃了一惊。大家推测说，这婴儿能活下来，是因为他的身体轻一些，而第二个原因，是因为母亲将他紧紧地抱在怀里的缘故。

这女人真是一个好女人，死到临头了，她心里牵挂的却是孩子。身子落地的那一刻，她的头脑大约还是清醒的，她让自己身子先落地，充当了一个肉垫子，婴儿随后落下来，落到她的身上。

被惊得目瞪口呆的人们，从这女人的怀里，抱出这个命大的婴儿。可是大家抱不出来。这女人已经面目全非，不成人形了，可是，那两只手，仍像铁箍一样，紧紧地将婴儿揽在怀里。没奈何，众人只好折断了这女人的手指，才将婴儿抱出。

"你说这女人，伟大不伟大？我这故事，精彩不精彩？"李文化说完，看谷子干妈一眼，又看张家山一眼，问道。

"伟大伟大！精彩精彩！"没等谷子干妈表态，张家山先拍了一下手，赞叹道，"这号事情，只有女人才能做出，只有生过娃的女人才能做出。这是天性。母鸡孵蛋那一阵，最凶，谁走近它的窝，它就啄谁。刚下了猪娃的母猪也是这样，那时节它脾气最躁，动不动就伤人。还有那些野狗呀、狼呀、老虎呀、豹子呀，大家说它们伤人,其实错了,它们平日并不伤人,只是在产下崽以后,抚养那一段,饿得慌,才出来伤人,或者你要去捅它的窝,动它的崽,它才咬你!"

张家山还要发挥,谷子干妈一声咳嗽,打断了他的话。谷子干妈说,李文化那个故事讲得好,女人的伟大处,他算是说到了,叫人听了喜悦,只是张家干大这一番发挥,将女人与那野物比,叫人听了,又有些不高兴了。

见谷子干妈这样说,李文化的脸上,露出一脸的得意之色。扭头看张家山,不料这张家山也在笑。

张家山笑道:"罢罢罢。二尺五是假的,可人人爱戴。既然谷子干妈喜欢顺毛摩挲,那我这里想起一个故事了。这故事绝对好。故事发生的地方,也不在云南,也不在贵州,而是就在咱陕北,前庄后村的事情!"

张家山讲的故事,确实发生在身边。这地方叫吴起镇。记得先前,张家山说过一个叫《太平年》的曲子。那里说的"吴起十二去征西"的"吴起",就是这个吴起。吴起征西,到了这里,屯兵为寨,这里就被叫成吴起镇了。

吴起镇是陕北最贫穷的地方。干沙梁上一座小城,古长城边几个牧羊人,如此而已。张家山讲述的这个故事的主角,是个农家女孩子。这女孩子,哥哥当兵走了十几天以后,父亲得暴病死了。女孩哭了一场,埋了父亲。这以后一年多的时间里,她给哥哥写了八十多封平安家信,封封都是用父亲的名义写的,告诉她家里大人小孩都安康,要他好好服役,报效国家,不要想家。谁知祸不单行,过了不久,母亲伤心过度,瘫了。走投无路的女孩,想来想去,想不出个良法。又不愿意给哥哥写信,去惊动他。于是,她来到县城里无偿献血,献了几次血,得了八百元。这时,不知家中发生变故的哥哥,打来了信,说是部队上号召上函授,得二百块学费。于是女孩一句话没说,拿出二百元,给哥哥寄了,叫哥哥好好学习,奔个前程,剩下这六百元,拿去给母亲看病。

一年多以后,哥哥回来探家,进了门,四处瞅,不见了父亲,又见母亲瘫在炕上。哥哥心中诧异,问父亲哪里去了,女孩只好据实相告,说父亲已经死了,他前脚走,父亲后脚就死了。哥哥问那八十多封信是谁写的,女孩只好说是她的。那么钱呢?这个家里这么拮据,哪有力量拿出二百块呢?哥哥心中疑惑,一再追问,女孩只是不说,哥哥急了,伸出手来,打了女孩一巴掌。女孩子于是捂着脸呜呜地哭了起来。

哥的疑惑是有道理的。这地方苦焦,前些年则更为苦焦。上面来的下乡干部派到谁家吃饭,有的家户往往管不起。管不起还得管,只得拉个讨饭棍,到四乡去讨一些吃的,回来支应这顿饭。饭在锅里"喝"了以后,端上来,这是百家饭,有黄米馍、黑面馍、玉米馍,还有洋芋擦擦、黑豆钱钱之类。下乡干部见这饭上得异样,问清缘故,辛酸得吃不下去了。见放学归来的孩子,背个书包,倚着门框站着,手指含在口里,滴着涎水,瞅着自己手里的吃食,于是,干部将这吃食推一推,让孩子去吃。

这些当然都是往事。而今生活自然是好多了。"行人莫问当年事,故国东来渭水流。"然而,对现在我们说的这个家庭来说,要拿出二百块钱依旧不是件容易的事。更何况,当这当兵的哥哥又听说,母亲看病,又花了六百元时,这心里,就更疑惑了。

哥哥是疑惑自个妹妹,去干了见不得人的事,因此上去一巴掌。这一巴掌打得这女孩号啕大哭。这女孩无奈何,只好说出她卖血的事。

女孩将实情说出,这回轮到哥哥号啕大哭了。哥将刚才打巴掌的那只手缩回来，变成一个拳头，用这拳头使劲地捶着自己的脑门。哭声中，哥哥将妹妹一把揽在怀里，"你受委屈了！哥哥错怪你了！哥哥是一个大男人，让你支撑这个家，哥哥不走了！"谁知女孩听了这话，突然脸上变了颜色，从哥怀里站起，说道："不准你说这种没出息的话。男儿有志走四方，你好容易有了个机会，能到外面去闯一闯，你就撒开蹄子去奔吧！家里有我，日头一天一天地走着哩，熬一熬就过来了！"

"这是一件真事！"张干大讲完这个故事，强调说。他说，现在不是有个军嫂么，正帽辫子拴辣子，四处红漾哩。公家人说这女孩的事情，比那军嫂还要军嫂，要将她树立个典型，四处宣传哩。不过这典型不叫军嫂，叫军妹。

张干大讲完，半天等不来反应，扭头看时，只见谷子干妈的眼眶里盈满了泪水。

"陕北的女人哪！"俄顷，只见张家干大叹息一声。说罢了，伸出袖子来，揩了一把谷子干妈脸颊上的泪花。

第十七章

驴蹄嘚嘚，人语喧喧，一行人且说且行。

空寂的深山里，不见一个人影，不见一缕炊烟。偶尔，蹄声会惊动草窝里的几只山鸡。山鸡又叫"呱拉鸡"，它"呱呱"地叫着，飞起，带着一串叫声，又在一箭之地以外落下。这地方还是野物出没的地方，不过他们却难得见野物的踪影，到处是树木和灌木丛，纵有野物，听见响动，早钻进了林子。野物们隐了身子，只露出两只眼睛，隔着树丛往外看。

日头落、月亮升的时候，用老话这叫"金乌西坠，玉兔东升"，此时，他们来到一架山岭上。岭的一侧，有一条小路，直通山底。这荒山野岭，人迹罕至之处，哪里来的道路？张家山趴在地上嗅了嗅，说这路确实是人走的，不是野物踩的，顺着路走，或许还可以碰见一两户人家，或者守林的人，到时讨口吃食，投个住宿，却也方便。

"该不会有山大王、拦路贼吧?"李文化问道。

"不会!"张家山说,"这荒山野岭,纵有歹人,他去抢谁?我们几位,肩膀上扛了个头,只会吃饭,平头百姓一个,又不是什么重要人物,他害你做甚?腰里一摸,钱没有几个,倒能摸出几个虱子来,他又抢你做甚?这地方若有人家,我看八成是那些躲避计划生育的黑户,在这里居住!"

二人听了,也就依了张家山的话,离了子午岭山脊,顺小路缓缓而下。

张家山之所以不在岭上宿营,原来还有第二层考虑。好汉岭上,定是山上那一堆篝火引得灰汉杨禄有了目标,所以么今个晚上,那岭上是不宜去住了,难保那杨禄处理完了好汉岭上的事情,马不停蹄,又领着族人尾随追赶。

三人中,张家山是绝对领导。他提出走这小路,谷子干妈和李文化,也就没有什么异议,不料平日那又乖又勤的草驴,这次,却硬是不听指挥,驴蹄抬了几抬,死活不上这条小路。

李文化见了,使劲地拽了拽缰绳,张家山又从后面,朝驴屁股上给了一脚。驴现在蹄子是抬了,那眼里,却是泪水汪汪。见张家山瞅它,就又扬起脖子,"咯哇咯哇"地叫了一阵。

这驴莫非知道前面有什么凶险?三人见了,心中都有些嘀咕。成语中说,"牛鬼蛇神",这话其实是错的,牛咧蛇咧,其实都是神,老百姓眼中,只有一样牲灵是鬼,就是这毛驴。

张家山见了,说道:"莫非前面有什么不祥之物?我们是人,尚且不怕,你一个哑巴牲口,又怕它怎的?你活着,受尽世间千般苦,千人骑,万人驾,挨不尽的鞭子抽,走不尽的回头路,有朝一日死了,又是那炉头红案上的一道菜,这样的命,何须惜它?"

那毛驴听了,止了叫声,收了眼泪,开始举步。

谷子干妈素来迷信，见毛驴这般情形，又听张家山那样说，于是劝张家山，另选一条路走。张家山叹息道："凡事都有个定数。是死不得活，是没寻不着，你躲在别处，就敢保太平无事了么？"这话说得凄凉，二人听了，不复言语。暮色起了。暮色中三人匆匆赶路。

俗话说："怕怕处有鬼！"行不多远，绕过一个弯子，视野陡然间变得开阔。前面是一条川道，川道中间，细细地淌着一股水儿。那川道，似乎昔日有过农耕的痕迹，而今却为萋萋荒草所掩。川道向阳的一侧，是一面壁立的石崖。张家山他们走的这条小路，正是向岩石通去的。

小路到了这岩石边上，断了。这路断得有些蹊跷。一行人到了路的尽头，岩石边上，停下。李文化眼尖，见这岩石上，垂着一些百年老藤，老藤遮掩处，似有洞穴存在。于是牵了毛驴，趋前两步，去掀那藤子。这一掀，果然看见，里面是一个黑黝黝的山洞，那些百年老藤，宛如一道珠帘，将洞穴遮掩。

老藤摇动，暮色苍茫。这一掀不要紧，恍惚间，只见一个红袄绿裤、粉面皓齿的女子，冲他嫣然一笑，又见那洞里，张牙舞爪，无数敞着肚皮的莽汉，或骑象，或骑牛，或骑麒麟，或什么都不骑，两手张开如同飞天，一齐向洞口涌来。

李文化见了，叫声"有鬼"，说罢口吐白沫，软软地坐了下来。

那毛驴也是吃惊不小，只见它扬起脖子，"咯哇咯哇"叫了两声，而后前腿一蹬，后腿一弓，屁股高高地翘起来，摔下背上的女尸，一溜烟地跑了。

谷子干妈本来就胆小，心里容不得针尖大的一点事儿，如今见李文化这样，受了感染，抱着那祭食罐儿，也一屁股坐在了地上。坐下以后打喘，胸膛一起一伏，口中念念有词，不知在说些什么。

张家山心里也犯嘀咕，可是事到如今，他却不能不硬着头皮，充一回好汉。好个张家山，只见他掸了掸鞋上的土，定了定神，嘴里骂道："是哪一方的妖魔鬼怪，敢与我张家山为难！"骂罢，顺过三弦，用三弦那椿木疙瘩，权当武器，一挑老藤，将个人高马大的身子，抢将进来。

照样有妖媚的夫人，照样有青面獠牙的怪物。不过这张家山毕竟与李文化不同，到底是多吃了几年咸盐，多晒了几年太阳，多过了几座桥，多行了几里路，因此见了，并不惊乍，反而挺直了身板，圆睁怪眼，大声斥去。

这一斥不要紧，只见眼前跳跳蹦蹦的这些物什，仿佛被施了定身法一样，姿势还一个一个趔着，身子却停在那里，贴住崖壁，不动了。张家山酝酿了一阵的情绪，没了目标，心中有些不甘，再行鼓噪，壁上的物什，还是一动不动，静静如同死物。

"这他妈的原来是一座石窟！"张家山回头，对李文化、谷子干妈说道。

张家山、李文化他们遇到的，确是一座石窟。

当年秦直道上，"车辚辚，马啸啸，行人弓箭各在腰"之际，这一带却还是个红火热闹的去处。到了魏晋南北朝时，道路还在启用，这一带也不算闭塞，其时，有那些好事之人，一番聒噪，或是官方，或是民间，数百年劳作，便在这石崖上，破石剜洞，凿出一座石窟来。佛教文化自印度一路东来，沿中国北部一线，敦煌石窟、龙门石窟、云冈石窟，依次凿出。有专家认为，从敦煌到龙门，跨越这么大的时间和空间，且风格又有这么大的变化，因此在这中间地带，该有几座不为人知的小型石窟，做它们的跳板才对。理论是提出了，不过要去寻找，中国北部地域辽阔，假如真有这样的石窟，又为岁月的尘埃所掩，如何能找得出。眼下，张家山他们遇到的，正是这样的一个跳板，可惜他们并不知道。

见这些物什，都是死物，张家山心中，方始安定。安定归安定了，那心里委实还有几分惊魂未定的成分。他回头招呼了李文化、谷子干妈一声，自己则挺了三弦，气昂昂地走了进去。

这石窟，外面仅一丈方圆，里面却三四丈宽窄，口小肚大，类似我们前面说到的崖窑。那些佛爷，神态各异，栩栩如生，原来都是刻在岩石上的死物，虽张牙舞爪，却身子被固定住了，不能走动。

匠人们当年在凿这石洞时，中间留了两根柱子，那柱子上，一个挨一个，凿满了佛像。石窟靠近崖根的地方，当年凿时亦留下一个塄坎，仿佛一张石床。那石床上，有些香火供奉过的痕迹，有些不知什么时候施下的供品。

这些供品，是些顶上涂着红点的馍馍。张家山一天没有吃食，饥肠辘辘，见了这供品，分外眼明，伸手抓起，就往自个嘴里填。不过这馍馍早已坚硬得像狗屎橛儿了，张家山牙齿又不好，这一咬，崩了牙齿，疼得他捂着腮帮直叫唤。

李文化才真正是惊魂未定。进了石窟，见了这些张牙舞爪的佛爷，心中鬼鬼祟祟，又犯嘀咕。

天色向晚，张家山说："走一处不如守一处，今晚，咱们就在这里歇息吧！"说罢，吩咐谷子干妈出外搂柴，又取下那石床上供奉的香炉，倒去炉灰，吩咐李文化捧了它，到河边打水。

搂来柴火，在这石窟里，石床前，燃着篝火，又将那盛水的香炉，在火堆上坐了。一会儿工夫，水开之后，三人便将就着一边喝着香炉里的水，一边细嚼慢咽，吃那供品馍馍。馍馍虽然坚硬，但是用手掰成碎块，放在嘴里抿上一阵，待口中的唾液，将馍馍化了，然后再慢慢咀嚼。这样吃法，不但不怕崩牙，倒还能嚼出些香味来。

　　吃着饭食，偎着篝火，大家议论道：这个洞子，八成还是有一些灵验的，要不逢年过节，咋还有人到这里上供、还愿。大家推算了一阵，说这些供品，该是中秋节时候人们上的，看来这块地面，还是有人烟的，只是地面过于广阔，难以遇上而已。

　　天色已晚，篝火摇曳，李文化瞅着摇曳的火光中的那一尊尊佛爷，心中又生出一阵阵惊悸。那门口站着的那尊，面色红扑扑的，千媚百娇，俨然一个绝色的女子，这正是当初冲李文化媚笑的那位。李文化心中惊悸，不敢去看；想不去看，却又不由；硬着头皮去看，看后越怕。心中那鬼祟之气，益发旺了。

　　张家山顺着李文化的目光去看，也发现了那尊像。他身量高，这像身量低，因此进来时没有看见。

　　张家山见了这像，也有一些诧异。他过去摸了一摸，回来说，这像和别的石像，是有一些不同，别的像是石的，这石头和山连在一起，石工们就着山势，硬凿下的，这像却是泥塑。匠人将那里，凿了一块位置，然后用泥巴，在那里塑了这么个像。

　　闲言少叙。一行人，将就着填饱肚子，又到屋外，搬了那女骨，放进石窟里边。那头毛驴，却还在距石窟不远的地方，低头吃草。张家山说："小心夜来野物侵害，将那毛驴，牵回来吧！"李文化得了指示，过去拽了毛驴的缰绳，牵回石窟里。谁知刚一进来，毛驴看见墙壁上那尊女佛，嘴唇打战，冷汗淋淋，身上筛糠一般。毛驴强挣扎着，回转身子，扬起后蹄，朝那女佛身上，踢了两脚，而后挣脱缰绳，又一溜烟地跑了。

　　李文化见了，回身又去牵那毛驴，谁知刚牵回洞里，又像上次一样，它挣脱缰绳跑掉了。

　　如此往复几次，害得个李文化，也汗淋淋的了。

近处看那女佛，她那媚眼，愈见鲜明，一张俏脸儿，似有幽怨之色。李文化见了，壮着胆子，伸手摸了摸，看这到底是佛是人。这一摸，手上黏了一手的塘土，果然只是个泥塑的菩萨而已。"尴尬!"李文化说道。

这时谷子干妈说："这洞里肯定有什么妖孽，咱们不知道，这毛驴却知道! 毛驴长的是夜眼，它嘴里不说话，那心里，镜镜一样地明哩，这一路上，山精水怪，样样都逃不脱它的眼睛。"

谷子干妈这话，说得这石窟里，又冷森了一层。屋内火光摇曳，屋外山风阵阵，石窟里的人，李文化自不待说，就连张家山，也觉得后脊梁有些发怵了。

张家山说："老百姓有一句话，叫'怕怕处有鬼！'咱们围着这火堆，打个盹吧，谁也不要再说那些少盐没辣子的淡话了。这篝火不要叫它灭了。毛驴不进窑，就让它在外面歇着吧!"

说罢，自己仰了身子，脱下两只布鞋来，鞋面跟鞋面相对，扣在一起，垫在脑袋底下，沉沉睡去。谷子干妈见了，也效仿他的样子，脱了鞋子，垫在头上，仰身去睡。旅途劳顿，一会儿工夫，她也就有了细密的鼾声了。

李文化也想效仿二位去睡，只是眼皮闭合了两次，没有睡着，反倒越发灵醒。没奈何，只得起身偎在火堆跟前，一边缓缓地续柴，一边丢盹。

身边的儿老汉儿老婆，一个鼾声如雷，一个鼾声如雨。那张家山，打鼾声的途中，仿佛鼻子突然被堵住一样，虎啸般的，哼哼两声，两声毕了，又继续有节奏地打鼾，一边打着，一边酝酿下一次的爆发。那谷子干妈的鼾声，却像她这个人一样，"咝儿咝儿"地，温顺而又平和，鼾声的间隙，有时还会说上两句梦话。

两人都已进入梦乡，于是这李文化，越发显得孤单。夜还长，柴火不够,李文化又不敢挪动到屋外去搂柴,因此这火光,不能叫它过大。火光小了,于是这屋里的鬼祟之气,益发浓了,四周壁上的佛像,越发显得狰狞。

李文化呆坐在那里,熬夜。脖项直直地挺着,不敢往四周看,仿佛这一看,就会招来什么似的。至半夜时,李文化正迷糊着,突然一束月光,斜斜地射了进来。月光不偏不斜,恰好照在门口那女佛的脸上。

女佛的眉眼开始活泛起来。她最初曾经给过李文化的嫣然一笑,现在又给他了。见了这笑,李文化再也不能自持,刚才那一番害怕,也忘了。他招招手,要那女人过来,女人却招招手,要李文化过去。这种场合,猴急了的是男人,我们的李文化也不能免俗。他见那女人招手,于是就站了起来,走过去,一伸手,将那女人搂住。

他使了使力,将那女人一拔,从岩壁上拔出。两人便在这不大的石窟里,火堆旁,滚动起来。

李文化还是童身,承受了许多年的阳光雨露,酝酿了许久的一份暴戾的感情,尔个,总算是找到了发泄处。他吼叫着,抱住女人,动手剥她的五彩衣服,要行那事。

女人在他怀里,水儿一般柔软,整得个没见过世面的李文化,猴抓一般,心痒难挠。不过挑逗归挑逗,要行那事,那女人却是左躲右闪,不让李文化得手。

李文化说:"你要我怎么样,猴老子?既然不想做那事,你就不要撺掇于我,令我白受熬煎,既然想做这事,你就不该羞羞答答,干打雷不下雨!"问罢,李文化一想,又问道:"莫非,你有什么事,求我不成?"

这女裙衩果然有事。见李文化问到这上头了,那女人,凄凄惨惨地掉下几滴泪来。即便是铁石心肠的人，也会心疼。啥叫"心疼"？陕北话中，赞美女子漂亮，不说漂亮，说长得"心疼"。男人对女人的无限爱怜之意，仅"心疼"两字，便囊括尽了。

李文化说："有什么难肠事，你就说吧，我一定帮你就是！"

女裙衩说道，她在这石窟里，已经站了一千五百年了，想那人世间男恩女爱的事情，想得发疯。每见有男男女女，结伴前来上香，自个心里，便不能安宁。更有那些轻薄男女，没羞没耻，在这石窟里男欢女叫，行那些儿女之事，真叫她两眼看得出了血了，却是动身不得。

李文化听了，深感诧异，心想佛门净地，却原来也有这样的念头产生。他说道："你一尊佛，又非血肉之躯，如何这般多情？"

女裙衩又说，她并非石刻之佛，却是一尊泥塑。那泥塑里面，包裹着的，却是一副女骨。倘若能有一副女骨，将她换出，她便可以投胎转世，去享那人间的风花雪月了。

李文化见了，更觉诧异，又问道："莫非你有求于我的，正是这事？你要我寻一副女骨，瞒天过海，偷梁换柱，将你换出？"

女裙衩答道："相公真是一点就透的聪明主儿，奴家现今这屋子里，就有一副女骨，让她站在这里，受这份洋罪吧！容我脱了这羁绊，到世上去，走上一回！"

李文化听了，沉吟起来。石窟中的女骨，倒是女骨，不过它不是一般的女骨，而是李文化的娘亲。这"回头约"故事，受不尽的艰难困苦，走不完的绵长山路，原本都是为了这具女骨。尔个，女裙衩提出这事，实在叫李文化为难。

那女裙衩见李文化沉吟不语，就在他怀里，使起性子来。一双猫爪子一样的手，在李文化胸前乱挠，口里"亲亲""肉肉"地叫着，强使李文化就范。

事已至此，不由得李文化不从。这事若搁给我们，此情此境，恐怕也只有顺从的份了。更何况这李文化原本就不精明，又是干靠了太久的身子。

　　见李文化答应了，女裙衩也就放下心来。干柴烈火，两个人便在这篝火旁边，晃晃悠悠，如梦如醒，行那事情。

　　较之李文化，那女裙衩则更是焦渴。一千五百年干靠了的身子，一千五百年酝酿起来的情绪，遇这童男，活生生地想把个李文化，吞到肚子里去。这女人恐怕当年在世时，就不是个安生的主儿，一身的好手段，尔个经这千年修炼，半人半仙的身子，更是神出鬼没，花样无数。

　　李文化却是头一遭。愣头愣脑，笨手笨脚。女裙衩见了，口里骂一声"呆子"，于是放缓节奏，细心调教，直叫李文化，受用得如堕入五里迷雾中。

　　双方颠鸾倒凤，有了一些时辰。这号事情生来就会，原来也用不着多少调教。李文化一番折腾，渐入佳境，至后来，便反客为主，占了上风。诗云：春潮带雨晚来急，野渡无人舟自横。那女人，原来等着这一刻，尔个见李文化有了一些身手，于是闭上眼睛，由他摆布。

　　虽做着这种事儿，那女人的嘴里，还忘不了提醒，要李文化不要等事情过了，忘了那换女骨的事。

　　事情总该有个结束。这结束却结束得突然。正当李文化，身子骨儿颠颠簸簸，像行船一样，屁股蛋儿狗混油一般，上下颠动时，突然门外，那头不肯进屋的毛驴，一声凄厉的大叫。

　　听到叫声，李文化那下身，登时软了，腰间那东西，身不由己流出一股黄汤。那女裙衩，不愧是半人半仙，动作十分利索，听到叫声，身子泥鳅般地从李文化怀里挣脱出来，三脚两步，上了墙

第十七章　191

壁,依旧成一尊女佛。

李文化这一惊,算是彻底地醒了。睁开眼睛,看那篝火时,篝火早已没有了火苗,只一堆红火炭儿,闪闪烁烁,形若鬼火,扬头往那墙壁上看时,见那女佛,规规矩矩地站在那里,虽眉眼生动,却是死的。

回想刚才那一阵事情,李文化有些茫然,不知是真的发生过,还是梦境。猛然觉得自己的大裤裆里湿漉漉的,伸手一摸,一片狼藉。

没容李文化细想,那毛驴子在外面,又是一阵大叫,伴随着叫声,有豹子在吼,狼在嗥,豺狗子叫。那毛驴,分明是遇到麻烦了。

这一叫,把个一旁酣睡的儿老汉儿老婆,算是给惊醒了。

张家山听到窟外的聒噪之声,一边揉眼睛,一边唤李文化,赶快把篝火燃旺。

第十八章

石窟外面,月明如昼,只是较之白日,少了些燥热而已。三人醒来,隔着那不停抖动的老藤,向外观看,外面的一切,却也清晰可见。

一群野物,站成一圈,将那头可怜的毛驴,团团围住。

想来,他们白日在子午岭山脊行走时,这些野物,就一直尾随在后,只是他们茫然不知。这些野物,不知道是对那具女尸有兴趣,还是对这头毛驴有兴趣,或者是对这三个大活人有兴趣,所以紧追不舍。不过现在倒霉的却是毛驴。也不知这毛驴,中了什么邪,昨个晚上,硬是不肯进这石窟,终于酿成这一场事情,尔个,就是想进,也进不来了。

三人站在洞口,向外观看。见那些野物,气焰甚是嚣张,轮番地向核心的毛驴进攻,欺它。那毛驴蹄子,不时地向后扬起,做困兽犹斗之状,它的大嗓门,最初还响亮地叫着,尔个,气喘咻咻,变成个哀鸣。

这些野物，时下在川道里，已不多见。李文化年轻了几岁，不知道它们都是些什么。张家山见李文化请教，于是伸出手来，指指点点，告诉道，那土灰色的、身上有花纹的、行动举止有些自高自大的家伙，是豹子，这子午岭一带，自从老虎绝迹以后，就该它称王了。那吧嗒着两片黄瓜嘴、弓着懒腰、拖着个长长的扫帚尾巴、十分活跃的，是狼。那身体矮小一些、尖嘴猴腮、样子猥琐、动作十分敏捷的，豺狗子。说罢之后，张家山又说，毛驴本是良善温顺之辈，哪是这些凶神恶煞的野物的对手，今天看来是在劫难逃了。

张家山说话的当儿，这些野物已经开始进攻。它们大约觉得嬉耍得已经够了，心性不耐烦起来了。只见那豹子，低低地、威严地吼着，迈着碎步，仪态万方，向毛驴走去。毛驴见了浑身打战，双目流泪。而与此同时，豺狗子"嗖"的一声，从毛驴身后，直蹿上来，没容毛驴抬蹄，它已后腿支撑，站了起来，两只前爪，搭在了驴屁股上，继而，一只爪子继续搭着，另一只，一探，塞进了驴的屁股里，勾住驴的肝花，一拽。待那毛驴感觉疼痛，一阵跳跃时，驴的肝花，已经白花花洒了一地。

这情景十分可怕。李文化见了，对张家山说道："张干大，你有的是办法，你就不能想个法子，救救这驴！"

张家山听了，叹息道："你娃娃经得太少，弱肉强食，世事就是这样。尔个我们尚且难保自身，安敢节外生枝，腾出余力去救它，李文化，你将外火，再燃旺些吧，野物怕火，有火燃着，它不敢进这洞子的！"

说话的当儿，那豹子，纵身一扑，扑上前来，一口咬住毛驴的脖子，又一使它，将毛驴拽倒，尔后，就"嗞儿嗞儿"地，吮吸起血来。喝光了血，又一阵大嚼大咽，拣毛驴身上那些肥实的肉，吃了一回。眼见得只片刻的工夫,刚才活生生的一只毛驴,只剩下了一副骨头架子了,而这几只豹子,适才那瘪瘪的肚子,尔个变得圆溜溜的了。

豹子食足饭饱,于是打了两声嗝,离了这地方,慢慢吞吞地,来到一棵树下,在树身上蹭蹭嘴巴,尔后,一个唤一个,大摇大摆地,隐入山林了。

豹子吃食的当儿,那一群为数众多的狼,只在远处观望着,流着涎水,不敢近前。尔个见豹子一起,狼们便一哄而上,肉现在虽然不肥了,且大部分是些骨头架子,但是于狼,这却倒也可口,有的吃肉,有的啃骨头,有的将那骨头,在嘴里咬得"圪叭圪叭"直响,吸那里面的骨髓。

豺狗子这时,也已经将那些肝花,送到肚子去了,这时,也就赶来,和狼争食。狼和豺狗子,倒是谁也不让谁的,狼虽身子大一些,豺狗子却有掏屁股的手段,因此,论起斗阵,大约会打个平手。现在,它们吵吵闹闹的,你争我夺,石窟外面是一阵热闹。

片刻的工夫,眼见得石窟外面的空地上,那头毛驴,连个骨头渣儿都不剩了。

狼和豺,兴犹未尽,又齐刷刷地站着,朝石窟里边,望了一阵。屋里的三个大活人,一具女尸,都是可口的食物,令人眼馋,只是,那篝火呼呼作响,近前不得。这一帮家伙,站了一阵,看看没有什么指望,于是呼哨一声,一个一个,一步三回头地离去了。

窑内的三个人,看了一场《动物世界》。谷子干妈是个菩萨心肠,见这血腥场面,捂着眼睛,不敢去看。那李文化不担事儿,看这景儿倒觉稀罕,心想,自己倒是有了一场可以在人前卖弄的阅历。独有张家山,心里吃劲,眼见得那用来燃火的柴火,已经不多,倘若那些野物,再迟延上了一阵,窟里的篝火,就会灭的,到

第十八章　195

时候没了火，难保那一群野物，不敢冲进来，再有一场事情。

张家山说了，那群野物，还在林子里，没有走远，大睁着眼睛，朝这边瞅着哩，他要那两位，不要轻举妄动。说完，自个出了门，就在近处，伸开五指，又搂了些柴火回来，将那篝火加旺。

三人再也没有睡意，一直围着篝火，耽到天明。

天明以后，张家山说，稳妥些，等日头再升高一点，咱再动身吧！谷子干妈和李文化听了，都连声诺诺。

坐在窟里，一时无事，加之已是白天，于是三人的心情，好了一些。那李文化，这时记起了昨晚上那一场事情，心里想着，嘴角不觉泛出了微笑。谷子干妈见了，问李文化想起了什么事情，这般欢喜。李文化是嘴上无遮无拦的人，一根肠子道到底，见谷子干妈动问，于是添油加醋，将昨晚上那一场风流，和盘托出。

谷子干妈却是个经过的人，听了李文化一番叙说，诠释道："这叫梦遗。日有所思，夜有所梦，是你李文化想媳妇了！"

那张家山在旁边，心不在焉，想路途上的事，这时听了这话，又细细地问了李文化一番，尔后，又走到那女佛跟前，端详一阵，突然一拍大腿，说道："这地方是哪里，这佛是谁，我知道了。这事情，我小年时，常常听老人说起，想不到偏偏的遇上个端端的，却在这里遇上！"

谷子干妈见说，也省悟道："民间传说，有个风尘女子，原本是京城里的名角儿，后来厌了世事，钻进一条山沟里，专门用自己的身子，侍奉那些没有妻小的匠人，后来石窟建成，她也倏成正果。张家干大说的，莫非就是这个么？"

张家山听了，点头称是。

提起这桩事情，最牵挂的却要数李文化。李文化见张家山和谷子干妈，一唱一和，说得有鼻子有眼，只他这个当事人，还懵懂不知,身在暗中,不由得有些着急,于是唠唠叨叨,要那家山,详细地再说一说。

张家山说,此处叫石渣河,这石渣河石窟,却是个有名的所在。这地方的得名,正是由于凿石窟时,起出了满地的石渣,而这地方的有名,却得力于这位女佛。

原来,一座石窟的凿成,并非一朝一夕之事,那北边的有名的敦煌石窟,从开始乍舞到最后日臻完善,竟用了千年工夫,而那南面的龙门石窟,虽然小些,却也用了四五百年的光景。这石渣河石窟,虽然更小,但是毕竟也是在石头上,锤砸凿凿,因此上,满打满算,也用了二百年的工夫。

二百年的时间可不算短。那些工匠,自小时起,或为信仰,或为衣食饭碗,便离了家乡,在这山沟里辛勤劳作。有的直干到头发花白,老死了,便就在这沟里,挖个坑坑埋掉。这样下去,天长日久,总不是办法。男人们聚在一起,吃饭穿衣诸种事情,都能凑合着解决,独有一样事情,束手无策。

这事情就是思念女人。这些工匠,都是些粗笨浅陋之辈,自然比不得那山中和尚、军中战士,那些人有信仰撑着,虽有思念之苦、非分之想,却能顾住大局,维持正人君子的脸面,而这些石匠,却没有那么高的境界,一日没有女人,忍着,一月没有女人,忍着,一年没有女人,那心里,便倒腾开了花花肠子,可若十年没有女人,他便仿佛受了天大的委屈,心中一股无名火,不知该向谁泄。有人看着,逃亡不出,于是这些工匠,便磨起洋工,锤声凿声日渐稀疏,工程的进度明显地慢了下来。

工匠们修这石窟的时候,京城里出了一朵名花。这是魏晋南北朝时候的事。那时的京城在哪里,张家山少了些历史知识,因此不知。只知道这女人,名冠京华,惹得门前,排成长队,达官显贵竞相争宠,都说上天打发这样一个尤物,来点缀这荒淫无度的时代、战火纷飞的乱世。

有一天这女人镜里看花,突然厌倦了这烟花生涯、卖笑岁月。这女人主意拿定,便等时机。一日,听得街上有些传言,说那石渣河石窟云云,继而,又有嫖客上门,却正是那石渣河石窟的监工。女人听了,主意拿定,要这监工,代她上奏一本,舍了自个身子,去那荒山僻岭之地,安慰那些受苦受难的工匠们。

这事却是一件大好事。当下,便得到允诺。我中华原是礼仪之邦、向善之所,不是?!窑主鸨母,见这一棵摇钱树,眼巴巴地走了,虽然心疼,却不敢有半句微词。那些达官显贵、公子哥儿,见自己怀中暖大的一个尤物,尔个飞了,有些遗憾,却为这风流女子的胆识,仰慕不已,觉得这样的人,就该有个不寻常的归宿才对。至于那佛门上下,不啻把这桩事看作是佛力无边的一个范例,高叫道:"天生慧根,好一个可度之人!"出城这天,满城男女,送她出城。男人们送,却是因为与这女人,有点旧情,算是惜别;女人们送,却是来瞧稀罕:这个出人头地、别出心裁的女子,到底是个什么样子。

承受了太多的荣耀,接下来便要承担太多的苦难,于人生这却是常理。那时,秦直道还在,出了城后,手执一枝杨柳枝,便顺这迢遥古道,一路行来。愈走气候愈见寒冷,愈走四野愈见荒凉,至后来,子午岭一侧,林木遮掩处,便是石渣河了,地僻人稀,好一个凄凉之年,那女人便下了车子,像今天我们的张家山一伙一样,步行上路,七拐八拐,来到这石窟前面。

原来有那好事之人,一路频传,早将这个消息,传给石渣河的这些工匠们。工匠们听了后,欢情喜悦之状,自不待言,整日伸长脖子,久旱望云霓一般,等待这位传奇人物光降。

女子身子自山崖上刚一闪出，立即惹起了一阵欢呼。京华粉黛，自然非那些女村嫂所比。工匠们见了，疑是年画中走下来的人物。最初几日，只敢看，并不敢动手动脚，亏得这女子，经过大世面，熟识男人性情，将息几日后，一番绵绵软语，打消了这些粗蛮汉子的疑虑。有第一个人上身之后，说出那女人的种种好处，第二个人也就抖起胆子，前来骚情。第二人罢了以后，又有那不要命的第三个上来。如此这般，半月之后，满石窟的工匠，便齐齐地轮了一遍。

众人一颗不拘的心，从此安定，有那一幅西湖景儿，在那里摆设，光看便是一种享受，晚上自个粗糙的身子，又能与那嫩身子接触，云里雾里上一回，皇帝老儿，享福享到这里，也就算到了尽头了吧？

消息传出，山下那广阔的地面上，陆续地有一些光棍汉、懒汉，也提了石匠家具，寻找到这里。应名是来干活，人人心里都揣着个小九九，都想瞅个空儿，与这女人，亲热上一回。

狼多肉少，似乎是个难题。不过那监工的，有的是办法。除了自个，随时享用，知羞不知够以外，所有工匠，每日收工之际，监工都要挨个人验一下他们的活路，那出活好的、细的、多的，今个晚上，便可与那女人快活上一回。这算是一种奖励。

如此这般下来，这石渣河石窟工程，自然大大加快。一条山谷，整日价热气腾腾，锤声凿声，欢歌笑语，不绝于耳。

那女人，沦落在此，最初大约还有一些悔意，瞅无人时，不免掉下几滴珠泪来。后来天工日久，思前想后，也就想开了，觉得凡事都有个定数，自己沦落此处，却也是命。但凡女人，论起那心性来，较之男人，又刚烈了许多，事已至此，纵有后悔药，也就不去吃它了。于是白日里，修身养性，面壁向佛，夜来则洗净了身子，诚心诚意地侍奉这些男人们。

京城里练就的那些手段,在这山沟里,却算是找到了用武之地,城里那些达官显贵、公子哥儿,虽然一个个人模狗样的,腰间家具,却都是些镴枪头,这些工匠,粗鲁归粗鲁,使惯了锤子凿子的人,腰间那家具,也仿佛锤头凿子一般。叫这女人,每一次,都得死去活来一回。

闲言少叙。却说历经二百载后,石渣河石窟终于修成。石窟修成之日,亦是这女人寿终正寝之时。

按说,世间本没有这样巧合的事情。女人虽已垂垂老矣,但是姿容秀色,不减当年,行为举止,这算麻利,像这样个活法,再活它个十年二十年,不算越外。只可惜这石窟业已凿就,女人没有了用场,她那一段故事,却越传越远,倘若她这样无香无臭、无名无姓地老死乡间,不啻人间的一大损失,于朝廷,于佛门,都失去许多光彩。于是,朝廷有意,佛门有情,赐这女子,速速死去,然后用这女子真身,塑一座像。

这却是个莫大的荣耀。那女子听了,启齿一笑,说能有这么一个结局,最好,原来她弃恶向善,只求将来能有一个贞节牌坊,立立而已,现在倘若能成真身,则那佛像、石窟存在一日,便可承受一日人间香火,千秋万载的顶礼膜拜,这才叫"修成正果"了。

女子说罢,便要众工匠,在那门庭的石壁上,锤打凿钻,为自己劈出一块位置。位置劈好,她从从容容,装扮一新,往那位置上站了,尔后吩咐工匠,往她身上涂抹油泥。

众工匠们,因这苦役终于结束,这是一喜,又因眼看要失去这相依相随相托的女子,亦是一悲。众人抱着这女子的身子,大放悲声,恋恋不舍,不忍分开,只求那欢娱之日再来。

女子见了,怒目斥道:"天下哪有不散的筵席,如此结局,最好！你们若还念及那往日情分，赶快涂抹油泥吧！"说罢，渐渐气绝。

事到如今，众工匠们，也就收了那怜香惜玉之心，不再为私情所动。众人将那女子，扶正，四周用铁钉夹紧，女子身上，则请那些有经验的工匠，和好油泥，涂了一遍，脸上再勾勒出颜色。

众人对这女子，自然是爱到极处，所以塑好之后，众人久久围观不散，各拣自己认为最美的地方，要那捉泥瓦刀的工匠修改。三改两改，便改成了一位绝代佳人模样。话又说回来了，这女子本身就是个美人坯子，其实也不需要大的虚构，原模原样，照葫芦画瓢，就行了，就足以使千八百年后的李文化，神不守舍了。

石窟建成，塑像建好，监工回去报捷。这一群工匠自然也就如鸟兽散，将这石窟，交付历史，让它去忍受后世的烟熏火燎，沧桑岁月。一直到这千八百年后，张家山一行的到来。

"眼见稀奇物，寿增一季！"张家山用这句话，完成他的絮叨。

张家山一番活灵活现的叙说，直说得李文化目瞪口呆，哑嘴结舌，想不到昨日格晚上，一夜风流却是与一个千八百年前的女人厮混，世事奇异，竟至如此。

张家山说完，又去掏李文化嘴里的话，他将昨晚上的事情，细枝末节，统统说出。李文化被这件事情，早已惊骇得不知所措，而他虽然经常也看《参考消息》，但还没有看到西人的"为你终生守口如瓶"这句话的出现，于是乎，倒核桃枣儿一般，又将那事，复述一遍。

张家山听了，叹息道："千八百年原是一瞬，古人今人在这种事情上，做法原来还是大同小异。"没容张干大再继续饶舌，旁边的谷子干妈，因李文化那一番没遮没拦的话，早已羞红了脸。这时，她插言道："男人都不是什么好东西！你们一老一少，胡子巴叉的，嘴上就积点德吧！"

李文化这时记起了，那女人昨个晚上千叮咛万嘱咐的那一件事情，于是趋步上前，走到女佛跟着。

白日看那女佛，少了昨晚的火光摇曳，月色映照，那女佛，只是一个有些破败的泥塑而已。女佛脸上，结着蜘蛛网儿，身上扑满尘土，且已有几处油泥龟裂。那脸庞，明显地被后世人加过几次油彩，涂法也甚不高明，分明出自那乡间艺人之手，五麻六道，像个戏子。

不管怎么说，墙上这人，昨晚上和自己有过那一段故事。老百姓的一句话，专说那人间情爱，这话叫作"女人豆腐心，谁睡跟谁亲"。其实，于男于女，都是一理。尔个，我们的李文化，长长地一声叹息，继而，伸出衣袖将女人脸上的蜘蛛网，轻轻抹去，继而，又去揩她身上的尘土。

这些事做完以后，李文化用手上的指甲，顺油泥那龟裂处，轻轻一挖，挖下一片油泥，油泥录落上，眼见得里面确实是人骨。岁月沧桑，那人骨，已经变得雪白。

李文化见了白骨，不由得惊叹一声。见李文化惊呆，张家山和谷子干妈，也凑上来观看，当年倾国倾城的一个奇女子，少了一口气，却原来也是一段枯骨。这一景致，委实叫人感叹。

李文化开言道："张干大，有一段事情我想不明白。既然这女子，当年是真心真意，化为佛家真身，为啥尔个都过了快两千年了，她却又反悔了，跑来缠我，要我将我娘亲的女骨，拿来换出她？"

张家山见说，沉吟半晌，说道："那女佛当年，想来凡心未泯。或者说当时虽然泯了，尔个在这荒野之处，孤零零地站了快两千年,自然站着心焦。她当年要是不上这个钩竿,尔个早脱生了几十回的人了,给人家做过几十回的媳妇,子子嗣嗣,恐怕该有一州县的人了。站在这里,看那世间的男情女爱,花花世事,焉有不眼馋的道理!"

谷子干妈听了,喜悦这话,伸手捏了捏张家山的手,说道:"看来,还是做人好!粗茶淡饭,填饱肚子,一块破布,遮住羞处,虽有受不完的罪,却是件快活的事!"

张家山回应她,避过李文化,反手握了握她的手。张家山的手劲太大,握得谷子干妈,手有些疼,赶快抽出,不过那心里,却是甜滋滋的。

李文化的上一句话,话根却在下一句上。见张家山搭了茬,李文化又问道:"张干大,你说我这事情,咋办才好?昨日格晚上,我红口白牙,给人家这女佛,应承下了,要用我娘亲的女骨,将她的尸骨换下来。"

见李文化这样说,张家山笑道:"这事在你,你说咋办就咋办!我和你谷子干妈,毕竟都是两姓旁人,是在为你跑事!"

李文化叫道:"咱们三人,早就拴在一起,一把韭菜不零卖了。张干大,你咋能说这种见外有话!"

张家山复又笑道:"这要看什么事。别的事,我可以替你拿,这事,却非得你自个做主不可。你若心疼墙上那女子,就将你娘的女骨,换了她的,咱们背上,走了就是!你若疼你娘,就把这一番心思收了,咱们背着你娘上路就是!"李文化见了,沉吟起来。

张家山又说:"其实站在这崖壁上,成了一个活菩萨,千人敬仰,万人崇拜,却也是一件好事。你娘有这个福分,这个缘分,说不定她会喜悦的。再说,都是女骨管她是谁哩,世人都知咱们动了一具女骨回来,哪又辨得个新旧?"

见张家山这样说，又见那墙上的女子，一双毛眼眼珠泪欲滴，委实叫人心疼。事已至此，却也由不得李文化了。于是，他躬下身来，去抱母亲的尸首，一边去抱，一边嘴里念叨道："是福是祸，娘亲你都去吧。事已至此，也就由不得孩儿了！"

见李文化真的去抱，谷子干妈惊讶一声，心想，这世界上最厉害的，原来却是女人。惊讶罢了，又举眼瞅张家山，看他如何反应。谁知张家山，两手操着，站在那里，一副事不关己、高高挂起的样子。

吴儿堡老人山起出的这具女骨，尔个就在门庭里搁着。昨晚诸种晤情，一件连一件，一件紧一件，众人哪顾得个她。冷冷落落，她在那里躺了好久，有嘴不能说，有腿不能动，活活地一个摆设。尔个，倒是李文化记起她了，不过所以记起她，却为的这事。

李文化俯身去抱。谁知抱了几抱，那女尸仿佛生了根似的，纹丝不动。是李文化昨晚上那一场事情，伤了身子，腰间无力，还是这世间万物，神神鬼鬼，总有一些讲究，不得而知。

李文化见抱不动她，于是央告张家山，要他搭个手来。张家山听了，只是冷笑并不回答。后来，见李文化问得紧了，于是打开操着的手，伸手指道："李文化，你看你娘的脸色，她是不喜悦这事哩！"

李文化定睛一看，只见女尸昨日格那从从容容的一张俏脸，尔个满面怒容，粉白变成乌青。李文化见了，知道冲犯了她，又知道这为佛为仙的日子，虽然好，并不是人人情愿。叹息一阵，明白这事大约是做不成了。一想到这里，又觉得愧对墙上的女子，于是扭过头去，又往那崖壁上去看。这一看，又是一阵揪心。

墙上那女子，刚才李文化去抱女尸时，她还面露喜色，心想好事快要成了。尔个见了这阵势，脸上立即变得愁云四布，一双珠泪，又要滴下。女人在这种场合，最是善变，那感情只是偶尔显露，眼见得这事无望，现今，她又立马换成一副呆板的、矜持的、无所谓的面孔了。

那面孔似乎是拒人于千里之外，又似乎还是在煽情，说这世上的男人，薄情寡义居多，看来她是认错人了。

好个李文化，只见他瞅着墙上的女裙衩，看了半天以后，突然转身，伸出一种手，指着地上的娘亲骂道："娘亲，你羞耶不羞！为娘一场，你什么时候把我李文化当过个人。讨吃要饭的那些年月，有人问起我的身世，我说我是风吹大、雨打大，石头缝里蹦出来的。那时你在哪里？你在吴儿堡搂着你咧秃脑老子受活哩！娘亲，恩恩怨怨，儿子尔个不说了，儿子这一生，只求你一件事情，就是心悦情愿地站在那崖壁上去，成一回仙，为一回佛，咋样？儿子这里给你跪倒了！"

这一番话说的却是有理有据。说罢以后，李文化真的扑腾一声，就地跪倒。三个响头磕罢，举手再抱娘亲时，刚才那沉重的身子，尔个却变得轻飘飘的了。

他们昨晚歇息的石渣河石窟，这时早已没了踪影，就连有着石窟的那一条山沟，也白雾茫茫，瘴气腾腾，隐没不见了。

一行人趟开大步，开始顺着山脊行走。李文化脖子上架着女骨，走在前头。昨晚上那种种事情，此刻想来，仍使他迷惑不解，他动口问张家山，昨晚上那些事情，是真真地发生过呢，还是梦幻。

张家山听了，嘿嘿一笑，说那毛驴被吃的事情，的确是真的，要不，女骨尔今也不会落到李文化的背上。至于墙上那女菩萨的事，你来问我，我倒要问谁去，确实有这么一个石窟，确实有这么一个传说，而今，李文化给这传说，又添了精彩的段子；说它是假的么,大概也是假的,老百姓说,"梦从心头起",又说"日有所思,夜有所梦",看来这李文化是想媳妇了。

李文化听了,默默无语,低头赶路。

正走着,张家山突然看见,路旁的草地上,有一团燃尽的灰烬。他吃了一惊。"莫非那灰汉杨禄,了结了好汉岭上一宗事情后,又尾随而来!"这样想着,走到灰烬前,细细看了一番,然后唤住还在前头闷头赶路的李文化。三个商议一阵后,决定弃了子午岭主岭,改走平川。

第十九章

一个"回头约"故事,至此,旅程过半。按照这儿老汉张家山的设计,"人七"之夜,将这女尸取出,"鬼七"之夜,这女尸须得回到李家河,完成这"回头约"上所述之事。谋事在人,成事在天,张家山的设想是一回事,能不能完成又是另一回事。戏在走哩,我们不妨耐着性子,细细观看。

论起来,这是见第四个日头了。吴儿堡老人山上,风声鹤唳,起出女骨,该是第一夜。距无名小镇不远处的碛畔上,那一夜歇息,该是第二夜。好汉岭上,肢解这女骨不成,惹得娘舅家掺和进来,让这女骨之争,成了个三国戏,该是第三夜。那神神鬼鬼的石渣石窟,就该是第四夜了。

眼见得距那"鬼火",还有三日,张家山心中不免着急。子午岭秦直道上,见了那团灰烬后,张家山心中捂撅,于是与李文化、谷子干妈商议一番后,弃了主岭,顺一道侧岭,朝六六镇方向,斜插过去,要去赶那个时辰。

张家山的判断不差,这一团灰烬,确系灰汉杨禄所留。

原来,好汉岭上的那一场械斗,热闹虽热闹,却并没能延挨多少时间。张家山一行驮着女尸走远后,这一场械斗,即告结束。那大老表刘玄礼,他的心,却是偏向李家的。阻止了一场肢解,为娘舅家挽住了面子,事情一过,见张家山一行已经走远,刘玄礼便开始想脱身之计。

双方械斗用的都是农具,镢头铁锨钉耙棍棒之类。这限制了这场械斗的程序,充其量那只是一场农民之间、户族之间低调子的械斗而已。按说,农村物质虽然匮乏,但是,找几样像样的兵器还是不难的。例如护庄稼、打猎用的土枪,例如"寸草铡三刀,无料也上膘"的大铡刀,更兼这陕北地面,数千年兵荒不断,战争连连,"九里山前古战场,牧童拾得旧刀枪",因此上,找几样战争年代遗留下来的冷兵器,亦非难事。然而,双方在闹事之初,都选择了镢头铁锨之类,令这一场威武雄壮的故事,变成一场乡间闹剧,却又为何?

原来,那杨禄虽是灰汉,心里却是精灵剔透,一肚子的鬼心眼儿。这一点,我们在吴儿堡老人山上,文光、文亮兄弟为女骨的那一场闹事,已经领教过杨禄一回。这类人,外形粗鲁,逞强好霸,那眼窝里却有水,啥事能做,啥事不能做,啥事又只能做到几分,他的心里,是镜儿一样的明白。要不,安能在吴儿堡这一块地面,安身立命,日渐坐大,横行乡里,直至今日。初次与他交手的人,不明白这一点,为假象所惑,便往往掉以轻心,小觑了这个举止粗鲁、锋芒外露的人,糊里糊涂地败在了他的手下。城里人将杨禄的这种奸猾,叫"农民式的聪明",这是那些插队的知青给总结的。

选农具作为武器,正是杨禄的高明之处。一伙正在地里干活的农民,被一件事情激怒,牛脾气上来了,顺手操起农具,聚众滋事——官家若要追究下来,正是这一种解释。倘若谁个真要失手,打死个把人来,也可以搪塞斡旋,不至于去挨枪子儿。杨禄此种考虑,当然主要不是为了他自己,他是个承头的,领头羊,谁屙下的都得他去擦屁股,谁捅下的乱子都得他来收场。

那大老表刘玄礼,是教书先生,平日以酸儒、腐儒、穷措大、"儒冠多误身"自居,更是洞明世事。加上平日闲来无事,胡乱翻书,对天下大事,了然于胸,对政策条文的研究,颇具心得,所以与杨禄英雄所见略同,手里选择了农具,那心里想的,亦是上面的道理。

农具之间的你来我往,使得好汉岭上的这一场械斗,便显得不伦不类。所以几个回合下来,并不见有什么七死八伤,血肉横飞。只有几个斗殴者,鼻青脸肿,头破血流,还有一人,抡铁锨抡得劲大了,闪脱了肩膀上的臼,尔个,痛得抱着头弃拉下来的胳膊,蹲在一旁"大大呀,妈妈呀"地呻唤。整个场面,热闹归热闹,好看亦好看,却是雷声大,雨点小,众人只是嘴上的功夫,聒噪不已。那身子,却并不争先,并不拼命,并不去出死力。

这耍奸溜滑的人中间,就有灰汉杨禄。别看杨禄是充事的人,是引火头,到了该出力的时候,却一味鼓噪,在一旁耍动花拳绣腿,并不扑坎。他心里也装个小九九,担心自己捅下人命。老百姓将这种人,用"耍奸"二字概括。你见路边过往的三驾马车,有的稍马,曳绳绷得紧紧的,它出的是死力,有的稍马,绳子虽然绷得很紧,却是作势,一点气力也不出。这事瞒得了外地,却瞒不得内行。内行的车把式,一眼就看见了这马是耍奸,于是一个响鞭,在马头上炸响,算是警告。尔个,好汉岭上,杨禄耍奸,如何瞒得了众人的眼。众人想:谁也不比谁聪明到哪里去,你耍奸,我们不会耍奸,说来说去,还不是为了你的事情!这样想来,人心愈发散了,一场气势汹汹的厮杀,眼见得成了一场游戏而已。

内中只有两人,奋力争先,令人感动。打虎还得父子兵,这两人,一是杨文光,一是杨文亮,血脉所系,为救女骨心切,两人倒是肯舍下身子,又不怕捅下人命。"看在这两个没娘的孩子脸上,我们也该拼命才对!"这是众人的想法。有了这想法,好汉岭上这一场械斗,才不至于冷场。奈何这两位,都是半大小子,力气还没有长圆,因此虽有心却是无力,领头铁锨乱舞,哪通融得了他俩靠近。

约莫张家山一行走远了,那大老表刘玄礼,使个把式,跳出国外,站定了,哈哈大笑道:"我们这是做甚嘛哩,吃饱了撑的!好一个堂吉诃德与风车作战!"

杨禄是农家出身,啥叫风车自然知道,谁是堂吉诃德,却懵懂不知。今个见个刘玄礼这话,以为是骂他,于是收了家伙,袖子一挽,手指一指,就要回骂。莫容杨禄张口,刘玄礼站定,手指杨禄,说道:"那张家山,早就驮着个女骨,一溜烟地走了,却留下我们这一群憨憨,在这里抓对厮杀。寻人只有一个,就是张家山,闷人倒有一伙,就是我们。杨家的,我只问你一句话,那女骨你倒是要耶不要,若是,你就赶快去撵张家山,若不要,那我就成全你,陪你在这荒山野岭嬉耍!"

杨禄见说,将手中的家伙,往地上顿了顿,恼怒道:"那女骨谁说不要!吴儿堡动了户族,一路赶来,图个什么,还不是要夺回那一把骚骨头。只是驴槽上塞下个马嘴,你刘玄礼横插这一杠子,坏了我们的好事。若不是你,那张家山一把棺材瓢子,他还能飞了。既然你屋檐下的椽子强出头,我也只好成全你,先灭了你,再去撵那老汉张家山!"

刘玄礼见杨禄这样说，并不恼怒，又笑着言道："为争一口气，输了二亩地。杨家的，我看还是你的正事要紧！莫要为了不值得的一口气，误了你的正事吧！若你真的要耍个歪人，见个高低，扬个名声，你看这荒山野岭，也不是个地方，待你正事办完，改日，咱们找个人多的地方，刘家河和吴儿堡，干上一场，如何？"

这话明显是给杨禄台阶下。事已至此，杨禄也就只好趁坡下驴。只是抬脚要走，又有些于心不甘，于是手指刘玄礼，又说道："我何尝不知道那张家山已经走远，又何尝不知道在这里争个眉高眼低，一点意思都没有。只是，我刚才屡屡要去追赶，刘玄礼，是你狗日的伸出胳膊拦我，脚下使绊子，令我脱身不得。刘家河的刘玄礼，我看你和那张家山，该不是伙穿一条裤子，串通了，来与我杨禄为难的吧？"

"哪能哩？！我这次出头，仅仅是为那女骨，不致分开，落得四邻八乡，留个笑柄而已！"

刘玄礼说完，宽慰杨禄几句。论班辈，他却该称呼杨禄一声"老叔"的，尔个，他就这样称呼了。称呼罢了，又撺掇杨禄，速速前去追赶，他说死娃病老汉的，又有女骨累着，谅那张家山一行，也不会走得太远。

刘玄礼这话，倒是句句在理。那灰汉杨禄听了，思忖一阵，然后指着刘玄礼，又骂了几句，说了些"这事没完，改日算账"之类的话。这叫排侃，大庭广众之下找台阶下，收场锣鼓而已。日后有完没完，到时候再说。排侃完了，一顿脚，铁青着脸儿，领着他的虎狼班子，趁着月色又去追赶。

那头破血流者中，就有文光、文亮兄弟。见他俩血流满面，杨禄心里也觉寒碜，抹了自家头上的羊肚子手巾，一撕两半，为这双兄弟，包扎伤口。

那胳膊脱了臼的,却是刘家河大老表这边的。战事歇了,清理战场,于是,大老表刘玄礼蹲下身子,一手抓住肩膀,一手捉住胳膊,捏一捏,揉一揉,猛地往上一推,将臼套上了。套上以后,又叫那后生甩了甩胳膊,见无大碍,方才放心。

灰汉杨禄,抬脚要走。走前,放一句话给大老表,要他就此蜷了腿去,见好就收,不要再跟在后边,像个跟屁虫一样,碍手碍脚。那大老表刘玄礼,也不是省油的灯,他并不留话把儿给杨禄,他说腿在他身上长着哩,哪里该去哪里不该去,全由他自个决定。杨禄听了,又恼怒起来,还要继续理论,亏得文光、文亮兄弟,一人拽住他一条胳膊,拖着哭腔,央他快走。杨禄见了,无可奈何,只得跺了跺脚,抬脚上路。

好汉岭上一场聒噪,至此罢了。

却说这杨禄顺着子午岭山脊,嗅着那似有似无的尸臭,一路追赶。那张家山也长的有腿,因此想要赶上,实属不易。第二天又走了足足一天的路程,黄昏时分,才照见前面的山脊上,有几个人影。待到了这架山上,天色昏暗,四顾茫然,哪里还有张家山一行的影子?杨禄无法,只得就地生起篝火。众人又饥又乏,蜷着身子歇息一夜,第二日天色放明,又爬起身子赶路。

"前面有个老虎崾崄。山上的条条道路,通到那里,却只有一个出口。张家山,倘若你在我前面,我的脚步快,赶到老虎崾崄,约莫就差不多了,到时候在那里收拾你。倘若你在我后边,我就守住老虎崾崄这个口子,以逸待劳,等你!"赶了一阵,不见张家山的踪影,杨禄这样思忖一番后,吆喝部下,继续赶路,直奔老虎崾崄。

夜来张家山一行歇息在那石渣河石窟之时,头顶的山上,恰好就歇息着个杨禄。也亏得个张家山,多吃了几年咸盐多历了几番世事，才选定了这个僻静的去处，若要换个李文化或谷子干妈拿事，难免与那饿虎扑食般的杨禄狭路相逢，到时，女骨能否保得住，就是未知数了。

  沉重的膀臭的一个李刘氏的尸首，尔个换成了一个千八百年的轻飘飘的女骨，这令张家山一行的脚步变得轻快起来，这令这一件庄严的、沉重的"回头约"故事，走到这一步，亦变得轻松了一些，那叫人喘不过气来的庄严和沉重之外，便又增添了几分谐谑的味道。

  开始渐渐地有了人烟，有了鸡鸣狗吠。人天生是聚堆的，荒山野岭上的几天盘桓，触目所见，都是些荒蛮古老，侧耳谛听，尽是些萧萧之声，一干人仿佛在云里雾里，尔个这双脚，算是落在这地面上来了。见了村庄人烟，听了鸡鸣狗吠，大家的心中，生出一阵暖意、一阵欣喜。

  大家这时候记起各自的脸来，相互一看，都忍不住哈哈大笑。原来这几天路途上烟熏火烤，一个个脸上都五抹六道，人不像人，鬼不像鬼。旁边恰好有一个滴水，滴水下面形面一个潭子，张干大和李文化在这一处，谷子干妈在一块大石头后面，另找一处能遮住身子的地方，大家脱个精光，将身子洗净。各人的一身衣服，也都沾了些隐隐约约的臭味，于是也就在这水里一并洗了。洗罢以后，将衣服摊在被太阳晒着发烫的石头上，晾了一阵，半干不干的，再穿上。

  谷子干妈爱干净，从滴水旁边，拔了些灰条草，在石头上揉搓一阵，揉起来些绿色泡沫。用这泡沫，将头发洗了。洗净以后，又从兜子里掏出篦梳、镜子之类，一阵工夫，她的头发，油光水滑的。尔后，又央李文化，从那崖畔上摘一朵金灿灿的秋菊花，鬓上插了。收拾停当了，三人继续行路。

那条装了女骨的裤子，仍然在李文化的脖子上架着，它现在已经和李刘氏没有一丝关系了，它只是一架女骨，一架"回头约"故事中的道具而已。

脚步轻快。转过一个湾子，下了一个坡坎，只见前面一个土圪堆上，威赫赫地，蹲着一个人。大热天的，那人身上披着一件光板子老羊皮袄，两手袖着，抱着一个长长的柄儿、柄上安一个小铲的物什。张家山见了，用手一指，说道："李文化，张干大眼拙，你看一看，那是个人，还是个蹲着的石像？"

李文化站定了，看了一阵，笑道："那是个拦羊的老汉，他手里拿的是牧羊铲，那山坡上活蹦乱跳的一群小东西，是一群黑羊白羊。羊群旁边，那齐刷刷地伸着细腰的是一群白桦树。"

李文化说完，停了一下，又说："张干大，你有没有个哥呀弟呀的在世上。你看拦羊老汉，那身量，那神态，那眉眼，分明和你像一个模子里出来的一样。既然你上无兄下无弟，那么，老人家在世时，一定在这地方走过一回，稆生糜子稆生谷么？"

李文化这话，说得没个大小。张家山听了，觉得尊严受到侵犯，"哼"了一声，算是抗议。谷子干妈听了这话，倒是来了兴趣。恰好李文化的嗓门是大了一点，那拦羊老汉听到声音，身子不动，只缓缓地转过个头来。这头一转过来，谷子干妈是看得真切了。

只见那老汉，尿盆大的一张脸儿，眉头锁住，仿佛正在沉思。眼睛很大，像两只牛蛋。头上脏儿吧唧一条白羊肚子手巾，扎成英雄结，将头箍定。随着老汉徐徐站起，那身量，那气质，活煞煞一个张家山的翻版而已。谷子干妈见了，由不得要笑。

没容谷子干妈笑出声来，那老汉已经开了腔。老汉说道："我已经在这路口上，等了七十年了，等着人们问我这世上的事情。可是这路上没有人来。这事情不能怪我,只能怪这路!"

拦羊老汉的这话,说得有些古怪。众人听了,不解其意。张家山听了,不敢作大,赶快趋上前去,称一声"老人家",称呼罢了,又自报家门,说他们是过路客,路经这里,要到六六镇去,又问这六六镇的路,该如何个走法。

老汉听了,并没回张家山的话,脸上反而显出几丝恼怒:"你们还没问我是谁哩?"见老汉这样说,张家山自知失言,心里想道:"你不就是个拦羊老汉吗,还能是谁?"可是,出门三辈低,心里这样想着,话到嘴边,却又变成了这样:"老人家,这地方的山形水势,我一看,就知道是个藏龙卧虎出高人的地方。我们耳朵背,见识浅,不知道你老是谁。不过,你肯定不是个没名没姓的人。瞧你那一脸的福相。"

这话中听。拦羊老汉听了,脸上笑成一疙瘩。他一把拽住张家山的袖子,另只手往山坡上一指,说道:"我是谁,这并不重要。世事埋没人哩,多少的能行人,三尺黄土,就埋到他的脖子把上了。不过,你瞧我治理的这块地面,有多安宁。你瞧,那是我的臣民,我叫他们有吃有穿,无忧无虑,他们谁要逞强了,我关他们几天,他们谁要驯良,我奖他们几把嫩草。那坡上站着的那些,是我的妃子,蜂腰细腿,一个个天仙一般。我不叫她们动,她们就站着,打我记事时,她们就站在哪里,我不叫她们动,她们就不敢动。晚上我叫她们哪个,我一招手,她们就来了。"

老汉喋喋不休地讲述着。张家山顺着他的手指,朝山坡上望去,见那山坡上,哪里有什么臣民,哪里有什么妃子,眼前唯有低头吃草的羊子和亭亭玉立的白桦树而已。

张家山问清了道路,要走。拦羊老汉好容易遇见了个人,哪肯让他们走。老汉说他熬好了大半锅玉米仁儿,正在锅里滚着哩,过年时剩下的半个猪腿,还用盐在瓮里腌着哩,更兼,他有一样重要的东西,要叫这几个过路人来看。他觉得这几个过路人,还顺眼,因此决定叫他们看,信不过的人,他还不叫看哩。说完,嘴里骂骂咧咧了几声,好像是在骂一个什么人。

听说有咸猪肉,还有一大锅正在咕嘟的大玉米仁在那里等着,李文化的嘴里流出了涎水。这几天的艰难困苦,也确实把他肚子里的油水给掏空了。谷子干妈也想改善一下生活,顺便歇歇脚。两人在一旁一撺掇,张家山也就同意了。

于是,牧羊老汉站在土疙瘩上,用牧羊铲铲起土块,向远处摔打了一顿,将羊只聚拨。在挥动牧羊铲的同时,他的嘴上还用浓重的没有受到现代文明污染的陕北土话,吆喝了一阵。在吆喝的同时,他的眼中出现了一种对他的臣民充满仁爱的眼神。这些事做完了,他于是将牧羊铲往地上一插,领着张家山他们,进了坡坎下面的窑洞。

这窑洞有些低矮,以张家山的身量,往地上一站,手往上一伸,就够得着窑顶了。窑洞烟熏火燎,熏得乌黑,看来是有一些年月了,窑门口一面大炉,一张黑沙毡,将土坑铺满,窑里头,有一个锅台,连着炕。灶火里的火还在着着,大锅里,果然咕嘟咕嘟地直响,满屋子里,一种煮熟的玉米仁的香味。

靠炕的这面墙壁上,贴满了花花绿绿的东西,烟熏得发黄发黑,有些看不清楚了。连接炕和锅台的地方,有一个背墙,背墙上放着一个三合板做的木匣子,也是一些有年月的东西了。李文化有些好奇,脱鞋坐在炕上以后,凑到跟前,去看那墙上的东西,原来这是些奖状,是奖这拦羊老汉的。那奖状有合作化时期的,初级社、高级社、人民公社时候,"文化大革命"时期的。看来,这老汉在这山里,放了一辈子羊了。

看罢这些奖状,又去看那背墙上的木匣子。李文化手骚,将那木匣子上的按钮,拧了一拧,木头匣子里突然传出女人的说话声,把个李文化吓了一跳。牧羊老汉说:"这是洋戏匣子!"说罢,将按钮调了调,于是窑洞里充满了广播的声音。

那拦羊老汉将灶火里的火拨旺,后锅里的玉米仁,让它继续滚着,前面的小锅里,先滚了一锅水,侍候几位过路客喝茶。继而,将那条腌猪腿,剁了洗了,就在这小锅里炖上。

进了窑后,坐在炕上,张家山的嘴可没有闲着。他一边奉承,一边小心翼翼探老汉的话。一阵工夫,将老汉的那些胡言乱语,归纳起来,他已经对老汉有个大致的了解了。老汉确实是个放羊的,在这架山坡上放了一辈子的羊,最初是给地主放,后来是给生产队放,现在坡上跑的那些羊,则是各家各户的羊,伙在一起,由他放着。老汉也不是什么重要人物,甚至,他这一辈子,却没有离开过这片山坡,不过,他最近是上了一次县里,不知是为什么事情,还惹了一肚子的气。

"洋戏匣子"里还在说话,大约正是说的克林顿总统或者叶利钦总统的事情。这令这块地面和世界联系在一起,也令张家山一行觉得,他们的天马行空现在回到了人间。

"克林顿能治理好美国么?他还是个乳臭未干的娃娃哩!美国那么重要,美国有那么多的按钮,不管哪个按钮一按,就会有一颗原子弹出来!"拦羊老汉发表议论说。在发表的同时,他又瞅了一眼他那"洋戏匣子"上的按钮,继续说道:"我是不怕!原子弹下来了,我也不怕,有这山拦着哩!不过那些住在平川上的人们,他们可就遭殃了!我得关心他们,他们是我的兄弟呢!"

说到这里,拦羊老汉眯起眼睛,瞅张家山的反映。见张家山脸上露出迷惑的神情,他又说:"为这克林顿的事情,这半年来,我都没睡过个安稳觉。刚才我在那土堆上圪蹴的时候,还想着这事。我有心不管吧,谁叫我还是这世上的人,有心要管吧,又管不了。我想捎一句话到美国,都捎不过去。有时候真想不去想这些事情了,管屎它哩!世事又不是我一个人的世事!"

拦羊老汉的这一席话,说得个李文化"哎呀"一声,一口茶喷到了对面盘脚坐的谷子干妈的脸上。喷罢以后,还消解不了,捂着个肚子,勾着个头,用手捂嘴,拼命想笑,又不敢笑。好不容易缓过劲了,用嘴凑到谷子干妈耳边,悄声一句:"又遇到了张干大这样的大个子了。不过张干大是靠一份《参考消息》,去管理这个世界的,这拦羊老汉,却靠的是收音机!"

谷子干妈却不以为然。听起这拦羊老汉谈起克林顿,又谈了那一堆大道理,直叫个谷子干妈,钦佩得五体投地。"男人就该这样,想些大事!"她心里想。谷子干妈的脸,刚在那滴水下面,洗得酸正了,尔个经李文化这一喷,喷了一脸的茶水。她有些恼怒,生怕被这拦羊老汉,把自己看得不漂亮了,于是背转身子,偷偷拿出小镜子来,拿衣袖将脸上的揩了一阵。

李文化和谷子干妈这些小动作,那拦羊老汉正处在自己的大思考中,两眼磁登登的,视而不见。张家山也正忙着和拦羊老汉拉话,顾不得理他们,要么,少不得要噤断李文化几句。

论起克林顿,张家山又比这拦羊老汉,多了一些优势。原来,他不光听过广播,他还看过多年的《参考消息》,而这几年,叨叨搭搭地,还看过几回电视,因此,他还知道克林顿长着一张娃娃脸,卷头发,还知道克林顿的婆姨,一头金发,是个美人胚子。尔个,他将这些事情,也给这拦羊老汉说了,说得这老汉一阵高兴,觉得自己又增加了些知识。在克林顿靠得住靠不住这个问题上,两个老汉发生了争论。张家山认为,甘罗十二为秦相,自古英雄出少年，那克林顿已经四十多岁的人了，外国的情形咱们不懂，放在印度，四十岁上就叫老汉了。因此，既然美国人要叫这克林顿当，那看来是有他们的道理的，咱们管他哩，咱们把中国的事情考虑好就行了。

张家山的这话，令拦羊老汉信服。他说经张家山这一说，今个晚上，他就能睡个安稳觉了。谈话告一段落，于是开始吃饭。这大玉米仁是好吃食，况且在这锅里炖得久了，粥样稀烂，填进嘴里，满口喷香。这块咸猪肉，火候不到，没有煮烂，咬在口里有些硬，不过这却正中李文化下怀。见张家山和谷子干妈，牙口不好，啃不动它，于是李文化大嚼大咽，不歇气儿地将它吃完。

吃饭的途中，这老汉好像想起什么事情，又长吁短叹，骂起一个人来。这话张家山在此之前，听他骂过，这回又听见了，于是问他骂的是谁，因为什么事情骂。这一问，老汉的话匣子又开了，他说他骂的这人是县长。他这一生，万事不求人，只求过这一次，却叫县长把他的大脸伤了。至于是一件什么事情嘛，拦羊老汉说，是一件重要的事情。

老汉说到这里，激动起来，一横身下了炕，鞋也没有穿，拉着张家山到了门口，手指屋外的大世界，慨然说道："尔个这世事瞎了，人心坏了，你知道这责任在谁哩！这责任在我呀！不怪天不怪地，怪只怪我有气无力，有口无声，浑身的牛力使不上，嗓门再大声音传不远，这真是诸葛亮老死卧龙岗，庞士统马踏落凤坡呀！"

张家山见这老者，激动得脸色发白，嘴唇打战，心里有些好笑，于是说道："这世事瞎了，人心不古，与你老又有什么干系，责任咋能在你的身上？话又说回来，即使你有日天的本事，又能咋样，你能左右了这世事？"

老汉听了，不理张家山的话茬，继续说道："责任在我，确实在我！是我那部书，世人还没有见到。世人都还在世上黑摸哩！见了我这书，他们就成明白人了！可惜，这书还在我窑里放着哩，是我用一辈子的光阴写成的。这一切都是我的不对，我没有叫这本书出世！"

听说有一本什么书，平日以大文化自居的李文化，来了兴趣，嗓嗓着要看。"这书叫啥名字？"李文化问。"《名人名言》！"拦羊老汉朝四下里看了半天，怕有人偷听似的，低声说道。"你写的？"李文化再问。"我写的！"老汉再答。"你写的书咋能叫'名人名言'哩，先是名人，然后名人说出的话，再叫名言，比如有个演员刘晓庆，她说了：'做人难，做女人更难，做名女人，更是难上加难！'因了这刘晓庆是个名人，她的话才成了'名人名言'，你一个拦羊老汉，咋能自己创作'名人名言'哩！"

听李文化说自己是拦羊老汉，这老汉勃然大怒。"哈哈，我是拦羊老汉，我这么重要的一个人物，怎么在你们的眼中成了拦羊老汉。你娃娃这个说话，不怕闪了你的舌头。这话我听见了，大人不把小人怪，不怪你口臭，要叫别人们听见，才饶不了你哩！"拦羊老汉说到这里，朝坡上那一片白桦林望了一眼，见那些白桦树，一个个肃然伫立、置若罔闻的样子，这才放下心来，反过身子，指着李文化教训道："这先有名人，后有名言，还是先有名言，后有名人的道理，我不与你争了。我要争的话，捂住半个嘴，你也说不过。这道理很简单，和先有鸡还是先有蛋的道理一样，我想的都不爱想了。为了叫你心悦诚服，叫你知道这世事的深浅，尔个，我就将我的'名人名言'，叫你看一看，开一回眼界！"

见拦羊老汉这么说，张家山和谷子干妈，也就竭力撺掇老汉，要看他那《名人名言》。张家山还偷偷地捏了李文化一把。李文化也明白这意思，于是赶紧改口，曲意奉承起来。

墙上有一个窑窝，窑窝外边挂一个布帘子，揭开帘子，拦羊老汉从窑窝里抱出一堆手稿，手稿有半尺多高，外面用一层写着"日本尿素"字样的东西包着。老汉郑重其事地将手稿抱到炕上，打开包装，于是厚厚的一摞手稿的最上面一张，赫然写着《名人名言》字样。"这东西，你们是第二个看它的人！"老汉说。他这话的意思很明显，一是对这几个过路客表示信任，二是渴望得到他们的评价。

手稿炕上摊开。谷子干妈是狗瞅星星一片子，看不出个眉眼来，不过光这经年经月一笔一画写出来的稿子，都足以使她惊叹了。张家山和李文化，自然也吃了一惊，想不到这老汉在深山里，除了放羊之外，还干了这么大的一件工程。两人都是识文断字的人，于是趴在炕上，细细观看起来。

见两人看得这么认真，放羊老汉脸上泛出一种幸福感和满足感，又见谷子干妈像瞅着一个怪物一样瞅着自己，放羊老汉越发得能了。"名人名言！名人名言！"他反复地念叨道。

这所谓的"名人名言"，一半是拦羊老汉的独立思考，一半明显是与社会交流得到的。不知道在这荒山野岭，老汉是和谁在交流。当然交流者之一，是那架他所说的"洋戏匣子"，不过这"名人名言"里，大量的俚语村言，生活逻辑，朴素真理，却是与活生生的人交流中产生的。

《名人名言》确实是这位可尊敬的老者用一生的精力和时间写成的，那各个不同时期的纸张就是证据。那纸有麻纸、旧报纸、道林纸、小学生旧作业本，还有几张纸，明显是女人丢在路旁的卫生纸、那纸上还有一些发黑的血渍。

书写得很凌乱，想到哪里写到哪里。这些东西，如果分门别类的话，大约可以将它们分成三类。第一类，是些歇后语、俚语村言、谚语之类的东西，比如我们前面屡屡提到的"大红公鸡戴串铃——硬充高脚牲口"之类的歇后语，上面就有。还有那些"寸草铡三刀，无料也上膘""早烧不出门，晚烧不出门""早看狐子晚见兔"之类的民间谚语，也在上面占了相当部分。第二类，其实也是记录，记录的是些格言之类的东西，比如"宁得罪君子，莫得罪小人"，比如"人不求人一般高"，比如"话到嘴边留三分，遇事莫要强出头"之类。这类格言，张家山看过一个叫《增广贤文》的小册子，那东西据说毛主席看过，因此张家山也就千方百计地搞到那个小册子，看过一回。那上面的道理，其实也就是这么回事，张家山说他都懂得。因此，尔个看了这放羊老汉的这些话，张家山也觉得不过如此。第三类，倒是这老者的一些独立思考、创造性思维，比如刚才谈的这蛋与鸡之类，又比如一些对女人的思考之类。不过这些东西，也都没有什么新意。起码，绝不像放羊老汉说得那么玄乎。

这手稿有四十几万字。草草浏览了一遍，张家山脸上有些失望，李文化脸上也有些失望。不过两个人的嘴里，都像谷子干妈一样，啧啧地赞叹个不停，赞叹得放羊老汉终于放下心来。这如今的赞叹，倒有几分是出于由衷。他们主要是被这老汉的精神感动。既然这是一个梦，就让这梦继续做下去吧，不把它打破，最好！

张家山突然想起一个话题，问道："老人家，你说这《名人名言》，我们看过以外，还有一个人看过，这人是谁？你说你前几天到县上去了一趟，莫非也就为的这事？"

张家山一句话，又把放羊老汉的火勾起来了，他说他前几天到县上，正是为的这《名人名言》出版的事。他找到县长，如此这般地说了一回，并强调说，"世人所犯的错误都是我的错误，都是因为我这本书没有出版的缘故"，尔后，要县长拿出钱来，寻个地方，将这书出了。谁知，县长连看也没看，就说，我给你写了条儿，你到文化馆去，那里有个搞创作的，懂，让他去看一看。

老汉愤愤说道："我让县长看，就已经是高抬他了。我这么一个重要的人物，能弯下腰去，求他，他应当是笑得合不拢嘴才对。谁知他又把我推给文化馆的一个什么人。文化馆的这人，没名没姓的，他能看得懂我的书么？！"

"那么，你背着书稿，又回来了？！"张家山问。

"就又回来了。我离不开呀！你看，家里那满坡满岭的，得我经管呀！不过临走之前，我给县长说了两句，说得他愣在那里，半天没有反应过来。大约，还没人敢跟他这样说话哩！你猜，我说的是啥？我说，'本来，我还想告诉你一些名言，让你精明起来，尔个，我生气了，我不说了，让你永远糊涂下去吧！'"

说完这话，大约是想起了当时的情景，这牧羊老汉，自己先咯咯地大笑起来。只有他笑的时候，才能感觉到他有些反常。见他大笑，回味起他的话，谷子干妈，以及张家山和李文化，也都大笑起来。

耽搁得久了，一行人不敢再待，张罗着又要赶路。行前，张家山要老人家将他的《名人名言》收拾起来。他说那县长是有力量，但是不识货，我们识货，但又没有力量。这地方既然有这么一条路，路上就得有人走，说不定有哪一天，这路上会走过来一个既有力量又识货的人，那时候，这本《名人名言》，就是它和世人见面的时候了。拦羊老汉听了，点头称是。

第二十章

上路时,李文化又将那女骨,往脖子上去架。拦羊老汉见了,问李文化这裤裆里装的,是啥物什。李文化支吾其词,不想说。老汉上来为他搭一把手,把女骨往脖子上架好,搭手的同时,说道:"这是一架女骨,我知道了,你们是些动女骨的。听响声,这是件陈年女骨,想是因了那一纸'回头约',惹起一场事情,起了女骨,却不敢往家里搬,于是埋在荒山野岭。三年五载之后,肉化了,只留下一把香骨,于是瞅个空儿,将它搬埋回去,不是?"

拦羊老汉的说法,尽管与事情有些出入,不过李文化听了,不得不佩服老汉对民俗的熟识和推断的合理。见李文化不住地点头,拦羊老汉又说道:"以后有这类事情,你来叫我。中国人讲究立德、立言、立业,我的德行,方圆几十里都知道,墙上贴的那些花花绿绿的奖状,也都是证明;要说这立言,我的这一大本《名人名言》,不管发表不发表,它算是立下了;现在还剩下一件事情,就是建功立业，可惜，这世界真他妈的吝啬，硬是不给我提供这样的机会！"

李文化听了，"诺诺"两声，表示以后如果再有这样的事情，一定来上山搬他。口里应承，走了两步，又停住脚，问道："老人家，有一件事情，我心里一直不瓷实。我想请教你两句，不知你肯不肯回答我？"那拦羊老汉，见这一杆人，说走就走，心里一时空荡荡的，正在伤心，见李文化这时又有话问他，不由一喜。

那李文化问的是什么话？原来，背上背了这架女骨以后，他心里一直不瓷实，这架女骨不是他妈，而是一尊佛，在佛之前，它又曾是京华之地的一个妓女。我他妈的，怎么三倒葫芦两倒瓢，倒了一个妓女，一个佛爷娘娘给自己做娘亲。这事我妈明显地不喜悦，这我知道，我大外死鬼李万年，知道了这事，不知道他会是啥态度。还有，这事要传出去，社会上的人知道了，会笑掉大牙哩！

心里这样想着，话到嘴边，却变成了这样："老人家，你刚才说了一句话，叫作'人比人活不成，驴比骡子驮不成'，这话有理，我信服。一样的人，分成三六九等，一块沙地里长出的西瓜，打开一看，分成红瓤黄瓤。我这里单说女人，你说有的女人，她在世上走一遭，后来就成佛成仙了；有的女人，却天生在人身子底下压的人，像骡子马一样任人践踏；还有女人，既不香，也不臭，平平淡淡地过了一生。"

见李文化说了半天，踏不到点子上去，拦羊老汉有些不耐烦，说道："人生短促，小老弟，说话要拣重要的话说，做事要拣重要的事做。你那嘴里，胡曰曰了半天，到底想说个啥，我这么聪明的个人，都听不明白！"

"那我就直说了吧，老人家！背上这架女骨，不是我妈，是我走到路途上，狸猫换太子，换下的。我心里嘀咕的，就是这事。

背上这女骨是谁，说了会吓你一跳，这是一个女佛爷，不过这女佛爷，在成佛成仙之前，她又是一个妓女。你说老人家，你说我背了这样一架女骨回去，我大会不会不高兴，世人听了，会不会笑话我？"

"原来为的这事！小老弟，这事你尽可以不必烦恼，只要是件女骨，将它搬回去，抬埋了就是。关于女人，这却正是我《名人名言》里思考的话题，且听我说。女人的身上，有两样东西，像她的两个奶头，分列身体的左右。这一个，就是为佛为仙的欲望，这另一个，就是做妓女的欲望。哪种欲望抬头了，她就会成为哪一种人，两种欲望互相牵制着，谁也出不了头，那她就是个普通人。那些为佛为仙的，你不必赞美她们，那些做妓子当婊子的，你不必下眼观他们，其实两者的转换，只在一念之间。我这里有一个例证，你们路经的地方，有一个洞子，那洞子里有一个女佛，你知道那女佛的前身是谁？"

提起那个女佛，拦羊老汉突然两眼燃烧起来，面颊上出现一丝羞涩。"那是我的女佛，我的，世上最叫人心疼的一个女人！我把她藏在深山里，不让人们见她，怕她出来，把这世事搞乱了，那女佛的前身，你知道是啥，她就是一个妓女。她今日为佛，昨日为娼，两下一扯平，其实，她还是一个普通的女人！"

拦羊老汉说到这里，突然像想起什么似的，高声叫道："哎，过路客，你刚才说的你背上的女骨，怎么和我说的那女佛的故事一样。莫不是你这背上的女骨，是从那洞子里偷来的。你且留步，把这件事说清楚了再走。如果这事是真的，我跟你没完！"

李文化听了这话，吓了一跳，赶紧分辩说"不是"。这时张家山和谷子干妈。正在远处的路口叫他，于是李文化一个蹦子，离开了这里。见了张家山和谷子干妈，将刚才和拦羊老汉这一番对话说过，张家山怪他"嘴上没毛，说话不牢"。三人回头，再朝刚才那个山坡望去，只见拦羊老汉，站在土堆上，手里拿着长柄的拦羊铲，正在威吓地向他们挥舞着。

将这事丢在脑后，三人顺着小路，继续向山上走去。走着走着，忽然从山下吹来一股香风，这风甚是浓烈，三人流鼻涕打喷嚏咳嗽了一回。咳嗽罢了，继续前行。愈走香味愈加浓烈，后来，转过一个弯子，眼前豁然出现一片开阔地。

香味正是从这片开阔地里传出的。这地里原来种的是什么植物，不得而知，现在只剩下满地的根茬儿，端橛橛地在地里站着。秋天的太阳，在平川的时候，还显得很炽热，很温暖，很明亮。太阳光照着这些根茬儿，于是每一根根茬上，都流出一颗黄豆大的乳白色汁子来。汁子在根茬的顶端正在凝固。那香味，正是这浮汁发出的。

三人都被这香味，熏得晕头转向，深深地吸一口香气，吸进肚子里，一颗心，便因为这香味过于浓烈，而汪得心里难受。打这开阔地里穿过，三人本来是臭熏熏的人，尔个从里到外，都成了香荷包了。

李文化请教张家山，问这地上长着的香草，是啥。张家山可谓见多识广，却支吾其词，回答不出，吭哧半天，说道："咱们这一次行程，先是叫那臭气，熏得人昏头昏脑，尔个又叫这香气，熏得人晕头转向，一个烧饼两面烤，这就叫世事。人这一生，出娘胎时的这一身嫩肉，烤到最后，都成缦肚皮了！"

李文化对张家山的这一番人生感慨，并不感兴趣，原来他上面的一番提问，却为的是引出自己的话题。尔个，见张家山回答不出，他心里反觉得意。他说，他也不知道这是些什么香草，世上有"四臭"，我们已经知道了，其实"四臭"之外，世上还有"四香"，可是，"四香"比起这如今的香味来，又差一个档次了。

"四臭"我们原先听李文化说过，那叫"娃娃的尻子老汉的嘴，牛的蹄窝连疮腿"。那么"四香"又是什么，我们且听李文化的胡说八道。

李文化说道："这'四香'，却也有讲究，第一香是猪的骨头。猪生了一身的懒骨头，不过这骨头熬起汤来，奇香。城里人吃饭，爱在饭里放一样东西，这东西叫味精，其实这猪的骨头里，就满是味精。那猪骨头用冬瓜熬了，熬成个冬瓜排骨汤，城里人就讲究吃这个。张干大，你生了一张吃四方的大嘴，你喝过这汤没有？第二香，叫羊的髓，羊的骨髓香，细火慢炖，熬得这骨髓出来了，这羊肉才叫个香。不过这羊肉，得咱陕北的羊肉。外边的羊肉，那肉哪叫羊肉么？陕北的羊肉，因了羊吃了地上长的一种草，那草叫地茭茭，羊吃得多了，浑身喷香，这羊肉才香，羊的骨髓才香。第三香叫黎明的瞌睡。黎明的瞌睡，城里人把它叫'回笼觉'，那才叫个香呀！这事我们都经过，我就不多说了。第四香，却是一句酸话，它叫'小姨子的嘴'。可惜我的婆姨，还在丈母娘家里长着哩。不要说小姨子，就连婆姨是谁，我都还不知道。这小姨子的嘴是不是香，我不知道！张干大，你有小姨子没有，没有小姨子，大姨子也行，你说她们的嘴，是不是人间一香？"

李文化说罢，莫容张家山答话，头一扬，得意地总结道："猪的骨头羊的髓，黎明的瞌睡小姨子的嘴，这就叫人间'四香'！"

见李文化的一张臭嘴，没有遮拦，谷子干妈骂了几声："乌鸦嘴！"

面对李文化的调侃，张家山心想：这一路走来，李文化是一日一日长大，一日一日成为一个人物了。这样想着，那脸上，却露出恼怒状，训斥道："你这有娘养没娘教的孩子，真是没个大小，开涮涮到我老汉头上来了,真该找个牛笼嘴,给你戴上,叫你那嘴,除了吃饭,不要生闲事。"

张家山无意中说出的"牛笼嘴"几个字,却提醒了三位。原来,他们在代销点里买到的那个被张家山称为"口罩"的物什,尔个虽不再用,却还在口袋里揣着。这香味实在浓烈,没奈何,三个将那物什,重新从口袋里翻出来,戴在嘴上,谷子干妈心想:这东西虽然不雅,戴在嘴上,却也管用。

也亏得有那物什,三人才没有叫这香气熏倒。出了这片开阔地,见地头上,仿佛麦秸垛一样,堆了几个大垛,原来正是从这地里收割回去的那种植物,垛在地头。地头旁边支起几个大锅,锅底下生着火,几个剃着光头,身穿竖条服装的人,正在挥舞着叉子,往那大锅里扔这些植物。

"你们也怕熏,你看!他们那嘴上蒙着的是啥物什!"随着走近,张家山用手一指,说道。

这些人嘴上蒙着的,原来是一只手帕,或者如城里人说的那种手绢。手绢角对角,对叠一下,这样往嘴上一蒙,那两个尖角,再在脑后一挽。

"口罩口罩,就是罩在口上的东西么!你把人家嘴上蒙着的那东西,不叫口罩,叫甚?叫牛笼嘴不成!"张家山总结道。

那几个人听见了说话声,停了手中的劳作,扭头来看。张家山一行的出现,没有令他们惊讶,嘴上戴着的那些物什,也没有令他们像小镇的人那么大惊小怪。这些人都经过大世面,他们现在是一脸的漠然。

这些人是些干啥的,谷子干妈和李文化不知道,张家山却知道。原来在这子午岭的两侧,一字儿摆开,公家人给这里设了好几个劳改农场。社会上那些犯了法的人,得给他们寻个去处,熬过这几年，子午岭这地方，又闭塞，又地广人稀，恰好可以派上这个用场。没本事的人，来不了这地方，因此张家山，见了这些人，礼势还是要做周到。只见他来到大锅前，站定，一手指锅问道："朋友，这锅里熬着的，是些甚？我种了一辈子的庄稼，高杆的低杆的，怀里抱娃的脚底下结蛋的，样样见过，独不知这些香得叫人头痛的东西，是啥庄稼！我想那神农氏尝百草，他尝的草里面，大约也没有这种草，炎帝教人种庄稼，他种的庄稼里，也没有这怪东西。这是个啥，你们告诉我！"

张家山说的这草，此刻正在锅里咕嘟咕嘟地熬着。原来取的正是这草的汁儿。那草经这么一熬，乳白色的汁儿就流出来了。这叫"炼"，尔个，那锅里，业已炼了白生生的、黏糊糊的半锅。

张家山拿起一根草，细看。这草有些像罂粟，又有点像芝麻秆儿，确实是稀罕之物。"眼见稀奇物，寿增一季！"他嘴里又嘟囔起来。

不管怎么说，张家山这话，激起了这些劳动者的一种骄傲情绪。人总是需要荣誉感的，眼下这种情况大约更需要。这些穿竖条服装、剃光头、目光呆板的人们，因了张家山这话，眼神开始变得活泛起来，脸上也开始有了光彩。

他们解释说，这种东西，叫它庄稼也行，叫它草也行，庄稼不就是草，草也不就是庄稼嘛！这东西，它的学名据说叫香紫苏，香包的"香"，紫颜色的"紫"，苏打面的"苏"。这东西值钱，熬出来的水，人们叫它香料，一吨可以卖到十五万块钱哩。城里人身上洒的香水，脸上擦的脂粉，一个个收拾得光光堂堂、体体面面的，像个香荷包一样，你知道这香粉是从哪里来的，它就来自这儿，这东西据说还漂洋过海哩！

"这东西不能叫它多，多了，味道重了，我看跟那臭味差不多!"张家山卸下他的"口罩"来,吸一口,赶紧又把"口罩"戴上,打趣道。

李文化瞅个空儿,也赶紧逞能道:"世上有'四香',可这'四香'和这香紫苏比起来,又不能算是香了!"

眼见得李文化又要拉出他那"猪的骨头羊的髓,黎明的瞌睡小姨子的嘴",开始卖牌了,张家山赶紧把他拦住。张家山所以拦他,是嫌他最后那一香,有点丑。自家人在一起穷开心,没啥,拿到生人跟前来说,一则人家会看轻自己,二则嘛,这些人到底是些犯人,人里头的底子,真要惹得他们动起心思来,光在谷子干妈耳边轻薄上几句,就够她受了。这叫内外有别。所以卖弄归卖弄,较之张家山,李文化还是缺少一个心眼儿。

男人家要护女人,这是大男人的职责。在这慌慌张张的路途上,更是如此。这谷子干妈在别人眼里,是个半老徐娘,在我们的张家山眼里,还是个大美人哩!

截住李文化的话头,张家山面对犯人说道:"朋友,兄弟,路途一遇,也是缘分。脚底下的路走不完,可是还得往前撵。我们要走了,奔我们的事情去了。你们是世外之人,不为人生俗务所累,我们却还是处在事中的人。有什么话,需要我们捎的,请给我们一个帮忙的机会。谷子干妈,李文化,咱们就此启程吧,不相扰这些朋友们了!"

李文化和谷子干妈,至此算是知道了这些人是谁。谷子干妈知道了,躲得远远的,她是有些怕。李文化知道了,反而凑近了一点,挨着这些人的面孔,一个一个地看,像看什么稀罕之物。

李文化问第一个人是咋进来的。这人说,他在路上拣起一根绳子,黑灯瞎火地,拾起就走,结果叫人告了官,关在这里。李文化有些奇怪,说拣一根绳子就算犯法。这不了解。"那么仅仅是一根绳子么?"李文化问。那人不好意思地回答:谁知绳子的另一头,系着一头牛。

第二个人比第一个更猥琐,一副老实巴交的样子。问他犯了什么事,他说,他种了一片瓜园,瓜快熟的时候,他上到树上去,想砍一些树股,搭一个庵子,谁知砍树的途中,一失手,砍刀掉了下来。"掉下来以后又怎么样呢?"李文化问。犯人回答说,真是偏偏的遇上个端端的,砍刀掉下来的时候,恰好有一个娃娃,从树底下经过,砍刀碰到了他的头上。

第三个人,却是个杀妻子的。这家伙一脸的疙瘩肉,明显不是个善良之辈。他杀老婆,像杀一只鸡一样,完全不知道自己杀的是人。他用一把剃头刀子,在刮满脸的胡荏子,老婆是个爱唠叨的人,在他耳边为一件什么事聒噪。他说,你再唠叨,我杀了你。老婆说,这是脖子,你就从这里割。见说,这家伙真的顺过剃头刀子来,在老婆脖子上抹了一把。"你是男人,你往深里割!"老婆见血流出来了,毫不胆怯,继续嚷道。这家伙于是再挥刀子,一用力,只见一股黑血冒出,老婆当时就没气了。

李文化一脸的兴致,还要听第四个人讲述,这时,远处响起了锣鼓声。原来,这地方关着的犯人,有好几千个,今个,是有一批犯人刑满释放,获得新生,大家都列队欢送他们去了,所以这几口大锅前,才只留下这几个人值班。听见锣鼓声,张家山及时打断了李文化的话头,他说,该起程了,咱们是干啥吃的,咱们自己知道,真对这些事感兴趣,好办,这事完了,犯上一回来这地方待上几天。

这就又继续行路。这种长着香紫苏的地块,一块连接一块,而且总有热气腾腾的大锅,在那里熬着,锅边就有看守。三人走了一阵,仍有香气缭绕着,因此,那"口罩",也只好继续戴着。回头看时,见烟雾腾腾中,三三两两的人在那远处忙碌,浓重的山影下,他们显得卑微而又渺小,张家山见了,叹息一声。

"他们正在受罪哩!他们正在黑暗里行路哩!过去遇上战争,将这些剃光头的,二尺五一穿,枪一拿,充当敢死队,枪一响,他们人人都是好样的!"张家山说。

来到刚才响锣鼓的地方,这里空荡荡的,刚才挥泪相别的场面已经结束,只有一座冰冷的监狱,在那里立着。监狱的大墙上,竖着铁丝,大墙上有一个岗楼。哨兵正目不转睛地注视着他们。

有三三两两刑满释放的犯人,正在顺着湾子里的那条路离去。有一个犯人,脚步缓了一点,张家山一行撵上了他。问,才知道就是前面那个叫老虎崾崄村子的人。这老虎崾崄是出山的唯一道路,他们恰好可以和这个男人相跟上。

这人是一个朴实的农家汉子,五官端正,面色平和,大约五十岁光影。竖条囚服现在已经换下,他的衣着现在很整洁,对襟衫子,家做的西装裤子,脚底下是一双千层底圆口布鞋。头上的头发不能迅速地长出来,现在那上面蒙了一条白羊肚子手巾。那西装裤子是女式的,也就是说是侧面开口的。这是咋回事?原来,西装流行到农村,前面开口的裤子没有流行起来,这是因为干力气活的人特别费膝盖,膝盖那部分,早早地磨烂了,而侧面开口的,有这个好处,即可以前后两面穿,因此这种样式的西装,便在农村的男男女女中,流行起来。总之,这个人的这一身装束,给人一种被一个女人的手细心照料的感觉,而此刻他的装束,与其说是一个刑满释放的前科犯,倒不如说像一个赶着去见媳妇的新郎官。

但是这个新郎官,此刻却是一副眉头紧锁、踌躇不前的样子。他一步三回头,依恋地望着那块似梦似幻香烟缭绕的地方,似乎不愿离开,一会儿,又眼睛望着前面,急匆匆地赶两步路。别的犯人，都欢天喜地，叽叽喳喳，有一种如出了樊笼的鸟儿的感觉，他却没有。这大约也就是他落在后面的原因。

"朋友，兄弟，你有什么难肠事，你给我说一说，说不定，我能给你拿一拿主意。即便我不能帮助你，你将事情说出来，宽宽心肠，也好！"张家山说道。那人听了，嘴张了张，眉头重新锁起，并没有说话。李文化见了，顺着张家山的口气，再劝，那人仍是不吭声。见状，张家山叹一口气说："李文化，咱就不要劝了，不想说话，劝也无益，到该想说的时候，拦也拦不住的！"路途寂寥，脚步沉重，张家山顺过他的三弦来，边走边拨拉开了。琴声凝重而沉闷，走一步，发出一个音节。

果然如张家山所料，行不多远，那人终于按捺不住，说出他的事情。

"我是一个强奸杀人犯。我受法受了二十年了。我的婆姨叫张桂兰，她是天底下最好的女人。二十年没见她了，尔个，我就要见她，我不知道如何面对才是！"那人说。说完，长长地一声叹息。

听说这同行者是杀人犯，是强奸犯，谷子干妈的小心眼儿，一阵紧缩。她耐住心跳，举起眼睛去瞅那人，瞅的时候，自己脸上先青一阵红一阵的。李文化却是个傻大胆儿，平日光恨自己经历过的事情太少，刚才经过那个劳改农场，一点事情都没发生，就轻轻易易地过去了，心中实有一些不甘，尔个，见这人这么一说，自然是来了兴趣，于是，一张贫嘴，撺掇那人继续讲他的故事。这回一劝，是灵验了，那人咂了咂嘴巴，开讲。

老虎嵝岲，像陕北地面所有的村子一样，贫瘠、荒凉，祖祖辈辈，人们靠从地里刨食吃。这个人是村子里唯一的中学生。那一年，这个人中学毕业回到村子的时候，老人已经为他问下了一门亲事。"老子欠儿子一个媳妇，儿子欠老子一副棺材。尔个，我们给你把媳妇问下了,你得乍舞着给我们预备棺材了!"老人说。

媳妇就是张桂兰。这是一个打上灯笼也难遇上的丑女子。眼睛小小的,嘴唇翻开,颧骨高高的,面皮乌黑。头上的头发黄蜡蜡的,像一把乱草盖在头顶,张桂兰长的是苦相,尤其是一笑时,嘴角老带着一种无可奈何的表情。这人第一次见到他的媳妇,就暗暗叫苦,那次是民兵集训,几个村子的民兵都在一起,日头底下晒着,这张桂兰的黑黑脸,黑得发亮。"世上有的是女人,搭眼一看,哪个都比她强,咋就把她给我号上了!"这人叫屈地说。

父母之命,媒妁之言。这媳妇还得娶。父母说:"能给你问下个媳妇,是我们的本事,是你的造化。你看村上,有多少光棍,他们做梦都想媳妇哩!咱要那些衣服架子干什么,咱又不是开妓院招客。这女实诚,又能干活,又能养孩子。有她,你这一辈子也就打发了!"

这话说得句句在理。这人一听,也就放下他中学毕业生的架子,叹息一声,说了一句粗话。这话是说:"你们咋说咱咋来!就依了你们吧,反正我无所谓。尾巴一揭是个母的,就成!"

张桂兰进门,三年为这个家庭生了三个男娃。她确实能干,这家的光景在老虎嵝崄成了上乘的,她也确实贤惠,上敬公婆下疼孩子,赢得村子里的一片赞扬声。

男人是酸正男人。偏分头一留,洋布衫子一穿,从村子中间头发一撩一撩地走过去,惹得村子那些大姑娘小媳妇眼热。

张桂兰是个实心眼儿的人,只知道心疼男人,只知道把男人像个香荷包一样拾掇,好的让男人吃,上一趟城,至少也要从紧巴巴的钱里抠出一点来,给男人买双尼龙袜子穿。

男人衣着整齐,又识文断字,且又生得机灵,这样便做了村上的会计。农村当会计这行当,识文断字自然是第一要素,不过衣着整齐也是不可忽视的。原因之一是会计也算村干部,而村干部要经常接触上面的人,因此这衣着装束代表了村上的风貌。原因之二是大家选会计的时候,往往选那些家境殷实的人来当,他们觉得这样他看不下那些小钱,不至于贪污,而即使贪污,他的那些家产也可以拿来赔偿。

三个男丁落地,张桂兰对男女之事,从此也就淡了。她说得讲个实效,尔个她也不想要孩子了,那节育环也戴了,晚上还颠龙倒凤地,去穷折腾个什么。文明的城里人尔个讲究夫妻之间分床分被,乡下人做不到这一点,一面大炕,大人娃娃们挤在一堆,但是这张桂兰,自此以后每晚上睡觉时,都将自己的被角窝好,压在肩头,以防男人侵入。有时被央告不过,让男人钻进被窝了,冷冰冰的张桂兰,任男人在自己的身上折腾,并不起兴,有时还瞅着气喘咻咻的男人,埋怨两句。

那埋怨的话是那样说的:"何苦哩,像个掏炭的一样!有这闲力气,还不如到砭上去背一趟石头回来。一晚上背一趟,几年下来,家里那三孔土窑,就能接上石口了!"

这话说得有点煞风景。男人听了,腰间那东西,登时蔫了,一溜身子下来,钻回自己的被窝。躺在自个被窝里,长夜难熬,耳听身边张桂兰的鼾声,男人心里打起了小算盘。

老百姓有一言,叫作"瞌睡遇上个递枕头的"。村上有个新嫁过来不久的小媳妇,生得白是白,红是红,甚是齐整。小媳妇早就盯上这男人了,只是几次语言撩拨,这男人懵懂不知。樱桃好吃树难栽,朋友好交口难开。直至今日,男人起了心思,这女人再挑,于是一拍即合,这一对宝贝算是钻在了一起。

钻在一起,较自己怀中原先的那个黄脸婆,自然多了许多风情。这个时候的男人,头发梳得更光,身上的洋布衫子,一天用湿手巾弹三次黄尘。男人的这一只眼睛一开，也就悟觉出了许多世上的事情，想起平日村子里那些大姑娘小媳妇的挑逗的话，也就明白这几年自己荒芜了不少时间，耽搁了许多好事。

如果他们能谨慎从事，那么这一类事情，其实也算不得什么。日子哄人，人哄日子，将就着，马马虎虎、相安无事地也就将这一辈子哄过去了。世事就是这样的，古往今来许多我们不知道的事情，就是这样演出的。然而这男人是个口无遮拦、肚子里藏不住隔夜屁的人，一遇高兴，按捺不住，于是就将这女人信口夸出，又是说她嘴唇多甜，又是说她奶头多绵，又说她裆前那窄窄一绺多香。

好事不出门，恶事一阵风。乡间文化生活贫乏，婆姨女子的嘴，平日就是靠这些闲唾沫来嚼滋味的，没有的事，也要造了事来，既然这事有，那就更该是满世界张扬了。这样不出三日，全村的男男女女们就都知道了，这事只瞒着两个当事人，和黄脸婆张桂兰。

男人们气恼，女人们气恼，这俊婆姨的丈夫和族里的兄弟更是气恼。男人们气恼的原因是"卖油郎独占花魁"，女人们气恼的原因是恼怒自己平日的眼色白使了，风言风语白说了，原本以为这家伙是木头一个，尔个才知道他是对你瞧不上眼，丈夫和族里兄弟的气恼，最能理解，这里就不多说了。

恼恨罢了，便想到捉奸。

这一对成了个人人嫌、人人恨的人，他们自个还不知道。这一日，俊婆姨的男人，肩膀上搭一个褡裢，手里提一杆唢呐，要俊婆姨把门看好，他要上南路去了。男人前脚刚走，俊婆姨便给自家窑前面挂上一串红辣椒。这叫暗号，是说男人不在，窑空着，晚上她给留门。

夜里这男人，亦就是尔个与张家山同行的这个刑满释放的男人,如期而至。门果然留着,俊婆姨的被窝里果然也热乎,轻车熟路,这男人也就没有多说话,亲一个嘴嘴,一撩被角,钻了进去。

两人正在缠绵之际,门外一声喊,门被一脚踏开,俊婆姨的丈夫,手提一把老镢头,自天而降。门外,灯笼火把突然间一刺啦明,伴着喊声,半个村子的人都站在门外。

这喊声叫"捉贼捉赃,捉奸捉双"。这话我们许多年前就听过,那是话本叫《小二黑结婚》里说的。时光挨了几十年,乡言俚语,竟没有丝毫改变。

如果没有这俊婆姨的那令人难堪的、不能理解的一个举动,那么这场闹剧,充其量是一场乡间闹剧而已。事情会聒噪上一阵子,聒噪罢后,黄脸婆姨依旧守着自己的男人,白脸婆姨也依旧守着自己的男人,人们在说厌了以后,也就会自然而然地丢开这个话题。

但是当俊婆姨的丈夫破门而入时,当"捉贼捉赃,捉奸捉双"的口号在窑外惊天动地地响起时,那俊婆姨突然伸出双臂,将身上的这个男人紧紧搂住,非但用臂搂住,而且两手十指交叉,可以说紧紧地箍住。

箍住以后,伴随着窑外的"捉贼捉赃,捉奸捉双"口号,这女人也喊起口号来,而且声音更尖更利。她一迭声地喊出的口号是"救命",是"有人强奸我"。

我们不了解女人。在这个横跨陕北高原南北的"回头约"故事中,大约是因为脊背上有一具女骨的缘故,张家山、李文化和谷子干妈,曾经屡屡地提及女人这个话题,并且为了讨谷子干妈的欢心,挖空心思地来礼赞女人。也许,这个礼赞的本身,就是对女性的一种不公正的对待。女人和男人是一个整体,而从这个整体中,单剔出女人作为话题来礼赞,就说明了说话者还是把女人放在一个从属者,即被礼赞者的地位来看待。

也许我们是了解女人的,只是不了解这个用两手箍住自己身上男人的身子,高喊"救命"的女人。这事是有一些叫人不能理解,张家山他们听了,也人人唏嘘不已。大家听了这话,分析了半天说,这个刁钻的女人,一定有一个刁钻的母亲,是她这样教导过她的,教过她如何应付这种突然事变的。

感触最深的当然还是俊婆姨身上的这个男人了。那手也曾经紧紧地箍过他的腰,但那是为另一回事情,那嘴里也曾经放声喊叫过,但那也是为的另一回事情。尔个,女人这一喊一箍,男人大大地吃了一惊,受到一次打击、一次刺激,这男人,登时便在女人的身上,瘫了。

而且在这后来的二十年的服法期间,再也没有起来过。——他一想起那一串女人的叫声就浑身打战、冒虚汗。

第二十一章

一根细火绳子,一头拴了这个,一头拴了那个,这一对被送到了当时的公社。但是既然这俊婆姨铁口咬定是强暴,并且有许多人作证说他们听到了"救命"的声音,那么这件事就是另一性质的问题了。于俊婆姨来说,她是受害者,是弱者,而对这个可憎的男人来说,他则是个十恶不赦的强奸犯了。于是,女人被慰安两句,放走了,男人则被关押起来,准备往县法院送,判刑处理。

俊婆姨和公社干部嬉皮笑脸地调笑了一阵,还在公社灶上吃了一顿饭,然后蜷起腿来,用指头弹了一下裤脚上的土,起身走了。屋里关着的这男人,见状,气得七窍生烟,隔着窗户只是大骂。俊婆姨任你骂,并不还口,脸也不红一下,兀自走了。

这男人就这样栽到女人手里了。俊婆姨走后,这男人仍然气愤不过,思前虑后,越想越恨这女人,于是挣脱火绳子,翻窗子跳了出来。男人腿快,一阵猛撵,天擦黑时撵上了俊婆姨,这地点恰好在老虎崾崄上。一边是山,一边是沟,中间一条砭道。砭上,两人口角一阵后,男人伸出手来,一把把女人掀到了沟里。眼见得沟底下轰轰隆隆一阵响,世界上少了一个女人,于是,这男人又一阵猛跑,回到自个家里,抱住黄脸婆的腿,鼻涕一把泪一把,大哭一场。男人说,他现在是闯下大祸,生死难料了,他只求他的黄脸婆,好好地抓挠这几个男丁。黄脸婆张桂兰只愣愣地听着,并不搭话。这男人说完,于是一猫身子,重新站起,径直到县上去投案。

这就是二十年前那起强奸杀人案的经过。这事一出,四乡震动,公审那天,人山人海。法院网开一面,判了这男人死缓,后来又改成无期,再后来又改二十年。

张家山他们要礼赞女人的话,他现在该礼赞这黄脸婆张桂兰的。自个男人成了强奸杀人犯,这张桂兰从此怎么活人,怎么有脸面在这世上待着,多少人会指脊背,唾沫星子会淹死你。可这张桂兰,硬是挺着腰杆,涎着面皮,活了下来。

二十年时间,她将三个男丁,都拉扯成人,都叫他们冬有棉、夏有单,碗里有吃食,活得和别人一样。更有甚者,每年到了夏天,到了冬天,她都要打发儿子,给服刑的男人送来单衣或棉衣。

每每抚摸着这些千纳万缝的衣服,男人便止不住悔恨交加,双泪迸流。他央儿子们,讲一讲他的黄脸婆的故事,他还要儿子,偷偷地拿一张她的照片来,看到照片上的人,身子已经佝偻,头发已经花白,他感慨万端。他对儿子们说,下一次送衣服来的时候,能不能让他们的母亲来。但是下一次,仍然是儿子们来了,他们说,母亲说她不敢见他,面对一个强奸杀人犯的男人,她受不了。这样,他们二十年没有见面。

这个面色忧郁的男人,说到这里,便缄口不语了。至此,张家山他们也就知道了这男人步履沉重的原因。张家山想劝说几句,但是找不到话说。他们只能感慨生活真是有着太多的缺憾，让这个高尚而善良的黄脸婆成为一个丑女，而让那个俊婆姨又生出那么歹毒的心肠。

大家都不说了，路途上于是变得死寂而沉默，只有他们的脚步踩在路间石子上的"咯咯"声，还有张家山手中的那个三弦，有一下没一下地发出声响。好在老虎嵝崄已经不远了。

黄脸婆张桂兰的故事还没有完，她二十年守活寡后最辉煌的一个举动，还在下面。

一行人进了老虎嵝崄村。错落有致的一些窑洞，有些新些，有些旧些，有些依着山冈，有些伸向川道，破破烂烂的一个村子，如此而已。那男人进了村子，脚步也就快了，一阵工夫，领着众人来到他的家里。

窑洞还是当年的老样子，由于没有接上石口，被山水冲得在窑面上留下一些沟渠。三个孩子知道自个父亲今天回来，齐刷刷地站在窑门口迎候。

那男人用目光扫了一阵，不见他的黄脸婆，也不好问，以为是在窑里。进得窑来，目光四处搜索，仍不见黄脸婆的影子。只是锅里的水，还在滚着，高粱秆做的篦子上，满满地捏了一篦子扁食。

儿子说，母亲天不明起来，就开始剁馅擀面皮包饺子，一边包着一边流眼泪。饺子包好，水滚了，她就到村口等去了。

这么说他们是走岔了，没有遇上。于是众人开始下饺子，吃饭。吃饭的途中，那男人老是心慌不定的，门外有个响动，他就往外瞅。张家山他们，其实嘴里不说，人人心里也都犯起嘀咕。匆匆吃罢饭后，一抹嘴，宽慰那男人两句，辞了那男人和他的三个后生，张家山一行，登程上路。

前面要经过的地方，就是老虎嵝崄那个石砭了。啥叫"石砭"？这就是给高高的石头山的中腰凿出一条道路来。上面是高不可攀的山，下面是深不可测的河，中间仅此一条通道。这是个险要，记得在石渣河头顶的那一段子午岭上，灰汉杨禄也说过这话，并且扬言要领他的兄弟班子，在那里等候张家山，夺回女骨。

一行人登程上路，日近黄昏时分，登上石砭。却说正行走间，忽听头顶乌鸦阵阵聒噪。众人驻足，向山顶望去，只见一轮血红的落日，像一面大碾盘一样，正停驻在山顶，乌鸦们上下翻飞，聒聒噪噪，那情景，并不亚于他们当初遇到过的鸦阵。张家山见了，叫一声"尴尬"，于是对李文化说："李家文化，你眼睛尖，你瞅那地方出了什么稀罕之物！"

李文化瞅了一阵，说道："暮色苍茫，看不甚清。那鸦阵好像是在围着一棵歪脖子树绕圈圈。那树上晃晃悠悠地，好像吊着一个东西！"

众人好奇，于是赶上前去看个究竟。看时近，要走到跟前，还得一段路程。这砭是一个弓形，大家先顺着石砭，走到最高处，然后就离了道路，向山顶攀去。到了山顶，天已黑透，星星斑斑点点地，已在头顶闪烁。

那里果然有个歪脖子树。歪脖子树上，果然晃晃悠悠地，吊着一个人。乌鸦们绕着树翻飞，迟疑着不敢落下。众人看了，吃了一惊。

树上吊着的是一个女人。一条红裤带，一头系在树上，另一个挽了个活扣，拴住她的脖子。那女人的脸色，星光下看不甚清，只有一条舌头，长长地伸出来，离开嘴唇足有两寸长。女人身上的衣着，虽然破旧一些，但是补丁补得整整齐齐，且又浆洗得干干净净。

"搭个手，将这女裙衩放下来，看还有救没有！"张家山说道。

言罢，张家山趋上前去，抱住这女人，往上一提。李文化则踮起脚尖，去解那个活扣。人取下来了，平展展地放在山顶，张家山去控人中，李文化去做人工呼吸，折腾了一阵，终于明白这个女人已经没有救了。尸首都有些硬了。

"一个好女人！"张家山看着没有救了，于是也就不再忙迫，拍拍手，直起腰来。

"她是谁，好像你知道似的？"谷子干妈一旁问道。

"如果我猜得不错的话，她就该是那个黄脸婆张桂兰了。路途上，听那男人那么一说，我就约莫这个性格刚烈的张桂兰，会有一场事情的。回到村子，窑里没有她，我这疑惑就更加重了。刚才在石砭上，听见乌鸦聒噪得厉害，我就明白这事情已经出了。果不其然！果不其然！"张家山叹息了。

谷子干妈一听，女人心软，哭泣起来，嘴里"妹子呀，妹子呀"一连声地叫着，叫一声用手捶打一下这女人，念叨道："好死不如赖活着的！妹子呀，脚下这么多路，你为啥偏偏要走这一条，你要知道，这条路走过去，就回不了头了！"

张家山在旁边说；"还不敢断定，一定是她。不过八九不离十吧！"

做了一阵人工呼吸，仍不奏效，李文化自个倒是累得满头的米汤。见人确实死了，他也就放弃了，不去出那些闲力了。尔个，见张家山说这婆姨是黄脸婆张桂兰，他不由得肃然起敬，说："咱们这一路上，说的尽是女人的事情。说了东家说西家，就连千五百年的那个女菩萨，也牵扯进来了。但是说到底，我也同意张干大的看法，好女人确实是这黄脸婆张桂兰。可惜张桂兰那男人，真不是个东西，简直是把福用脚踢了。倘若是我……"

说到这里，李文化停顿了一下，停顿的原因是这死者论年纪可以给他当妈了。于是他话于嘴边，又改口说道："倘若是我，我愿意她是我妈，愿意让她把我生出来，而不是李刘氏！"

见李文化说出的痴语，张家山在一旁有些好笑。

谷子干妈在一旁也有些好笑。不过李文化的一席话，激起了她作为女人的自豪。继而，眼前的这个女人，又勾起了她心头的女人在人世的种种艰难。于是开始使势，破口大骂世上这些大男人，骂到最后，连眼前的这一老一少，也在她的扫荡之列了。

张家山和李文化见谷子干妈使势，于是硬着头皮，听她将这一通邪火泄完，权当是替黄脸婆张桂兰的那个不争气的男人承受，替天底下所有的臭男人承受。

大约骂了有一个时辰，眼见得谷子干妈的嘴唇发干，唾沫星子不再往出溅了，于是三个人开始坐下来，商量如何处置这件事。

商量的结果，决定暂停了他们的行程，做一件好事，将这黄脸婆张桂兰的尸首，搬回老虎崾岘村子去。本来按张家山的意思，多一事不如少一事，正事要紧，这张桂兰反正死了，放在这里，总会有人发现的，不如他们还是继续赶路了事。可这李文化，正是性情不定的年龄，一颗心，此刻只在黄脸婆张桂兰身上，一定要叫她全尸还家才对。更兼个女权主义者谷子干妈，说这满地乌鸦，早对这尸首垂涎已久，明早太阳冒红，正是它们饱餐的时间，那时世界上就没有张桂兰了。见两个搭档执意如此，少数服从多数，张家山也就破天荒地发扬了一回民主，依了他们。

背女尸对他们来说却也在行。商量停当了，于是将李文化脖子上架着的那一具女骨，暂且找了个避背处藏好，尔个这黄脸婆张桂兰的身子，便依然由李文化背上，张家山依旧抱起他的三弦，谷子干妈依旧抱起她的祭食罐，一行人下山，重新穿过砭道，回那老虎崾崄村子。

行前，张家山用脚踢了两下那歪脖子树。他说这树长在世上，真是个熬煎，记得他小时候就听人说过，这树上常有人吊死，记得最清的是说黑家堡黑大财主的两个长工张三李四，在这里上吊的故事。这事已经过去有些年头，这树还不见长，一副死蔫蔫的样子，好像专在这里等候那些送命的似的。"这是一棵吊死鬼树！"张家山总结道。

站在山顶上，张家山还举起他的大脑袋，朝四下里望了一望。这里是一个制高点，虽比不上那子午岭高，但要让黄脸婆张桂兰往子午岭上奔，是不现实的事。这山虽比不上子午岭高，但少了些树木遮拦，因此眼界十分开阔，四面平川，尽收眼底。陕北妇女，讲究个"眺世界"，平日心烦了，眼睛暂时从土地上脱开，从日常的人生俗务上脱开，端一个簸箕，或者拿一双鞋底，站在硷畔上看云起云落，人来人往。尔个这黄脸婆张桂兰，为自己选择的这去处，真好，她可以永远一身轻松地站在这里"眺世界"了。

一步一滑，众人向山下走去。李文化天生是受罪的命，这女骨比起往日的女骨，又沉重了许多。李文化一边走着，一边嘴里嘟囔，怨来怨去，谁也怨不上，只能怨自己命苦。

到了砭道上，路才算平顺一点。李文化停了一阵，喘息了一阵，待气顺了，猫起腰来又要走，正在这时，只见从对面的道路上，一辆四轮，"突突"地开了过来。车头与车厢的踏板上，站着个凶神恶煞的杨禄。那杨禄见了三位，高声叫道："张家山，我杨禄以逸待劳，已经在这里候你多时了！"这灰汉杨禄，果然说到做到，说在这里等候，就在这里等候。

三人见了，都吃了一惊，未及考虑，撒开脚丫就跑。他们跑的方向，正是老虎崾崄那个村子。

那杨禄在后边，四轮拖拉机"突突"地响着，眼见得前车轮就要碾住张家山的脚后跟。这地方一边是深涧，一边是高山，孤孤的，就这一条道路，因此上这杨禄，也并不着急，四轮开得不紧不慢，在后面跟着。眼见得个昔日不可一世的张家山，尓个一副狼狈的样子，杨禄嘴角不由得挂上一丝冷笑。

"这情景，有些像猫逮老鼠！小年间，我玩过这把戏，逮住个老鼠，绑在猫尾巴梢上，猫团团地转，老鼠也团团地转，耍够了，取下这老鼠，再给猫吃！"杨禄说道。

张家山见说，止了脚步。他明白了自己跑不过这四轮，再一想：自己为啥要跑？想清了于是大大方方地，在路中间站定。

谷子干妈见张家山不跑了，于是也就站定。只有那个李文化，还像个受惊的兔子一样，背上背着一具女尸，一蹿一蹿地跑着。

"李家文化，你也权且歇脚，不用跑了！你的那两条麻秆腿，哪能跑过着突突作响的四轮！"张家山喘息着，朝李文化喊道。

见张家山这样说，杨禄也就停了四轮，一边拍手，一边跳下车，说道："张家干大却也识相。跑是跑不掉的，不如乖乖就范，免得伤了和气！其实，前面的恩恩怨怨，我既往不咎，你们只将女骨留下来，走人就是了！后天就是'鬼七'，容我带了这女裙衩归位，完了这七七斋斋，了了这场事情吧！"

杨禄说罢，一声呐喊，车上七八条后生，纷纷跳了下来。

"杨禄兄弟，女骨你带走！可是有一句话，容我说给你听！"张家山见一帮后生，如狼似虎，正扑向背着女尸的李文化，于是在一旁，淡淡说道。

张家山困兽犹斗，杨禄在一旁，"扑哧"一声笑了。"张干大，你就把脚蜷了吧！我杨禄主意早就拿定，尓个我这耳朵里塞了驴毛，任你说什么，我也不会听的。好汉岭上，就是我耳根子软，多听了你两句闲话，要不，如今这女裙衩，早已回老人山归位了。你不必说了，你说，我也不听！"

"杨禄兄弟，听不听在你，可这话我还是要说的！我这话说的是，"张家山用手一指女尸，"朋友，你将眼睛擦亮，你看那李文化背上背着的，可是李刘氏？"

没容杨禄搭茬，抢到女尸的这几位，齐声呐喊起来，都说张家山演了一场"大变活人"，这女尸哪里是白白净净、妖妖娆娆的李刘氏，分明是一个粗手大脚的黄脸婆而已。

哭喊得最凶的当属文光、文亮兄弟。两人一人扯住隔山兄弟李文化的一条胳膊，质问他将娘亲弄到哪里去了。

刚才这李文化，人在事中迷，见灰汉杨禄追赶，想也不想就一阵猛跑，尔个也记起这背上驮的不是当初那架女骨了，于是心里也就坦然起来，见文光、文亮兄弟拉他，索性一屁股坐在地上，装起了死狗。

文光、文亮兄弟见此，呜呜地哭起来。

张家山在一旁，两手袖起，做出个事不关己的样子，权当是看西湖景儿。

灰汉杨禄，不愧是个见过大场面的人。杨禄见说，跑到抢来的女尸跟前，瞅了一阵，眼珠子一转，大骂起了文光、文亮兄弟："你们要那眼睛出气哩！你们再来瞅瞅，看这女裙衩是谁！这分明是你们的娘亲，是李刘氏。她生养了你们一场，你们竟认不出她来了，真是怪事！不过，这也难怪，人死了以后，这面容是会变的。但是，万变不离其宗，女人总不能变成男人。你们兄弟睁大眼睛好好看看！"

杨禄说罢了，停顿了片刻，又问众人："是李刘氏的女骨，我没说错吧？"

众人有一半是顺着竿往上爬的人，另一半则是想早了结了这事的人，于是齐声应答，都说这确实是李刘氏，千真万确，一点不错。只有文光、文亮兄弟，嘴中还有些微词，但是碍于杨禄的威势，再不敢言传。

见状，杨禄环顾左右，冷笑一声，说道："扶女裙衩回吴儿堡，发动车吧，这叫得胜而归，班师回朝！"

女尸被搬上了四轮。拖拉机手用摇把一阵猛摇，四轮便发出"突突突"的声音。

四轮动了，众人跳上车。车行到张家山跟前时，杨禄冲着个张家山，双手叉腰，哈哈大笑道："六六镇的张干大，你输了！你服不服气！"

"谁输还不一定哩！杨禄兄弟，你先不要过于得意。人不找事，事会找人的。啥事！你自己心里镜镜一样地明！"

杨禄嘿嘿一笑，说道："张干大，我这就走了。你那话，留给墙去说吧！这女骨是谁，我不去管它，吴儿堡老人山上一埋，它就是李刘氏了。有人多事，我让他找张家山去，我这女骨，是从张家山手里接着！"

文光、文亮兄弟，也纷纷爬上车。

眼见得四轮屁股后边冒烟，摇摇晃晃地走远了。张家山在后边顿着脚，指着四轮咒道："杨禄，我咒你，叫你这车子出不了老虎崾崄村子！"继而，又喊道："黄脸婆张桂兰，你若有灵，你若还惦着你的男人孩子，你该有些举动才对！"

这样地咒了一回，喊了一回，眼见得那四轮走远。天快亮了，夜风正凉，张家山嘴张得太大，呛了一口冷气，窝着身子咳嗽了一阵，才算缓解。

缓解后，张家山要那李文化，再攀一次山顶，去取那女骨。女骨取来,众人不敢久停,稍事休整,登程又行。

那杨禄并四轮此一去前程如何,会有什么事情发生,这里且不去管它。却说张家山一行,收拾停当了,举步就走。砭道窄狭,这里不是久留之处,尽管一个个脚跟发软,眼皮打架,但还是强打精神,赶路要紧。

眼见得砭道三拐两拐,越走越低,就要快接近平川了,猛抬头,看见前面一团火光,火光旁,横七竖八地睡着几个人。众人见了,吃了一惊。正待要回头时,只见火堆旁站起一个人来。

这人大家却都认识,原来正是大老表刘玄礼。众人一见,提着的心放了下来。

众人也就不再忌讳,携了女骨,快快地走上前来。三人中,相比之下,李文化和刘玄礼是亲戚,更近一些,加之有了前面的几场事情,知道这大老表是站在自个一边的,于是走上前来,启齿一笑,以为他是来接应他们的。

哪知这刘玄礼,变脸失色的,冲着递过来的这张脸儿,就是一巴掌。巴掌到时,刘玄礼骂了一句:"我把你这个不孝的子孙!"

李文化的半边脸上还留着笑意,这半边脸,挨了刘玄礼一巴掌,登时红了,显出六个指头印儿来。如何是六个?原来这刘玄礼是个"六指"。

李文化还傻在那里,不知道这一巴掌因何而来。旁边的张家山和谷子干妈,却已明白了。明白了,却不去说,因为这是他们姑表之间的事情。

捆了李文化一巴掌后,大老表刘玄礼仍不依不饶,继续指着李文化,骂道:"你背上背着的你那小妈,是个婊子,你知道么?你娘亲那么金贵的一个身子,好人家的女儿,你敢拿了她换,让你娘亲孤苦伶仃,从此守起活寡,永世再难蜕生,让这婊子,重新来到世上，像妲己褒姒一样迷惑男人。天地良心，你个李文化，做的这是啥事？"

李文化面对伸到他眼前的指头，瞠目结舌，不知如何对答。

大老表刘玄礼这一巴掌，不仅代表他自个，而且是代表刘家河那个古老氏族来打他的。娘舅家的人打，按照礼势是不能还手的，这一点李文化知道。况且这事，他确实也做得有点荒唐，因此，尔个只有挺直了脖子，干受而已。

骂够了，刘玄礼往地上一指，说道："这才是李刘氏，你的娘亲！孝子，扛上这架女骨走吧！至于你背上的那架女骨，交给我，我还回石渣河石窟里去！你这屁股上的屎，让我来擦！"

见大老表刘玄礼对他们的行踪知道得这么清楚，张家山在一旁，暗暗称奇。张家山刚想张口问话，不料想李文化倒先问了。

"大老表，这换女骨的事情，你是咋知道的？再则，你明明在我们的后边，怎么三蹿两蹿，到了前边？"

刘玄礼见说，脸上露出一丝矜持。他说道："这些，你就不必细问了，我刘玄礼做事，向来是神龙见首不见尾。这事对我来说，仅是小事一桩而已。张干大，你说是耶不是？"

见张家山点头，刘玄礼又说道："那我们就此分手吧。后天是这位亡人的'鬼七'，我想，你们紧赶慢赶，该是去赴那个日子的。那么后天夜里，亡人李万年的坟头上，咱们再见！"

说完这话，下来该做的事情，就是取下李文化背上的女骨了。女骨取下，刘玄礼指定一个随从，将这女骨背了，抬脚要去。李文化一见，说这装女骨的裤子，还是他的。刘玄礼见说，笑一笑，要那随从，脱了裤子，换下李文化这裤子，尔后上路。

眼见得刘玄礼一行，聒聒噪噪地走远，张家山提起声来，问一句，这一句仍像前次一样，问的是前程吉凶。

见问，刘玄礼住了身子，回头答道："怕是不该再有事了吧！若真的再有事，这事该出在磨盘山的。不过即便有事，大概也不会有什么要紧的。背上这女骨，走到这一阵子，它该认得回家的路了。况且你们这是师出有名，即便有事，也会有贵人相助的！"

这番话说完，刘玄礼一行，迅速地隐没在黎明的暮霭中了。

第二十二章

眼见得刘玄礼一行走远,谷子干妈说道:"这一堆火,还旺着,不烤白不烤,咱们歇一阵脚,再走如何?"

这话说得在理,三人听了,齐声说好,就此就着火堆,围拢过来。

那具女尸,被一只麻袋装着,搁在一边,较之当初,又多了一些臭气,熏得个谷子干妈,又从口袋里,掏出那件物什来,戴在嘴上。

李文化尔个也对着这一堆臭肉熬愁。想到路程尚远,歇息一阵后,这东西还得往他的背上背,他就心里发怵。眼瞅着张家山,在一旁拨拉着火,抽着旱烟,一副无事人的样子,李文化说道:"这东西金贵是金贵,不过不会走路,得从我肩膀上过过就过吧,咬咬牙就撑过去了。不过这路途上,还有不少的村子,咱们有那物什,往嘴上蒙,大路两旁的人,却没那东西,这样一路臭气熏天着走过去,总不是个好事吧!"

见李文化这样说,张家山沉吟片刻,说道:"这是一个问题,不过,事情不大,该怎么解决,我心里已经有主意了。眼下,我在想的却是,那灰汉杨禄,他那四轮,该经过老虎崾险那个村子了吧!但愿他无事才好,他无事,就不会再来缠了,这样,我们也就无事了!"

见张家山说出"无事"这话,谷子干妈用鼻子"哼"了一声,表示不同意。哼罢以后,嫌话没有说透,又将嘴上那物什往下抹了抹,露了上嘴唇来。嘴唇动弹着,谷子干妈说道:"没事?没事那不便宜了杨禄那小子了。一想到他在那石砭上,一副小人得志的样子,我就有气。我想,事情会有的,那个劳改释放犯,家里丢了一个大活人,他能不四处寻找,只怕这杨禄,迟早事得发,到时候麻丝缠住鸡爪爪,想要摘掉,都摘不掉哩!"

李文化也随声附和道:"张干大,我看你是嘴里不说心里话。你其实也是在盼有事哩!"

"这倒是!"张家山默认道。

话扯到这里,便又到了那个劳改释放犯男人身上。这男人毕竟和他们同行过一段路程,并且也没有将他们当外人,男人讲过的黄脸婆和白脸婆的故事,至今仍令人感到栩栩如在眼前。

他们觉得应当将黄脸婆发生在歪脖子树上的故事告诉给那男人,当时,石砭上遇过杨禄之后,就应该径直去村子报讯。接着,又觉得这样做也不妥,这样做,就等于告了杨禄一状,搅和掉了杨禄的好事。后来他们说,狗揽八滩屎。咱们也揽得太宽了,由它去吧,会有一个什么结局,那都是两姓旁人的事。

"那男人,满世界寻找,不见了自个婆姨,他该急疯了吧!"

见多识广的张家山,这一声叫板之后,讲起了犯人的故事。

反正是闲着无事,不如讲一点古朝,消磨时间。他说有一个犯人,犯的也是花案,刑期五年。刑满释放时节,正是夏收。干屎打得胯骨响,这瞎东西干靠了五年,一旦放出来,像个惊了的儿马、发情的种公羊一样,提着个裤子,顺着路往家跑。半路上,割过的麦地里,正好有几个女孩在拾麦,一个女孩子身上穿着红衫子。见了红衫子,就像苍蝇见了血一样,这家伙的眼睛登时通红。他离了大路,又提着裤子去追这几个女孩子。女孩子见了,吓得哇哇大叫,扔了拾麦笼,四散而逃。这家伙后来得逞了没有?据说没有得逞。田野上有的是割麦的人,大家听到呼救声,一窝蜂地赶来。那家伙捉住个女孩子,正要行事,众人顺着镰把,朝那光屁股上一顿猛打。

"这号东西,该把他再关进去,叫他永世不得出来!"李文化插言道。

"正是这样!"张家山答道。他说一杆人将这家伙擒了,重新送回监狱里去,监里不收,说这一份口粮也不是白吃的,得三堂会审,二审定案,有了个名分,他们才能接收。没奈何,众人又将这东西送回家里,家里听了事情的原委,关了大门,死活不开。开不开,这人都是你家的人,众人用绳子将这家伙捆了,绳头系在门环上,然后聒噪一声,四散走了。"把你活在世上,真是枉烦!"家里人叹息一声,仍旧将他送回监狱,好话说尽,监狱才网开一面,将他收了。

谷子干妈见张家山一个乡间故事,把男人糟蹋到这般田地,听后说道:"这故事我爱听。臭男人的心里,其实一个一个污浊得很哩!"她这时候大约记起了自己早年那个"拿不下"的故事了,脸上一阵绯红。红过之后,又说:"一辈子不见男人,我也不想!"

"你这话却又差了,谷子干妈!"拾了谷子干妈一个话把,张家山岂肯放过，好在他肚子里有的是古董，于是信口又掏出一件。

他说世人只记得一个笑话。那笑话说，小和尚在寺院里长大，从来没有去过城里。这一日有一桩差使，非他进城不可。行前，老和尚先给他打了一支预防针，他说那城里，有着身穿华丽皮毛，头上或打着髻儿或留着辫子的老虎，那是世上最可怕的动物，你见了她们，万万不可接近。晚上，小和尚回来了，老和尚问他这天都看见了些什么，小和尚说，别的他都视而不见，他只看见满街都是长着华丽皮毛的老虎，她们很温柔，他很想和她们亲近，即便被她们吃了，他也心甘情愿。

张家山说，这是第一个笑话，这笑话世人皆知，他之所以把它讲出来，是为了引起第二个笑话。这第二个笑话却是讲女人的，是女监里发生的故事。

女监在省城的一个角落。没有本事的女人关不到那地方去，因此说那地方住着的都是些能行的女人。比如谷子干妈，你想往那地方去，去吃几口消停饭，那地方还不要你哩。谷子干妈你不要动气，这话只当我没说，得行？！

却说一个号里，关着八个女人。关得久了，这些女人寝食不安地，整日胡成精。她们想干啥？想到外面透透风去。这些女人听说只要生病，就可以保外就医，于是，整天想着法儿生病。这病要来，你挡也挡不住，它要不来，你想也白想。这时号子墙角里的一个老鼠洞，给她们一个念头。她们听说，吃了老鼠吃过的东西，就可能得鼠疾。八个女人，从想到这件事的那一天起，晚上吃饭时，就偷偷藏下一个馍来。藏下这馍干啥？原来，晚上她们将这馍，放到老鼠的洞口上去，等老鼠啃。老鼠吃罢以后，她们再吃。

有一天早晨，这八个女人刚从被窝里钻出来，头不梳，脸不洗，有的外衣还没穿上，便在号子里你撕我扯，打作一团。狱卒来问话，问出这打架的缘故以后，不由得哑然失笑。原来这些女人打架的原因是争着要吃馍馍上那块印有老鼠牙印的地方。

见状，铁石心肠的狱管部门，竟也动了恻隐之心。既然这八个女人憋得难受，想要出头透透风，那他们也就给准了假。八个女人分头行动，像放羊一动，到城里去兜了一天的风晚上回来，狱管部门找她们谈话，问她们在城里转悠了一天，感受最深的事情是什么。八个女人对这个问题，竟然是同样的一句话，这句话就是：别的什么都没看见，触目所见，满街都是男人。

"是男人！"这些女人流着口水说。她们说的这些话，她们历经的这个故事，竟和小和尚说的话、小和尚历经的故事，如出一辙。

讲完这个笑话，张家山冲谷子干妈说道："拜识，你看，不光男人贱，女人他妈的其实也贱。半斤八两，在这个事情上，都一样！"

这话说得倒也在理。谷子干妈听了，想要反驳，思量了半天，没有找到个破绽，想要就此罢了，却又心不甘。思来想去，说道："张家干大，你这肚皮里，咋一肚子的坏水儿。这些事，你是见的，还是听的，还是编的，拿到这地方，一本正经地说出，哄乡里人！"

"这些都是真的，绝对是真的！"张家山赶紧声明道。

说这八个女人的故事，是他当大队支书那阵，一个驻队女干部告诉她的。女干部是从省城下来的，是个记者，她人长得漂亮，一副二轱辘眼镜一戴，满身都是文化。人家那才叫见多识广，叫大文化。她那瓜子脸，白是白，红是红，咋看咋舒服。她有个习惯，喜欢把衬衣的下摆，扎到裤子里去，那一扎，把腰身勒得细细的，把胸脯勒得高高的。

第二十二章

张家山还在嚼舌，嘴里"吧唧吧唧"地品着，回味那个驻队女干部，一旁，恼了个谷子干妈。张家山犯了一个忌讳，即在一个女人面前去夸赞另一个女人。

谷子干妈心里酸溜溜的，打断张家山的话，说道："你且讲你的故事，一个劲地嚼这个女人干什么。老烧包！我看你和这个女人之间，大约也不会有什么好事！"

张家山赶紧声明说，人家是人家，他是他，茄子一行辣子一行，分得清清的，你谷子干妈真以为我张家山是香荷包一个，人见人爱，错了！人家走得端，行得正，在她面前，你一点邪念都不敢生的。

张家山说，他之所以将这个驻队女干部，端到了人前，并且多余地费了些唾沫，讲她的鲜亮，是因为下面还要讲一个故事，而这故事中，这女记者还是故事中的角色。

这故事同样与监狱有关。

女记者说，有一次，要一次性地枪毙十七个男犯人。行刑在第二天举行，头天晚上，这女记者突发奇想，想看看这些死前的男人是些什么样子。记者这职业，哪个门都能进，她一联系，想不到这事成了。

行刑的犯人，头一天晚上，得给他们读宣判书。读了宣判书以后，得有两件事情做，第一件，是征求犯人的意见，看他死后，尸首是交给家属哩，还是由公家人统一处理。如果发给家属，那么现在他必须赶快提供收尸者的姓名和住址，狱管部门得连黑搭夜地去联系。第二件事情，则是征询犯人的意见，看他想吃什么，想喝什么，狱管部门立即开车去买。不过酒不能喝，按照说书人们讲的，过去的犯人，行刑前总是大碗喝酒，一阵豪饮，现在是不准喝酒，啥原因，知道。

看来，送一个人去死，也是一件麻烦的事情。

对于狱管部门来说，这些心硬如铁的人，在这一刻也总是充满了温情。因此，只要犯人提出，总是尽量满足他们，反正就这一次花销了。

女记者说，她正是混杂在这些狱官部门的人们中间去看犯人的。她说这些人脚镣手铐，佩戴齐全，一个一个端端正正地站在自己的铺前。在宣读他们的判决书时，他们丝毫不震惊、不激动，脸上出现一种麻木的终于解脱的表情，好像那宣判的不是他们自己一样。

但是——但是，女记者说，这时候她出现了，她从人背后闪到了前面。这时，她看见仿佛是谁下了一句无声的口令一样，十七双眼睛一齐"嗖"射向了她。

那眼神可怕极了，仿佛是从幽暗的深潭里射出的光一样，令人后脊梁骨发凉。原先，那眼神是混浊的、麻木的、绝望的，尔个，因了女记者的出现，那眼神却突然明亮起来，表现出一种对生的贪恋。由于他们已经可以无所顾忌了，又由于这些人的心灵本来就十分龌龊，因此他们现在那目光，赤裸裸的，毫不掩饰地暴露出自己的渴望。

女记者说，对着这目光，她吓坏了。她一秒钟也没有敢多待，拔腿跑出了死刑犯的号子。"如果我是一个奇女子，是个圣母或者圣女，那么我面对这人间最为凄凉的一幕图景，面对这些即刻就要离开人间的这些死刑犯们的贪恋的目光，我说不定会走向前去，让这些人在临死之前，对这个世界留下一点温存的记忆，一点念想。但是我不能，我只是一个平凡的女子，我能在他们面前出现一次，就是一件有悖常理的事情了！"女记者说。

张家山说，记得他听完女记者的话以后，曾经调侃一句，说

"你应当那样做"。但是，女记者说："你不知道，我翻过那些人的案卷，那些人曾经做过的事情，多丑恶呀！"

这以后很长的时间，没有人说话。谷子干妈用那物什捂严自己的嘴巴，伸出手来烤火。李文化还是愁容满面地瞅着麻袋里的女骨，等着张家山说出他的办法来。张家山呢，刚才嚼了一阵舌头，尔个让嘴巴歇上了，却又让手忙起来。

他是在火堆上烤自己的鞋垫。张家山是水脚，一路行来，那鞋垫被脚汗泡得能拧出水。鞋垫是谷子干妈给纳的，脚心部分锈了两只鸳鸯。尔个这两只鸳鸯，倒真是泡在水里了。

这鸳鸯令刚刚讲过那个悲惨故事的张家山，此刻心中生出一阵柔情。谷子干妈也看见那鞋垫上的鸳鸯了，两人四目相对，会心一笑。

李文化在一旁，等得不耐烦，暴躁起来："张干大，虽则有这'黎明的瞌睡小姨的嘴'一说，可咱们是事中之人，天大的一件事情，在咱们肩膀上搁着嘿！要打瞌睡，待这件事完了再打。尔个，眼看天就要亮了，咱们得想个办法，将这女骨拾掇拾掇，除了臭味，才好赶路！"

张家山说："这事不难，刚才，我不是给你说我已经有法子了。尔个，歇足了，烟也抽足了，咱们行事就是！"

"啥法子？像古代人运秦始皇的尸首一样，在车厢里放一堆死鱼。或者用用今天人的办法，我在城里，见过人家从冰箱里拿出来的冻肉。那肉冻得硬邦邦的，一点味都不走。咱们在前面，找一户有冰箱的人家，将我那娘亲，冻上一回，叫她死了死了，还开一次洋荤，享受一次现代化！"

"这些都不用！要处置这女骨，只一把刀子就行了。"张家山说道，"咋样处置？说白了，就是剐去这死尸身上的臭肉，光留下一副骨头架子！"

　　见李文化诧异，张家山又说："那'回头约'上是咋说的？'回头约'上说，'卖生不卖死，卖身不卖灵'，这话是说，李刘氏活时候是吴儿堡的，人死了便成了咱李家河子的；这身子是吴儿堡的，这魂灵才是李家河的。人死如灯灭，这个身子，一副臭皮囊，早早地扔了，也让咱们轻松些。说到底，咱们动的是女骨呀！"

　　李文化听了，心中有些不悦，觉得个有鼻子有眼的他妈，转眼间成了一堆骨头，心里有些下不去。又一想不这样处置，也实在没有个别的办法，这臭气蒸天，如何上路，即便勉强上路，还是他的熬煎。又想娘亲即便知道，体谅他的难处，也会谅解的。这样一想，于是牙齿一咬，点头同意。点头之余，又补一句："我害怕！要剐，得你剐！"

　　"我剐就我剐吧！活一场人也真不容易，来世上一遭，啥事都得经！"张家山叹息道。

　　谷子干妈觉得生刀子割肉，有些寒碜，又觉得做累了张家山，让她心疼。正在两难，见李文化点头，也就跟上点点头。

　　点头归点头了，不过听说这事得张家山操刀，她又有些喜悦，扭头想跟李文化说话，但是看见李文化缩头缩脑的样子，也就没有说，只对张家山说："操心把手割破了。生血进去了，会得败血症的！"

　　商议定了，张家山便从腰间摸出一把刀子来。这刀子原来见过。这是一把藏刀，当年张家山当大队支书时，插队的北京知青送给他的，多年来舍不得用，想不到今天派上了这用场。

　　张家山取下刀套，先用刀子割了一根荆条，再用荆条挽个活套儿，继而趋上前来，解开麻袋，用这活套儿套住女尸的脖子，又一使力,将这女尸提起来,腰间再一使巧力扛起,只一眨眼的工夫,这具女尸便挂在火堆旁的一棵松树上去了。

与石窟河那一夜,尔个恰好隔了个时对时。一日不见,女尸较之当初,周身泛白,白得瘆人,加之月亮白刷刷地照耀着,黎明的风,带着寒意,吹得林梢沙沙作响,此情此景,给人一种恐怖的感觉。

"我做的这是什么事情!"张家山摇摇头。

头摇罢了,这事还得做。好个张家山,只见他袖子挽起,反腕握刀,一个饿虎扑食,趋向前去,像杀羊一般,先在女尸那白花花的肚皮上,顺着拉了一刀。刀到处,只见"扑通"一声,发酵了的肠肠肚肚,争先恐后地夺路出来。见状,张家山一趔腰,免得这污秽溅到自己身上。

"人人肚子里一包屎!"张家山叹息道。

这一刀既已捅开,张家山也就不再忌讳。叫一声"尴尬",顺过刀来,抓过那女尸的一只手,从手腕开始,一路剥来。"这是一只描龙画凤剪窗花的巧手!"张家山赞叹道。剥到胸前,又拣起另一只胳膊来剥。

肉剥完之后,白花花的骨头便露了出来。没了皮肉的连接,两只胳膊掉了下来。张家山弯腰捡起,"扑通""扑通"两声,撂给李文化。"人身上有多少件骨头,是死的!这件数,一件不能少,你点好!少了一件,你妈来世,四肢就不全了!世上那些瘸子拐子,你知道是咋来的,就是这么来的!"张家山说。

剐了胳膊,又剐大腿。大腿上的肉厚,正该张家山施展。

剐了大腿,剔下骨头,依旧"扑通""扑通"两声,扔给了李文化。那剩下的,便是上半截身子。张家山又叫一声"尴尬",接着慢工出细活,去剐那身子。

尸首发臭的原因，是那皮肉已经发酵，而这发酵的皮肉，和骨头是两利的。因此张家山操起刀来，却也顺手。

一时三刻，那肉与骨头已经分家。肉块已纷纷不翼而飞，那骨头，则一件一件，在篝火旁边，整整齐齐地排列起来。

晨曦初现，月亮已落。东天闪露出来的一线天光，映照着张家山手中的那把刀，刀面一闪一闪，刀刃左盘右突，没经过世事的李文化，简直被这一幕惊呆了。

那谷子干妈，始终不敢转过头来。等她听见响动，转过头来时，这事已毕。张家山满头的汗水，往下滚着，他正吆喝李文化，重新脱下裤子来，将那骨头一件一件往裤子里装着。装完骨头，将那龇牙咧嘴的一个骷髅，最后放上。然后，裤管底下，腰身上面，用荆条藤扎牢。

"世界上尔个便没了李刘氏，只有女骨了！"忙完，张家山喘一口气，说道。

见这事已毕，谷子干妈也不害怕了，嘴上那物什，也没有再戴的必要了。自个喜欢的男人如此神勇，这令谷子干妈骄傲万分。她在一旁，两手抱在胸前，调侃道："张家山，你这一身本事，算是屈了。倘年轻上几岁，杀个人，抢个银行肯定是把好手！"

张家山见说，话头也不让她，将一个精亮亮的、钥匙圈一样的东西，在手中掂了两掂，说道："人的本事，是逼出来的！谁有多大的本事，他自个真不知道。你说我这辈子，屈了，那你看这女人，屈不屈？没了这玩意儿，那四轮车上，我张家山，又该多了几个冤家对头呢！"

说罢，将手中那东西一扔，扔到谷子干妈跟前。谷子干妈伸手接住，展开一看，原来却是个环儿。这东西分明是刚才从女尸上摘下的。谷子干妈红了脸，叫声"晦气"，将那东西一伸手，扔到山下边去了。

闲言少叙。太阳冒红的时候,一行人重新上路。那架女骨,仍由李文化架在脖子上。张家山怀抱一个三弦琴,怏怏地跟在李文化后边。再后边,谷子干妈一步三摇,抱着个祭食罐儿。按路程计算,明天天傍黑时赶到六六镇李家河,那时间该是宽裕的了。只是,但愿路上不要再有什么事才好。

第二十三章

灰汉杨禄,可以说是自取其辱。李刘氏双腿一蹬,既然有个"回头约"在那里,他就该遵了诺言,将这女骨送还吴儿堡,这样他自个少了许多的麻烦,世界也就少了一场干戈。可他偏要恶人强出头,于是也惹下这一连串的烧叨,令他欲罢不能。

确实是欲罢不能。一辆四轮,自离开吴儿堡算起,至今日,已经是说五天叫六天了。一行兄弟班子,寝食不宁,前追后堵,抛下家室出门干这没名堂的事情,也已经是人人有些懒意,个个面露怨恨之色了。加上这拖拉机的租赁费,加上这些人一路上的踏杂,杨禄这次是懂深了。

碌碡曳到半坡里,事已至此,也就再也不能回头。事情没个结果,恶名在外的杨禄,竟然败在一个死老汉张家山手上,叫这杨禄,日后如何在人面前做人。

所以么,老虎崾崄石砭上,杨禄猖獗,一行人鼓起余勇,夺了那具女尸，这女尸是不是李刘氏，杨禄自个心里比谁都清楚，可他硬是闭上眼睛，指鹿为马。这做法却也大气，可见杨禄亦不是等闲之辈。他心想：管你是谁，拉回去，吴儿堡老人山上埋了，这件事也就算撂过手了。

杨禄这做法，不能不算高明之举，可惜天上一颗星，地上一个丁，这世上人虽然多，却是戏台子底下的婆姨，个个都有主的。更兼有一个户口册子在那里放着，世上平白无故地少了一个人，竟能没有一点响动。杨禄的指鹿为马，鱼目混珠，非但没有做成，反而差点把自己也牵扯进去了。

那劳改释放回来的男人，心绪乱如麻，勉强地支应了张家山一行一顿饭食，送走客人，便带着他三个秃脑小子，村前村后，村里村外，四处寻找起他的黄脸婆张桂兰。

这一番忙迫，自然是没有结果。跑到晚上，那黄脸婆张桂兰，还是活不见人，死不见尸。父子们只好守着孤灯，没个良法。这黄脸婆在村里，为人良善，口碑甚好。尔个，听说她丢了，左邻右舍，于是前来探询。因此这屋子里，人来人往，络绎不绝。众人在乡间孤陋寡闻，都想听听那劳改农场的西湖景儿。那男人，于是将自己的心头事，先搁下不提，讲起那些香紫苏之类的故事。这一番折腾，也就到了半夜。

半夜时分，突然听到"突突突突"的声响，原来是一辆四轮，聒噪着，从村子中间驶过去。这条道路，虽不是通衢大道，却也是一条年代久远的古道，所以说有个四轮、三轮从路上经过，即便是夜半三更，也不是什么反常的事，因此这屋子里拉话的人，继续拉话。

没承想，村子里的狗开始咬起来。第一只狗一叫，全村的狗齐声应合。这狗叫得蹊跷，众人听了，把刚拉到半截的话先搁下，出门探看。乡下人对狗叫声，特别敏感，这是老辈子传下来的积习，尔个虽不是兵荒马乱年月了，这狗叫声，还是叫人声声惊心。

众人提了些铁锨镢头钉耙锄头之类，出得门来，只见一辆四轮，正"突突"地从村子中间穿过，全村的狗，仿佛如临大敌一般，跟在四轮的后边，阵阵狂咬。又见得，四轮行走间，跳下一个手挥铁锨的黑胖子，嘴中骂骂咧咧，抡起锨头朝扑在前面的狗扫去。那挨了一锨头的狗，一阵嚎叫，后边的狗见状，也就有些畏葸不前了。那黑胖子见了，紧走两步，跳上四轮。狗们一见没有了威胁，于是相互鼓励一番，复又穷追不舍而去。

众人见了，一声骂喝。这骂叫"打狗欺主"，叫"打狗还得看主人哩"，叫"野毛光棍飞了四十里，跑到我家门口撒野来了"。乡下人是出门三辈低，在自家门口，却又威势得了得。这个特征，在陕北尤甚。众人骂罢，然后挥动着农具，一窝蜂地朝四轮追去。

狗们见有主人仗势，比以前更加欢实，也明白这一咬是咬对了，于是个个奋勇争先。有的狗一口咬去，甚至咬到了四轮的车帮子上去。

这四轮正是我们见过的四轮，黑脸汉子亦是我们的熟人黑皮杨禄。

杨禄老虎崾岘石砭上，抢了女骨，正所谓得胜的猫儿欢如虎，当下吆喝四轮，不要迟延，连黑搭夜，直奔吴儿堡。杨禄坐在车上，掐指算计时间，觉得像这种速度，第二天中午，就可以到达吴儿堡了。这样想来，心中不免得意。可是不承想，小河沟里翻大船，行不多远，在老虎崾岘这个村子，他的脚下就遇上了绊搭。

眼见得狗们气势汹汹，追得急迫，又见这老虎崾岘的村民，手提家伙，渐渐逼近，杨禄叫一声"倒霉"，于是决心不与这些闲事纠缠，转身吆喝拖拉机机手，开得再快一点。杨禄明白，只要出了这个村子，那些狗们少了心理优势，自然就不像原先那么猖獗，而这些村民，放着安宁不安宁，放着消停不消停，惹这一场烧叨，也纯粹是出于无意。城里人将这种举动叫"无事生非"，乡下人将这种举动叫"打彷徨"。

杨禄此刻的这一决断，不可谓不英明，只惜谋事在人，成事在天，正当四轮飞快地行驶时，突然"突突突突"，节奏放慢，一阵气喘，就熄火了。司机小伙子跳下来一看，两手一摊，说没油了。

早不没油晚不没油，偏偏这一阵子没油了，杨禄一听，气恼中给司机小伙子一记耳光。

此一刻，让我们记起石砬上张家山的那几句咒语。

拖拉机一没了油，便就成了死物一个。狗是四条腿，快一些，"轰"的一声，将这辆四轮，团团围定。人的脚步徐缓一些，宛如拐子担水，一扑衍一扑衍也就到了。

眼见得上天无路，入地无门，杨禄眼珠子骨碌骨碌一转，他心想自个胆不正，是因为四轮上有架女骨。其实这女骨，和这老虎崾崄有没有干系，还在两可之间，即便有干系，围上来的这一拨人，也不一定知道四轮上就有女骨。

想清楚了，于是叮嘱四轮上的兄弟班子们，不要轻举妄动，只款款地在四轮上坐着，护住那女骨，倘有狗咬来，只伸出家具去挡就是，万不可莽撞下车，让人看见了女骨。

主家们到了跟前，一声吆喝，噔断住了自家的狗。当初吆喝狗去咬，是一个道理，这道理就是让人不要忘了这是在老虎崾崄村子。尔个噔断住狗，这也是一个道理，这道理是说主家们不是些胡来的人，如果再训斥狗两句，则更显出主家的大度。

狗遭到训斥，于是纷纷回到主人跟前来，一只尾巴乱摇，并且伸出舌头舔主人的手。狗们何等聪明，也明白这主人的训斥中，褒奖的成分居多。

杨禄眼窝里头有水,眼见得是个时机,于是将铁锨交给同伴,一跳,下了四轮。下来以后,两手一拱,赔个笑脸,说道:

"出门三辈低!诸位,我是吴儿堡的杨禄。不走的路都要走三回哩,古人的这话不假,今个我杨禄,借道从这老虎崾崄回家。不是狗们欺生,是这四轮他妈的嗓嗓声太大,打搅了一方清静。夜半三更的,机械这声音,就是难听。诸位老少爷们,这里,我向大家赔不是了!"

杨禄这一番话,说得入情入理。众人听了,气焰立即弱了许多。

杨禄见了,心中暗喜,又说道:"诸位,四轮上坐的,都些受苦人。我们肤施城里包了个工程,工程干完后,包工头拿了钱,跑了,剩下我们,非但没有拿到工钱,还被主家扣住不放。莫奈何,弟兄们只好开了四轮,逃回吴儿堡。老婆娃娃,还在家里惦着我们哩!哎,受苦人就是受苦人,安生些吧,回去守自己老婆娃娃,种自己的二亩薄地去吧!"

杨禄如此一说,又进一步博得了众人的好感。都是受苦人,十个指头在地里刨食吃的行当,这生活的艰难,尤其是出门在外的艰难,大家焉有不知道之理。

杨禄说罢后,四周肃然。停了片刻,村子中一位老者说:"狗是畜生,不懂人话,惊扰了各位的行路,我们这里赔礼了。路是官路,谁都能走,白天黑夜都能走,不是?!杨禄兄弟,你上路吧,狗我们管住,你尽可以放心上路?"

听了这话,杨禄脸上露出一丝奸笑。可惜是夜里,村上的人没有看见。杨禄说道:"在家千日好,出门一时难。不是我们不急着回家,是这四轮,他妈的没油了。机械这东西,哪有咱们的高脚牲口好,遇到事,你看,它就要麻搭了。"

山里人原本都是些古道热肠,见说这杨禄路上遇到了困难,于是现在一门心思,替杨禄想办法。三轮四轮,用的是柴油,这东西这几年在农村,也算不得什么缺物,有的殷实人家本身就有这种机械,于是大家七嘴八舌,为杨禄出主意。一会工夫,便有人拎了半桶柴油来,为四轮加上,眼见得年轻的拖拉机手,用摇把一阵猛摇,四轮便"突突突突"响起来,刚才的一件死物,现在成了活物。

救人于落难之际,原是山里人的一项美德。眼见得今晚的瞌睡没有白耽搁,做了一件好事,为自己创造了一件义举,为后世积了一份小小阴德,众人心里,人人舒服,个个自得。于是众人一拍手,一哇声地说:"走哇,吴儿堡家,路途正遥,夜间走路,出路!"

杨禄见说,一阵欢喜,临跳上车时,又送一顶高帽子给这些村民。"这真是民心淳朴,古风犹存。我杨禄这张口,走到哪里,便要将诸位的好处,说到哪里!"

眼见得四轮一阵突突,开始起步,谁知狗们,复又一窝蜂地拥上前去,将四轮围住,望着车厢,又是一阵猛咬。

狗咬声中,只见人群中走出一个男人。这男人是谁,却是我们的一个熟人,这正是那个服法期满回到村子的男人,亦就是不见了媳妇黄脸婆张桂兰的男人。这男人就一直在人堆里,只是缄默不语,二十年的面壁而坐,到底道行深一点,尔个,见杨禄一行要走,而这段时间,他也将这件事想透了,于是就挺身而出,出面拦挡。

他想透啥了?原来,当初狗追这四轮时,他心里就犯起了嘀咕,心想狗通人性,这些狗纠住个四轮,穷追不舍,里面一定有些什么蹊跷在内。只是没有证据，不好明问。刚才，这狗们又是一阵狂咬，这回，这男人是认准了。

男人心头有事，这事就是他黄脸婆不见了。不过他此刻还没有想到了她已死去。他只是觉得，这些人弄不好是些人贩子，抢了他的婆姨拉到外地去卖。尔个婆姨是在四轮上，只是身子被捆着，嘴被塞着，动弹不得。

那男人是这样想着，话到嘴边，却变成了这样："黑灯瞎火地，行什么路？脚下的路，你能把它走完？迟一天早一天回去，天也不会塌下来！列位，既然到了门前，不进去喝杯热茶，就是看不起我们了！"

那男人嘴里说着，扑上前去，手里不知怎么一拨拉，将四轮熄火了。又将车上的一个轮子转了几转，取下连接用的三角带，这样，四轮就走不成了。继而，大大方方去拉杨禄，要杨禄并这满车的人，到村子里去歇会儿脚。

老虎嵁崄村子的人们，见这男人露了这么一手，都道是这男人好客，二十年教育，尔个是有了成果，于是也就随声附和，好人做到底，要杨禄一伙，到村子里歇息一阵。

杨禄一见，傻了眼了，百般推辞，众人只是不许。没奈何，只得应允了。四轮上的人们，早已厌倦了流离颠沛，又不知这事的利害。见杨禄应允，于是扑扑腾腾，一个个跳下车来。

车厢一空，月光底下，黄脸婆张桂兰的尸首，便明晃晃地裸露出来。

那男人见了，"哎呀"一声，趋上前去，脸儿对着脸儿一阵细看，认出这个正是自家婆姨。虽然那心里事先已有约莫，但尔个见了，还是不由得大吃一惊。那男人抱起自个婆姨，摇了摇，呼喊两句，如何能够叫得醒来，又用手在鼻孔上试探了一下，情知黄瓜菜早凉了,如今他怀里的,是死人一个。

接下来的事情,可想而知。受了愚弄的村民,嗷嗷叫着,将杨禄一伙团团围定。狗们见了人声喧嚣,主家脸上露出愠怒之色,明白又该自己逞能了,于是叫声比以前更亮,扑得比以前更欢。

最受震动的当然要数那个劳改犯男人了,他是事主。瞅这尸首确实是自个婆姨的,于是这男人,将尸首轻轻放下,腾出手来,一把抓住杨禄的领口子,拖到跟前,问他这是怎么回事。

事已至此,纵然令这杨禄浑身是口,也说不清楚了。

见一时半刻问不出个所以然来,众人发一声喊,抬了女尸,押了杨禄一伙,回到村子。

下来的事情叫私设公堂。众人将这杨禄一伙押了,回到村子,这关押的地点,便是那男人家。乡下人没有经历过事情,今晚这经历,叫大家都有些头晕。事已至此,大家唯一能做的,是拷问那领头的杨禄,要他将这一场来龙去脉,交代清楚。

捆人打人,乡下人却是内行。昔日的历次政治运动,波及农村,农民们嘴拙不会说,于是每每涌现出积极分子,以捆人打人为能事。当下,从关押的人中提出杨禄,一条火绳子,脖子上一搭,两个胳膊上一缠,两手反剪一束,这杨禄便被捆作一团了。继而,绳头上捆半截砖头,往树枝上一扔,再抓住绳头,一拽,杨禄便被吊在了半空中了。

杨禄被绳子勒得像个蚂蚱,又这空中一吊,晃晃悠悠地,如同猴戏。事已至此,这杨禄于是横下一条心,紫了面皮,圆瞪怪眼,与先前温良恭俭让的他,判若两人。

杨禄破口大骂道:"我杨禄也不是无名无姓的人,你们不信,四邻八乡,打问打问去。尔个你们不问个青红皂白,就把我抓了,这叫私设公堂,犯王法的事,你们懂耶不懂?到时,只怕你们请神容易送神难,且看这事如何结果?"

众人听了,先不回他的话,从树上折下来些树条子,朝着杨禄,一阵没头没脑地猛打,直打得杨禄的语气,不似以前那么硬了,众人才歇了歇气,问话。

杨禄口口声声,只说这具女尸,他是从张家山手中夺的。张家山是从哪里得来的,他无从知道。至于他为什么夺尸,这牵扯一场"回头约"故事。

杨禄说的也是实情,他确实是懵懂不知,黑着哩!

提起张家山,提起"回头约",那男人却也相信。其中原因,我们知道。张家山一伙曾经和这男人相跟着走过一段路,并且曾在这树下,吃过一顿饭。那三人行踪诡秘,举止异样,但是李文化肩上扛的是什么,男人都知道。因为这"回头约"故事,世世代代都在这陕北地面演出,张家山他们不是第一个,也不是最后一个。

细细询问这"回头约"故事经过,于是杨禄,原原本本,一五一十,从吴儿堡村给亡人过"人七",到老人山坟墓被盗,到好汉岭上一场三国戏,到石渣岭上山扑空,到老虎崾崄石砭上的拦路,一句虚词都没有,娓娓道来。

这故事却也精彩,众人听了个目瞪口呆。"回头约"故事谁是谁非,于这老虎崾崄村子,却是不相干的事,众人听了,只当是听古经,嗟叹一回,也就不再细问。需要细问的,却是这黄脸婆张桂兰的事,一个大活人,尔个成了一具尸首,人命关天,这事杨禄得说清不可。

这事叫杨禄如何能说清?可怜杨禄,平日雄霸一方,也大小算一个人物,今天这是"龙游浅滩遭虾嬉,虎落平原被犬欺",被这麻烦是给缠住了。世人形容杨禄此刻的境况,有一句现成的话语,

第二十三章

叫"麻索缠住鸡爪爪了,跑又跑不掉,抖又抖不开"。

众人见这杨禄支吾其词,以为是他心中有鬼,不敢说出,于是柳条儿复又如雨般落下,直打得杨禄了,"干大干妈"地一阵乱叫。

这时有个放羊娃揉着眼睛跑来,说出一番话语,才算救了杨禄一命。

孩子口里出真言。那放羊娃说,这黄脸婆张桂兰,是上吊死的,地点在老虎嶷崄石砭上那个歪脖子树下。众人听了,吃了一惊,都说这是人命关天的事,可不能信口胡说。大家问这放羊娃是听说的,还是亲眼见了,放羊娃说是他亲眼见的。

放羊娃说,那时他正在山上放羊,眼见得这黄脸婆张桂兰,眼泪汪汪地在山顶上转悠,他上前还和她拉了几句话。后来,他赶着羊走远了,眼见得那张桂兰,朝娘家方向磕了三个头,尔后从腰间抽出裤带来,往歪脖子树上一搭,脚一蹬,上吊死了。

众人见这放羊娃说得有鼻子有眼的,也就信了。虽然信了,却还是有些疑惑。再问,那放羊娃说道,眼见得天色向晚,鸦阵聒噪,他吆着羊群,赶到跟前一看,见这黄脸婆张桂兰,已经成了吊死鬼一个了,眼睛瞪得贼圆,血红的舌头伸出半尺多长,搭在腔子前面。再问放羊娃,这么大的一个事情,他怎么不早说。放羊娃说,他把羊赶回圈里,天色已晚,回家将这事说给家人,结果挨了大人两巴掌,大人说他是个说谎的娃,编排出来这么一个故事,哄人。

放羊娃的话,大家也就信了,并且由此推测,推测出这事让张家山一伙遇上了,于是歪脖子树上,卸下了黄脸婆张桂兰,移花接木,李代桃僵,这女尸又充当了李刘氏的女骨,让杨禄夺去。这一场推测,却也准确。

其实那劳改释放犯男人的心里，自当进门不见自个婆姨的那一刻起，心中就有几分约莫。又想起当初婆姨说过的"不敢再见他"的这句话来，已经估计了个八九不离十。尔个，见拦羊娃这么一说，他是先相信了，继而，抱住自个婆姨，眼见得脖子上一道绳印，清晰可见，一条粉红色的舌头，探出口来直越过下巴，于是确认是自杀。

不说那男人搂住自个婆姨，心中忏悔之情、歉疚之情、思念之情、痛惜之情，从惊天动地的一声号啕大哭中，奔涌而出，单说那尚且在树上吊着的杨禄，眼见得因了那拦羊娃的突兀出现，事情急转直下，自己终于得以洗清，于是转眼之间，收了刚才的可怜相，又张狂起来。

杨禄叫道："老天有眼，叫我杨禄得以洗清。可你们这私设公堂的事，又如何了断？再则，这黄脸婆张桂兰，也是娘生父母养的，因了何事才去寻那短见，她也该有娘家，娘家也该为她出头。既然咱们结成了冤家，赶明日，我要去游说'充事'，管叫你们这老虎崾崄村子，从此不得安宁！"

杨禄这脸，一日三变，次次变得恰是时机。所以本书之初，说话的劝这世上人，与黑皮交手，万勿掉以轻心，你看这今日杨禄，躲闪腾挪，该圪蹴的时候圪蹴，该立起的时候立起，何等狡诈难缠。

杨禄这一番硬话，那男人并老虎崾崄村子的人，只得受了。杨禄还吊在树上，于是有人，将树身上绑着的绳子一解，杨禄"哧溜"一声落到了地面，又有人上前，颇费了一番折腾，才将杨禄身上的火绳子的死疙瘩解开。

成了自由身子，那杨禄随手抢过火绳子，将这绳子在胳肘腕上三缠两缠，挽成一束。他说这绳子，就是他们私设公堂的证据。老虎崾崄村子的人，到了这份上，只有叨好话的份了，众人相劝道："路途正远，还是走吧！"杨禄到了此时，偏要拿个班儿，硬是不走。"我就这么走了，岂不惹世人笑话。不说出个子丑寅卯来，我是不走！"杨禄说道。

杨禄嘴里说着，还用这火绳子，装模作样地，要往这树上去挂。他说他也要学一学黄脸婆张桂兰，上一回吊，让这一场事情，再凑一份热闹。

杨禄这话当然是要挟的话，但这话让那劳改释犯男人听了，还是一阵紧张，他有前科，是个经不起折腾的人，双脚刚刚踏入家门，又卷入一场是非之中，他是有些承担不起。

那男人于是一个劲地回话。村上人见了，也就跟上附和。眼见得杨禄的耳朵里，灌进了许多好话，又将这村上的人，摆咥够了，于是杨禄才吐了口，同意离开。

茶水是喝了一些，正如最初被邀请时承诺的那样。杨禄一行，喝足了茶水，于是要过四轮上的三角带，重新上路。众人问杨禄，此一去是回吴儿堡，不是重新去追赶张家山。杨禄咬牙切齿说道："老虎崾崄这一切事情，分明是被张家山那糟老头耍了！开弓没有回头箭，此一去自然是去追赶张家山！"

四轮重新发动。起步以后，顺着原路折回头去，车轮翻飞。那老虎崾崄村子，这时候哭声起了，那劳改释放犯男人正和村里人一起，商量如何抬埋黄脸婆张桂兰的事。这时候天色已亮，石砭的另一头，张家山一行，恰好也拾掇了女骨，刚刚登程上路。

第二十四章

六六镇李家河在望,大家心情也好,于是就脚下生风,一路快行。张家山这次,表现最好,将个弦琴让李文化扛了,自己则把那女骨扛在肩上。大裆裤两边各有裤腿,那裤腿,恰好搭在张家山脖子两侧。张家山伸出两只手,抓住裤腿,一路谈笑。谷子干妈依旧抢着那个祭食罐,她说抢得时间长了,她简直都对它有感情了。

一山放过一山拦。要到达李家河子还得经过最后一座山。这山叫磨盘山,"磨盘"二字,因山势而名,意思说这山一层一层,重重叠起,像一扇扇摞在一起的磨盘一样。磨盘山一过,便是一马平川了。

三人在磨盘山山根底下的鸡毛小店里,稍事歇脚,各人肚里,胡乱地填了些食物,便鼓起余勇,顺一条山间简易公路,步一挨,向山上登去。"隔山不算远,隔河不算近",这句俚语村言意思是说,隔着一条河时,虽然近在咫尺,但是并不敢说这就近,隔着一架山时,远虽远矣,但只要脚快一点,不能说这就远。此一刻,面对磨盘山,张家山就是用这句话,来鼓励他的两个搭档。

发现吴儿堡杨禄追踪,是在午后的事。

一行人已经上到了山顶,这里却也是陕北高原的一个高处。登上高处,举目四望,四周高高低低的山峦,浅浅深深的平川,便尽收眼底。这时,谷子干妈要小解,于是落后两步,闪身进草丛。张家山见了,吆喝李文化一声,二人停住脚步,站在一个高处等她。

有钱难买回头望,这话不假。两人站在高处,四下张望,正在欣赏风景,李文化眼尖,突然看见山脚下的简易公路上,一辆四轮,车厢里捅满了人,正在风驰电掣般驶来,李文化见了,心中一阵惊骇,遂将那四轮指给张家山看。

张家山有些老眼昏花。他那眼,叫迎风落泪眼。见说,张家山手搭凉棚,望了一阵,不敢断定。这时谷子干妈小解出来了,张家山让谷子干妈看,谷子干妈一眺,说:"是了,正是咱们的冤家对头杨禄!"

张家山叫众人赶快离了那高处。可是这话已经说迟,鼻青眼肿、气急败坏的杨禄,这时也已经看见了山顶的这几个人,于是在四轮的行进中,挥动锨头,朝山上这几个人,一阵呐喊。

功亏一篑。那六六镇,眼看就要到了,想不到自家门口,会又逢凶险。谷子干妈和李文化面面相觑,都有一些怯意,拿眼睛看着张家山,看他如何决断。

张家山说道:"咱们又不是不长腿。他跑,咱们也跑,到了六六镇,就是咱们的天下了!"

这也是没有办法的办法。两人听了,说道:"爹妈也给咱们生了两条腿,快跑吧!"话音落了,三个人一溜烟地向前跑去。

理是这样讲,可是三个人,一个老汉,一个婆姨,一个身单力薄的后生,哪比得上那四轮的腿快。那四轮的"突突"声,杨禄一伙的聒噪之声,渐渐清晰。那杨禄是近了。

谷子干妈经这一阵折腾,双脚再也挪动不得。刚才小解时,听说来了杨禄,吓得小解不出,尔个,满满一膀胱的尿水子,都化作热汗冒了。山顶上恰好有一块青石,谷子干妈的大屁股往青石上一坐,喘息着说:"要杀要剐,全由那杨禄了。要我跑,我是死活也不跑了!"

谷子干妈话音未落,只见山坡上传来一阵笑声,并有人唤她"谷子干妈"字样。谷子干妈循声望去,首先看见山坡上一群羊,如天女散花一般,撒在山坡上。"春放一条鞭,秋放满天星",这放羊娃是一个行家。再一阵看,只见崖畔上,一个放羊娃,正在摆弄一个什么物什。尔个他停了摆弄,正在望着她笑。

谷子问这放羊娃,如何知道她的名字。放羊娃笑道:六六镇上,谷子干妈也算是一个人物。这话一出,给人一种亲切感:那六六镇是快到了。谷子干妈又问,六六镇上,可否有他家的什么亲戚。放羊娃又答,亲戚是没有,不过他当放羊娃之前,在六六镇上过几年高中。

眼见得四轮的声音越来越大,情急之中,谷子干妈要那放羊娃,为他们找一个藏身地方。这事却好办。放羊娃听了将手往胯下一指,说这下面悬崖上,就有一个崖窑,是早年间防兵灾的,装个十个八个人,不在话下。

众人听了,离了道路,躲进崖窑。刚刚藏好,只听四轮"突突突突",开了过来。只见四轮停住,那杨禄,嘴里骂骂咧咧地,与放羊娃拉话。众人屏住气细听,那放羊娃,指手画脚一阵,说一个儿老汉,一个俊婆姨,一个半大的后生,早就从这公路,闪身过去了。杨禄听了,亦不怀疑,四轮突突地响着,远去了。

第二十四章

瞅着四轮走远，放羊娃喊了一声，三人探头探脑，从崖窑里走了出来。

众人喘息一阵，算是安定下来。瞅那放羊娃手中搬弄的东西，却是一件奇怪的东西。一根粗些的绚子木，在火中烤软了，窝成一个弓背的模样，另有一截皮绳，缠在一截木头上，另外的，有两块粗帆布做成的、翅膀一样的东西。

这东西在崖上摊着，像一只在蝴蝶。张家山见了，问放羊娃这是什么东西。放羊娃答道，这是他制造的飞机。

放羊娃说，高中毕业回到乡间，孤零零地一个人在这山上放羊，于是乎常常产生一些奇思。他从逮野鸡的反弓上得到了启示，心想用这个原理，造出一架飞机来，也不是什么难事，只要将这反弓做得大一些，翅膀做得大一些，用作动力的这些皮绳，绞得劲大一些，就可以了。

问他做这飞机的目的，放羊娃说，这座磨盘山，距他的姑姑家二十里，距他的舅舅家二十里，还有一些亲戚，也都在这附近，因此他要这飞机，也不必飞那么高，那么远，只要能飞二十里地，就行了，到时候他放羊放得烦了，一架飞机，到姑姑舅舅家去走一回亲戚，吃一顿饭，再回来放羊。

听放羊娃这么一说，张家山唏嘘不已。陕北地面，环境闭塞，生活苦焦，可偏偏生出一个异想天开的人物。张家山这一路，遇到的奇人奇事可谓不少，不过最奇的，当数这一件了。

因陋就简，巧夺天工，这飞机基本上已经做成。飞机最关键的部位，却是在动力部分。这个动力，用的正是套野鸡用的那种反弓的原理，将皮绳绞呀绞，绞呀绞，劲上足了，然后猛地松开，于是便产生一种反弹的力量。这件事笔者的学识有限，说不清楚，后来的饱学之士大老表刘玄礼，见了这飞机，大为惊异，又将这放羊娃连同他的飞机,介绍给科学院刘玄礼的同学,也令他们大吃一惊,因为人类迄今对飞机的研制和创新,走的都是蒸汽机动力这一路子,类似这种机械动力的,还未见过。于是交过放羊娃,收到北京,为他拨出专项经费,让他搁了放羊鞭,潜心这事。这是后话,这里不提。

三人在磨盘山顶,一直延挨到天黑,方才上路。延捱的原因自然是怕碰上了杨禄。

这期间,众人养精蓄锐,一颗悬着的心儿放坦,无论如何,这已经是自个的家门口了。大家还吃光了放羊娃的食物,并且捎带着,帮助放羊娃拦了一会儿羊只。

这期间他们做了一件重要的事情。

眼见得还有一些时间可资利用,张家山叫那李文化,从树丛中拣些枯树枝来,越多越好。又叫谷子干妈,把那地上的蒿草软柴,伸出十指,多多搂来。

柴火聚好了,放入崖窑。张家山一根柴,点燃起篝火,待火旺了,就将肩上的女骨打开,一件一件,架到火堆上去。

张家山说道:"费了千辛万苦,好容易把事做到今天这一步了,可不能再有个闪失。我估算着,这事还没有完,那杨禄撵上一阵后,他也会想,见追不着我们,他会想到我们是藏在什么地方,这样,他就会在路口上等咱们!"

谷子干妈、李文化听了,都觉得言之有理,这骨灰烧得应该。

人的骨头里,其实有许多的油。这骨头放在篝火上一烧,便噼噼啪啪,猛烈地燃烧起来。暮色四合,山风骤起,那火苗借了风力,更是旺盛。一时三刻,眼见得白花花的一具女骨,便化成灰烬了。

那灰还没有凉,张家山性急,捧起那祭食罐儿,将这骨灰,一罐儿装了，没了用场的大裆裤，扔给李文化，让他依旧穿上。

然后吩咐谷子干妈抱了罐儿，他仍扛起三弦琴，众人辞了放羊娃，上路。

行前，问这拦羊娃，晚上在哪里歇息。拦羊娃说，村子离这里尚远，他晚上是不回村的，就在这山上居住，免得羊只来回跑路，掉膘。放羊娃又说，他的飞机就快要造好，造好以后，他到六六镇旅游上一趟，到他们民事调解所去做客。张家山听了，笑着答应。

一行人抬脚刚走，后边放羊娃又抬高声音，问道："谷子干妈，有一桩事情，是关于你名字的，镇上我上学那阵，传得神乎其神的。尔个，我想问一问，看这是真是假。只是，不知道该问不该问？"

谷子干妈这大半生，走到哪里，逸闻趣事便跟到哪里，只是关于她名字的逸闻趣事，她还没有听说过。见放羊娃吞吞吐吐，说半句留半句，她便明白这不是好话，于是说道："当初杨禄问话时，我记得，你曾称我是'俊婆姨'，这话听了叫我心中好是高兴。我当年确实曾经俊过，不过那是陈年老皇历了，尔个我，早已是人老珠黄，老叫驴拉到背巷了，贫嫌富不爱的下家了！"谷子干妈说到这里，瞅一眼张家山，"张家干大，你说是耶不是？"

见张家山摇头，谷子干妈又说："你张干大，这是看走眼了，把我还当一个香荷包。唉，就冲你张干大在场，放羊娃，我受你一句'俊婆姨'这句话。不过，名字不名字，你是不要说了，狗嘴吐不出象牙，我知道你狗嘴里，吐不出什么好话。该不是听了六六镇那些没牙老汉们嚼舌，编排出些什么段子，酿我这老婆子吧？"

这话算是说准了。放羊娃一听，拍掌大笑。

李文化的嘴歇了半天，这回好容易插上一句来。他正听到兴头子上，见没了下文，不觉遗憾。与谷子干妈相处的时间不算短了，这"谷子干妈"四字，平日也是不歇气地叫着，不过这名字的来由，他却是不知道。

不独李文化不知道，张家山和谷子干妈算是老相识了，亦是不知。山野寂寥之地，话一说出，权当是叫一阵风一样吹走了，不是？！于是乎，一个儿老汉，一个半大小子，红口白牙，竭力怂恿那放羊娃说话。

谷子干妈猜对了，放羊娃说出的这个段子，确实有点让她的老脸挂不住。

放羊娃说，这谷子干妈，原来不叫谷子，啥时候叫成谷子的，这里面有一个典故。

那事情应当发生在谷子干妈嫁了人以后。男人要出远门，临行时，放心不下自己的俊婆姨，于是想出一个招数。啥招数？他从囤里抓一把谷子，塞进女人的那东西里，"你夹紧，你不夹紧谷子就掉出来了！"男人说。男人外出干了一阵活，回来，进门的第一件事，就是检查女人。那些谷子，一粒不少，好端端都在，只是全没了皮，变成米了。男人不解，问这是怎么回事，女人支吾其词，不知如何回答。门外恰好有听房的，将这故事传出，于是，这婆姨从此叫"谷子"了。

这笑话恶劣。男女这事，李文化不懂，也听不出这个笑话的可笑之处。这笑话饱经沧桑的张家山却懂，非但懂，谷子干妈那个臼窝，他也没少去捣，因此听了这个笑话，浮想联翩，捧腹一阵大笑，孩子般的。

谷子干妈听了，却是两腮绯红，小姑娘一般。她的面皮算得上厚的，可这笑话，也叫她有些承受不了。

谷子干妈站定，指着放羊娃，劈头盖脸地大骂一通。骂到得意处，"嗮"的一声，将大襟袄揭起，露出滚圆的两个奶头，扬声说道:"小子,我看你是月子里受了,欠吃两口奶!尔个,老娘给你补上!"说罢,挺起两个大奶头,向放羊娃走去,一边走一边用手捏着,吓得个放羊娃,扭头就跑。

谷子干妈此举,有点黑皮的味道。女人一旦甩下面皮来,令男人不由得不怕。眼见得吓走了放羊娃,谷子干妈兴犹未尽,衣襟是放下来了,不过那嘴里,抱抱怨怨,又数落了张家山和李文化一阵,才算罢休。

闲言少叙。一场闹剧结,一行人重新上路。

谷子干妈兴致很好,抱了个祭食罐,脚下生风,走在前面。她其实并不恼,还有些得能。这个年岁的人,要叫她生气,是件很难办到的事情。更何况,在这死气沉沉的、令人麻木的背景下,个把荤故事有时是一种刺激,一种文化,它让人们觉得生活不那么沉重和沉闷了。

李文化一身轻松,跟在后边。刚才那个笑话,他现在琢磨出其中的道理了,脸上浮出一层笑意。有意无意地,他喊叫声"谷子干妈",谷子干妈回敬一句:"贫嘴!"

张家山依然抱着他的三弦琴,大步流星。明天晚上,这女骨就该回到李家河子,与亡人李万年团聚了,此刻他无论身心,都疲惫交加。他决心咬着牙,看着这桩事情走到头,给方方面面一个交代。一想到这路上的所经所历,连他此刻都有一点后怕。

他担心事情还没有完。这个担心应当说是对的。转过一个弯子,张家山抬头朝山下一看,只见山下简易公路边,燃着一堆篝火,一辆四轮当当地停在路中间。篝火旁,一群男人,聒噪着,席地而坐。张家山见了,吃一惊,赶紧喊叫一声"谷子回头!"

这喊声是有一些大了。篝火旁一阵骚动。只见那短腰汉杨禄,霍地从地上站起,仰起头来,朝山上张望。此时月亮尚未升起,碎星闪烁,一片朦胧,但杨禄这是从低处往高处看,因此这山的轮廓,人的影子,看得却也清楚。眼见得谷子干妈挺着个肚子,抱着个祭食罐儿,一颠一颠地走着,后边李文化,水蛇腰一闪一闪,杨禄叫道:"十年等你个闰腊月,果然让我杨禄,守株待兔,等个正着!"叫罢,篝火旁的一拨人,一哇声地起来,向山上追去。

谷子干妈听到张家山的喊声,这身子有个惯性,因此向前蹦跶了两下,才停住。才停住,沟洼底下,便传下杨禄的那一声大叫。谷子干妈吃了一惊。这一惊非同小可,双手一松,手中的罐儿差点掉到地下。幸亏张家山及时赶到,接了罐儿。

到了此时,也就来不及细想。三个人恨只恨爹娘少生了两条腿,折身顺着原路,一阵猛跑。好在那女骨如今已成了骨灰,少了份累赘,因此跑得也不算太慢。就在杨禄一伙快要追上的时候,三个人仍旧跑回到山顶上的那个崖窑里。

回到崖窑里,三个人像被猎人追的兔子回到窝里一样,喘着粗气,缩作一团。片刻工夫,杨禄一伙上来了,只见杨禄,就站在他们头顶上的岩石上,说道:"日怪,刚才分明看见他们在这里,怎么身子一闪,就不见了,莫非有隐身术不成?"

说罢,一拨人就在这四周,拨草寻蛇,敲虎镇虎,连诈乎带喊叫,搜索了一阵。折腾到小半夜了,只听杨禄说道:"煮熟的鸭子,不怕它飞了。张家山要赶明晚那个'鬼七',我知道的。下山只有一条道路,咱们且回去,守在那里,以逸待劳,明日再说。"

一拨人便又吵吵闹闹地下山了。张家山几位,在这崖窑里,又耐着性子等了一个时辰,直到确信杨禄一伙确实走了,才敢探头出。

此时,半轮明晃晃的下弦月,突然升起,照得满世界一片光亮。张家山见了,以手加额,暗暗庆幸:倘若那灰汉杨禄,再耐着性子搜索到月亮出来,那么崖窑这个洞口,就不难发现了。

当夜无话。张家山一伙在这崖窑里,紧锁愁眉,熬煎了一夜,杨禄一伙在那山根底下,这一夜也没有好过。诗云:"月儿弯弯照九州,几家欢乐几家愁。几家夫妇同罗帐,几家漂流在他州。"这诗在这里说出,却也恰当。

第二天是一个好日子。早晨有一点薄雾,这是秋来的第一场雾。一雾十八旱,薄雾褪去,太阳像一个大碾盘,通红通红的,在东方的山峦上停顿片刻,便跳两跳,升上天空。天高云淡,空气清新,能见度极好。此一刻,张家山、李文化、谷子干妈,身带祭食罐儿,乘坐放羊娃造好的飞机,飘飘忽忽,摇摇晃晃,自空中飞过直抵李家河。

关于乘坐飞机一事,民间有多种的说法。一种说法是说,那飞机仅能乘坐一人,因此,是那放羊娃坐了,祭食罐,亦就是女骨,由那放羊娃抱着或是背着。飞机在他们的头顶飞着,像一只大鸟,张家山、李文化、谷子干妈则双脚并没有离开地面,他们在地上踽踽而行。那情景是有些奇异和壮丽,飞机扑扇着翅膀,黑压压地在他们的头顶,像当初的苍蝇,后来的乌鸦一样,随着他们的脚步缓慢飘浮。

这样,他们便不可避免地在山脚下与杨禄一伙相遇。

女骨不在身边,张家山自然胆正,事已至此,他开门见山,朝空中的大鸟一指,告诉杨禄,那女骨就在那大鸟身上,他有本事,他去取,他没有本事就干瞪眼。眼见得杨禄暴跳如雷,无计可施,不妨那张家山将个光光的头,向杨禄胸前碰去,一边碰一边说道:"杨禄兄弟,张干大人世上走了一遭,眼看着走了,还没有挣下一副棺木,你成全张干大,做一回孝子,为我预备一副棺材吧!"那张家山碰的同时,谷子干妈也一定撩开衣襟,又是要杨禄吃奶,又是将个奶水子,给杨禄射上一头一脸。

杨禄当了一辈子黑皮,可以说是恶名在外,面对这番图景,他只能一顿脚,长叹一声道:"我今个算是遇上一对老黑皮了!"言罢,眼睁睁地看着这一行人走远,看着那大鸟摇摇曳曳飞过。

民间的另一种说法,则更是趋向于浪漫。他们不屑于让张家山一伙继续在大地上匍匐而行,他们要给这个高原传奇,一个更为浪漫的结束。

那说法是,飞机由放羊娃驾驭,张家山、谷子干妈、李文化,以及女骨,都是乘坐这飞机走的。行前,李文化还发一个闲干,从那崖畔上,采一朵山丹丹,插在这祭食罐上。而张家山,到了此一刻,长长地出了一口气,说道:

"算起来,这是第七日了。第一个晚上,掘墓。第二个晚上,歇在那硷畔上。第三个晚上,好汉岭上一场械斗。第四个晚上,石渣河一夜神神鬼鬼。第五个晚上,老虎嵝岈石砭上剐了女尸。这第六个晚上,就是咱们昨晚上这崖窑一夜。这第七个晚上,这女骨就该见它的前夫了,这'回头约'事情,就该算得上是圆满了!"

两个搭档听了,一阵轻松,一阵欢喜。

张家山又说:"上一个'七',叫'人七',下一个'七',叫'鬼七',七七斋斋,斋斋七七,恰好在我们手里,李刘氏由人到鬼,得以圆满安宁,余下的事情便是晚上那一场大祭祀了!"

说罢,反弓一弹,飞机冉冉升上天空。

飞机飞在空中的时候,太阳像一只大火球,正在燃烧,云彩在空中,静立不动,列阵以待。那一刻天上飞翔的各种鸟儿,树上歇息的各种鸟儿,眼见得这只大鸟,都一阵惊异,纷纷赶来。那鸟中有在极高极高的天空上下翻飞的云雀,有正栖息在崖上的鹞鹰,还有在荆棘丛中做窝的蓬间雀儿,还有打着卷舌音或者并不打卷舌音的我们的老朋友乌鸦,还有拖着长尾巴像一枚响箭一样鸣叫着一飞一停的野鸡和山鸡。飞禽围着那只大鸟,像百鸟朝凤一样,上下左右,滚成一个大圆球,平稳地、仪态万方地向李家河子方向飞去。

六六镇方圆的卫星村庄,许多人在早上打开门以后,向天空仰望一下,却看见了这一人间奇景。

这奇景杨禄自然是看见了。最初,他以为自己是眼睛花了,后来揉一揉眼睛再看,才看出这一幕是真的,不过,他还是没想到,这一切是怎么回事。直到那空中,张家山哈哈大笑一声,拨动三弦,在三弦的弹拨声中,在百鸟的聒噪声中,张家山用他那拦羊嗓子回牛声,字正腔圆,弹唱出一曲《得胜令》时,杨禄方才明白,张家山已从他手中插翅而飞,这个回合,他又输了。

第二十五章

李家河子的得名,是由于村子旁边有一条河。李姓人家居住在一条河边,这村子自然就叫成李家河子了。这河一般都不大,都没有名字,它其实是一条小溪,甚至连小溪都称不上,只能说是从黄土缝里渗出或是从石头缝里迸出的一眼山泉而已。

但是这细细的、一泡牛尿似的水流,也许是一条河流的源头。它在行程中,不断地接纳山泉,接纳天雨,然后一路澎湃,向东走去,走出李家河人的视野。它也是造就这一处地形地貌的原始动力。它像一把锯子一样,年复一年地拉着,于是便有了这沟川,而没有被拉的地方便成了梁峁。"逐水而居",这是先人们的古训,于是在这水流的旁边,便有了人居住。这人类后来竟繁衍成了一个村子。这村子竟然为我们制造了李文化这个人物,从而令我们的故事有了一个角色。

在生生死死的李家河子的种族更替中,会在离村子不远也不近的地方，形成一块乡村公墓。活着的人住在村子里，死了的人则在那里集中。那地方是阴阳先生选定的，它既不在平川，也不在山顶，而是在山腰间的一块向阳的坡坎上。活着的人定期地承担着向死人致意的义务，这时间一年一般有两次，一次在清明，一次在古历的十月一。清明是一个大节，这我们不必说了，而十月一的讲究，用一句民谚可以概括，这民谚叫"十月一，送寒衣"。

　　隔一段时日，会有唢呐声在村子通往乡村公墓的道路上响起。唢呐声明亮而激越。村上有一个人死去了，世界上有一个人消失了，天空中有一颗星星陨落了。但是由于这唢呐高亢明亮的声音，为生者展现出了一幅天堂般的幻景，因此令这死亡的痛苦减轻，变成了一种超度。陕北人将埋人叫"上山"，并且典雅地在"上山"前面加一个"扶"字，而那从村子到乡村公墓的道路，便是上山的道路，灵魂超度的道路，扶老人上路的道路。

　　在这乡村公墓的一角，有一座孤坟。少了后人的呵护和照应，这坟墓长期以来，显得死气沉沉，荒落凄凉。有人呵护的坟墓和无人呵护的坟墓，两者是不一样的。前者，冬有棉，夏有单，坟顶有绿荫罩着，坟头也被屡屡上坟的人全得很圆。后者，坟头被雨水冲刷，坟地被太阳炙烤，凄苦无靠的灵魂仿佛像他们的生前一样，依旧生活在苦难中，他们无能为力，他们唯一能做的事情是给家人托梦，乞求为人生俗务所累的家人给他们以呵护。

　　这座孤坟正是我们的"回头约"故事的落脚点，亡人李万年的。长久以来，这坟墓是如此死气沉沉，不知寒暑，而由于死者是横死的原因，这坟墓更是在这乡村公墓里成为生者和死者共同歧视的一座。但是在近日，这坟墓突然像大梦苏醒，空前地活泛和鲜亮起来。它的上空，云蒸霞蔚，水雾缭绕，它的坟头上，开满了一束一束的花朵。在陕北的秋天里，能有什么花儿开放呢？能够开放的花儿只有一种,那就是黄灿灿的九月菊。是的,正是这一束一束的九月菊,把坟墓装扮得像要迎接一次什么节日似的。

李家河村子,自张家山一行北上吴儿堡以后,这几日,也一直处于激情和不安中。这自然是能够理解的,因为这是整个村子、整个家族的一件大事。张家山他们此行,是为荣誉而战,或者用土话来说,是为脸面而战。这件在外人看来是件无足轻重的事,在陕北人心中它具有某种神圣、虔诚的意义。这自然是为死人,不过在更大程度上,是为活着的人们。

眼见得"鬼七"就在今夜,白胡子老族长,早早地,就从祠堂里取出那面破锣,村前村后,村里村外一场猛敲。继而,又组织一帮后生小子,到了亡人李万年坟前,将坟全圆,单等那个时辰。

李家河子的所有的人,这一天也都停止了手头的人生俗务,该收割的暂且先把镰刀挂起,该犁地的给牛放上一天假期,该出外打工的暂且迟延上一天。大家突然觉得这事很重要,它和每个人的荣誉有关,而相形之下,他们平日那些鸡零狗碎的事情,没有梦想没有激情的生活,一日三餐,脱了裤子算一天的,食不果腹衣不遮体的日月,实在乏味得可怜。他们打发一拨人去征服世界了,今天是这拨人回来的日子,他们该以最隆重的礼节迎接才对。

首先给他们带来"回头约"信息的是大老表刘玄礼。神龙见首不见尾,不知道他是怎么就脚下生风,将那千八百年前的妓女的女骨安顿到了石渣河,又星夜兼程,赶回这李家河子,参加这一场盛事的。刘玄礼言之凿凿,告诉众人,张家山一行身驮女骨,必定在今日赶到。这话令李家河子的人们,心中吃了一颗定心丸。

刘玄礼来这李家河子的目的,正如七日之前在吴儿堡时的目的一样,是监督着村子,将他的姑姑礼仪周全,入土为安。因此,他明确地告诉族长,李刘氏骨归何处,对他来说都是一样,但是既然埋在李家河子,那么他得负起他娘家侄儿的使命,监督着这一切进行,不许有一丝差池。

这样,族长便掰起指头,逐条汇报,哪一方的阴阳先生,何处的吹鼓手,礼仪的各类程序,等等,逐条报来。直到大老表刘玄礼露出笑脸,这一关才算过去。

奇迹是在午后出现的。

从北方,有一团乌云一般的物什,像一个大球一样,翻滚着,并且发出惊天动地的聒噪声,徐缓地、仪态万方地向李家河子方向飘来。那物什在飞行中,卷起阵阵狂风,地面上飞沙走石,腐枝败叶纷纷吹起。

那物什在李家河子上空,很是盘旋了一阵,然后轻轻地敛落下来。是一架飞机,式样古怪的、类似大鸟一样的飞机,李家河子的男男女女,现在看清了这是什么了。

对于陕北人来说,或者说对于李家河子的人来说,飞机不是一件陌生的东西。在苦役般的人生中,有时,他们的头顶,常常会响起这个旱雷一般的轰鸣声,这时,他们的眼光便会暂时地脱离苦难的土地,脱离他们的平凡的生活,向高不可及的天空仰望上一阵,然后继续低头牲口一样地劳动。

有时他们偶然地打一次牙祭,吃上一回陕北最好的吃食——猪肉擂板粉的时候,如果这时天空偶尔有飞机经过,他们会把粗瓷大碗向空中举去,然后不无满足地说:"毛主席他老人家,只吃些甚嘛,到了我这份上,也就尽了吧!"——他们不知道世界上还有许多好的吃食。猪肉擂板粉仅是可怜的微不足道的一盘大众菜而已;他们还觉得那高不可及的云里雾里的飞机,是坐着毛泽东,毛主席。

他们很早就见过飞机。当年日本人轰炸肤施城,轰炸了十几次，飞机就是从陕北高原上空或者说从李家河子上空飞过的。

但是，他们从来没有这么就近地见过一次飞机，从来没有把这天上飞翔的怪异之物和他们的无滋无味的生活联系起来。他们永远只是匍匐在大地上的人类最卑贱的一群，没有光荣与梦想，没有尊严与快乐的一群。因此乎，此一刻，当这只大鸟，摇摇曳曳地在他们的打谷场上降落，而尤其是抱着三弦琴的儿老汉张家山，抱着祭食罐的儿婆姨谷子干妈，还有他们的不成器的后裔李文化从这飞机上，摇摇晃晃地走出时，这一幕图景简直令他们目瞪口呆。

飞机在李家河子降落。降落以后，放羊娃说羊群还在山上，无人照管，于是反弓一弹，飞机重新起飞。那些聒聒噪噪的飞禽们，于是重新簇拥着这只大鸟离去。

大鸟离去以后，好一阵子，李家河子方始平静。平静下来的村民们，重新用目光打量了一下飞机上走下来的张家山、李文化和谷子干妈，凝神细看，发现确实没有认错，他们正是自己的乡人。

余下来的张罗，便都是些小事情了。各样张罗，都是为晚上那个大祭祀做准备。各人都从家里，拿出食物来，以便用于晚上的那个葬后宴。村子有所小学堂，小学堂里的学生们也放假一天，一则给他们一个放纵的日子，二则他们的桌椅板凳，村里聚餐设宴时要用。盘锅台的，搭帐篷的，给这场红白喜事写楹联的，招呼乐人、阴阳的，整个村子，都忙碌起来，激动起来，就像这条平静的小河沟突然发了一次山水一样。

在族长的引导下，祭食罐现在由李文化抱着，一干人来到李家祠堂。将这女骨，往祠堂的香案上放上，然后点起长明灯。李刘氏虽然已是故人，可是在列祖列宗面前，仍是晚辈，漂泊归来的她，需要恪守妇道，欠身向列祖列宗们问安。李刘氏尔今自然是不会言语了，因此她的礼节，现在都由她的儿子李文化代替。

嗣后，那女骨在祠堂里供着，由李氏的后裔们守护，张家山一行，便来到族长家里歇息。一面大炕，烧得烫屁股，众人脱了鞋子，便在这炕上半仰半卧。世界上有些人是专门干大事的，有些人是专门干小事的，尔今，这几个干大事的人，只需休养生息即可，那些张张罗罗的小事，让那些小人物去干。

这炕是石板炕。炕洞口连着灶火。张家山将自个筋疲力尽的身子，长长地伸展在这石板炕上，任肉皮、筋骨让这滚烫的石板一阵猛烙，好像只有这样，全身的乏才能够解了似的。谷子干妈也是累得浑身稀软，像一摊泥一样。她也像张家山一样卧在这炕上，任石板猛烙。不过她不像张家山那样大模大样、旁若无人地四肢朝天仰卧，她是身子蜷缩成一团，侧身睡着，两只手双掌合十，用蜷曲的双腿夹住。

看谷子干妈这样个睡姿，李文化想到"谷子"这个名字的来由，不由得背过脸去偷着笑。在李家河子，他还从来没有被这么重视过，因此，他此刻情绪激动，丝毫感觉不到劳累。

出出进进的串门的人，要李文化讲一讲这路途上的故事。这个提议正中下怀，于是李文化唾沫星儿四溅，将那取女骨路上的事情，一桩一件，添油加醋地说出，直叫族长听得目瞪口呆，叫所有的听众听得嘴中"啧啧"作声，唏嘘不已。张家山、李文化、谷子干妈三位，登时成了李家河子人们心目中的大英雄。

李文化神侃之际，张家山和谷子干妈，已发出鼾声。张家山的鼾声，像雷霆一样，轰轰隆隆作响，三里外都能听见。谷子干妈的鼾声，则细密而绵长，咝儿咝儿地，像猫叫春一样。两样鼾声，一粗一细，在这空间里交错，像一部男女声二重唱。

闲言少叙。这一天对我们所有的人来说，仅仅是个平常的日子而已，但是对于这具女骨来说，是个重要的日子，这天是它的一个斋期,这个斋期叫"鬼七",今晚一过,它便成为鬼了,而成为鬼以后,则为下一次蜕生准备了条件。对于亡人李万年来说,这亦是一个重要的日子,走失了许多日子的女人,今儿个回来了,如果真有那冥间,今晚,该是这一对鬼夫妻交合之时。而对于李家河子来说,这一天非但重要,并且充满了一种神圣和荣耀的感觉。

太阳将落未落之际,月亮将升未升之时,一阵嘹亮的唢呐声突然在李家河子上空刺耳地响起来,从而宣告了"鬼七"大祭祀的开始。接着是一只高高的引魂杆领路,全村人从李家祠堂出发,前往乡村公墓。

引魂杆上面顶着一领白纸做的纸幡。纸幡的白色纸条在晚风中飘扬。引魂杆后边是捧着女骨的李文化。李文化后边,是长长的一列男女孝子们。这是一支阵营庞大的队伍,那些头上蒙白纱布的,是李刘氏的儿子辈,那些头上蒙黄纱布的,是李刘氏的孙子辈,那些头上蒙红纱布的,是李刘氏的重孙子辈。红白喜事,红白喜事,对于蒙白纱布的来说,这事尚有一丝伤感的成分,但是对于蒙红纱布的来说,这纯粹就是一件喜事了:她寿终正寝;她从此脱离了苦难;她明智地腾出一块空间来让后人生长繁衍。是不是这么回事?

蒙面而哭的女人们,在祠堂门口列队,用哭声打发男人们上路。女人善哭,这话不假,而这种场合,更是给女人们提供了一个发挥特长的机会。女人们有着各式各样的哭声,这哭声到了后来,简直不是为李刘氏而哭,而是每个人大约都想起了自己的伤心事,女人们是在为自己一哭,为一代一代女人们的苦难而哭。

但是唢呐高亢的声音,迅速地将女人们的哭声压下去了。在苦难面前,在死亡面前,唢呐声为人们展现了一种辉煌的虚幻的天堂般的图景。它让人们暂时地忘记了苦难,它让人们空洞的灵魂在某种程度上得到安慰。

陕北人的一生，三次与唢呐有缘。一次是出生过满月的时候，请来几杆唢呐，在这硷畔上一阵猛吹，从而告诉世界有个生命来到了人间，从而努力地扩张着这渺小与卑微的生命。一次是婚嫁的日子，"三班子吹来两班子吹，吹吹打打来到了周家门"。一次便是死亡的时候，世人用这高亢明亮的响器，向一个苦难的灵魂告别并为来世祝福。

在唢呐的吹奏声中，在孝子们的恸哭声中，蚂蚁一般的人群，终于挪动到了乡村公墓。这时候墓色已经四合，于是人们点起了火把。高高的引魂杆在坟顶一插，山风吹得纸幡嗖嗖作响。

前面提着马灯的依旧是大老表刘玄礼。刘玄礼领路，李文化随后，随后的还有五服之内的孝子们，众人顺着亡人李万年的坟墓，正着转三圈，接着又反着转三圈，最后，李文化将祭食罐从头顶取下，放在坟前。

继而，由李文化领头，三磕六拜九叩首。后边的众孝子们，随着李文化，同时跪倒，磕头，站起，打揖。乡村公墓里，白刷刷地跪了一地，恸哭之声不绝于耳。那唢呐手吹起唢呐，雄壮高亢凄厉的乐声惊天动地。

容那唢呐尽情地吹了一阵、孝子贤孙们尽情地哭了一场之后，白胡子族长抬抬手，让声音停了。声音停了以后，族长接过张家山手中的"回头约"，又让大老表刘玄礼，将马灯举到跟前，然后手捧"回头约"，抑扬顿挫、咬文嚼字、摇头晃脑地诵读起来。

回头约

兹有李家遗孀刘家女，因夫仙逝，自身无主，经户族家长李XX会同本族人等，商议决定，改嫁吴儿堡杨福。身价为贰百肆拾元，其他物品略。李刘氏前生之子李文化,从李姓,不得更改;李刘氏后生之子女,姓氏自便。卖身不卖灵,卖生不卖死,乃是千古遗训,李刘氏亦不能例外。有朝一日李刘氏归阴,吴儿堡杨家须主动将李刘氏女骨送归李家河,与前夫李万年并葬,不得有违。苍天在上,日月星辰为证,大地在下,五谷万物为证。恐日后生出事端,谨立此"回头约"为凭。红口白牙,铁板钉钉,倘有违约者,天诛之,地灭之,鬼神不容。

李家主事人:李××

娘家主事人:刘××

杨家主事人:杨××

保　人:张××

写约人:××

×年×月×

白胡子族长念到最后,乡村公墓里人声喧喧,众人激情难遏,人人胸中一团浩然正气,直冲脑门。族长念一句,众人呐喊一声。

念罢,气喘咻咻的族长,问大老表刘玄礼和保人张家山,他念得是否有误。在得到两人的肯定以后,累坏了的族长,一屁股会在了地上。族长有一大把年纪了,他也是当年签署这"回头约"的当事人之一,那上面的"李家主事人"一栏,填的正是他的官名。

诵读完毕,接着是那阴阳先生做法。本该这女骨是一杯骨灰,撒到那坟头上就行了,可是千年规矩不可破坏。只见那阴阳先生手挥蝇刷,指天指地,指左指右,指前指右,装模作样地一阵做法后,停了手中动作,口中念念有词,开始念动那背得滚瓜烂熟的"破土文":

"一破东方甲乙木,个个儿孙有官禄。二破南方丙丁火,个个儿孙如花朵。三破西方庚辛金,金丝银碗养人亲。四破北方壬癸水,子孙享寿如彭祖。五破中央戊己土,个个儿孙有富贵,八大金刚将那刹揭地神普庵亲到此,魍魉化微尘,急急如律令。"

念罢,阴阳先生来到坟前上香。上罢香后,三个响头叩过,又口中滔滔如泻,继续说道:

"伏惟:今日土前上馨香,香烟起处满四方。春酒香表来请谢,土公土母降吉祥。土后土伯俱归位,一年四季保安康。今岁一九××年×月×日开穴破土葬埋亡人,凶神及恶煞远辟急急如律令……"

阴阳先生正念叨着,突然人群中一阵骚动。

灯笼火把照耀下,只见斜刺里冲出一拨人来。打头的手挥铁锨的一位,不是别人,正是吴儿堡杨禄。刚才老族长宣读的那个"回头约",有李家的老族长在场,有刘家河的大老表刘玄礼在场,三国戏中独缺一家,让人觉得这一场大祭祀,有不甚圆满之处。尔个,这不知死活的黑皮杨禄打上门来,这人手就算齐了。

这杨禄脸色铁青,额头上贴着一片"创可贴",分外惹眼。他径直冲来,并不与人搭眼,只奔坟头上放着的那个祭食罐。

俗话说"一人拼命,万人莫敌"。这杨禄为人悍勇,一把铁锨,左右挥动着,如入无人之境。那满地跪倒的孝子,伸手要挡,哪里拦挡得住。眼见得杨禄,下山虎一般,三跳两扑腾,就到坟跟前了,然后伸出个神仙手来,就要取那个祭食罐儿。

此刻,只见跑着的李文化,双手一撑地面,款款地站起来。站起来后,嘴里叫道:"吴儿堡扬禄,你是输了!"复又说道:"大大妈妈,一场'回头约'事情,到此总算圆满。孩儿无能,是那六六镇张干大,路见不平,拔刀相助,才使你二人得以团圆的。你们要念,就念张干大的好处吧!"

李文化说罢,将那祭食罐儿,高高举起,猛地往坟前那供桌上一磕。只见"砰"的一声,那祭食罐儿登时摔成碎片,罐中骨灰"轰"的一声,四散开来,罩了坟头。

眼见得男相公女裙衩,一番分离,重新团聚,一场大祭礼圆满结束,旁边站立的张家山,高叫一声:"乐人响器!"话音刚落,唢呐便嘹亮地吹奏起来。唢呐声中,张家山又长舒了一口气说道:"久别胜新婚。两位亡人,你们今个晚上,该是一场好事!"

一场轰轰烈烈的"回头约"故事,至此结束。

不过它还有一个小的尾声。那灰汉杨禄,听见张家山的声音,仇人相见,分外眼红,恼羞成怒的他,于是挥动铁锨,向张家山扑去。张家山见这杨禄,只身孤胆,来闯这李家河,勇夺女骨,心中油然生出一层敬意。张家山喊道:"杨禄,你如何还在事中,执迷不悟?这女骨回了李家河子,这一桩'回头约'事情,便就一了百了,你该就此罢手了才对!"

那杨禄并不答话,只顾挥动个铁锨前来拼命。

这时李家河子的众孝子们,灵醒过来,大家发一声喊,过来将这杨禄拦腰抱住,按倒在地。内中有刚才杨禄挥动铁锨时,磕伤皮肉的,这时冲上前来,揪住杨禄,不依不饶。

那大老表刘玄礼,这时走上前来,要众人给他一个面子,将杨禄放了。众人听了,并不理会。有人喊道:"李刘氏在世时,我们是亲戚,尔个这世界上没有了李刘氏,这一门亲戚也就断了!"

眼见得这一场事情,了而未了,旁边恼了个张家山,他指着李家河子的众孝子们大骂一通,又走上前去,慰安了大老表刘玄礼几句。众人见张干大这回真的是恼了,于是,手松一松,放了杨禄。"这个面子我们给你!"众孝子对刘玄礼说道。

灰汉杨禄领着他的兄弟班子,登上四轮的那一刻,回头说道:

"张家山，你卖的这个情，我不领！来日方长，你会有犯到我手里的时候的！"张家山听了，哈哈一笑，并不作答。

大老表刘玄礼也领着他的氏族兄弟，就此告别。

目送刘玄礼一行走远，张家山对他的两个搭档李文化和谷子干妈说："天下没有不散的筵席。尔个曲终人散，各奔前程，我们也该回六六镇了。那里该有许多事情在等着我们哩吧！"说罢，辞了白胡子族长和李家河子的老老少少，一个儿老汉，一个儿婆姨，一个半大小子，乘着夜色离去。

1994年10月动笔至1997年5月完稿

后　记

　　读者看到的这本书,是我的"大陕北三部曲"的第三部。它们依次是《最后一个匈奴》《六六镇》和这部《古道天机》。写完这部,我对陕北的关注就告一个段落。大家知道,我还有另外两个生活基地,一个是我的出生地渭河平原,一个是我当兵的白房子地区。下来我也许将要写它们了。我曾在一篇文章中说,我死后,要将自己的骨灰一分为三,一份撒入渭河,一份撒入延河,一份撒入额尔齐斯河。这对它们的感情是同等的,可是你看,这一阵子,我是否是延河流域延捱得有些太久了?

　　《古道天机》是一个有些奇怪的题材,那里面所展现的奇异、神秘以至于恐惧感,在我此刻将手稿重读一遍后,仍感到有些迷惑不解。书中讲述的那个"回头约"故事——这个在我居家陕北期间,时常萦绕在耳边的话题,我终于将它按倒、驯服,纳入我的陕北大思考之列,让这个轰轰烈烈的高原传奇故事,在我的笔下生上翅膀飞翔,因此此刻搁笔了的我,有一种如释重负的感觉。当然如释重负之外,还有一种被久久地羁于案牍之间的委屈感,一种身心交瘁的感觉。

陕北是一块特殊的地域。前些年摄影界叫它"焦土文化",影视界则称它为"黄土地",歌坛则以一曲响遏行云的"西北风",将它端到世人面前。所有这些开拓之功虽然有浮皮潦草之嫌,但毕竟都或多或少地接触到了这块土地的本质和核心部分。触角深入这块土地最深的,当属民俗学领域,人们从陕北剪纸、安塞腰鼓,以及信天游等等的挖掘中,誉陕北为我们民族文化遗产中的一块活化石。

我的手中只有一支笔,因此身处其间,面对门里窗里蜂拥而至的大文化景观,我只能以笔记之。记得我在《最后一个匈奴》的"后记"中,曾经说过这样一段话。我说:"作者试图为历史的行动轨迹寻找到一点蛛丝马迹。他找到了?不知道!作者还对高原斑斓的历史和大文化现象,表现出极大的热情,这主要是因为他受到了一位评论家朋友的蛊惑,按照这位评论家的说法,我们这个民族的发生之谜、生存之谜、存在之谜,也许就隐藏在作者所刻意描绘的那些自然景观和人文景观中。

上面这一段话大约也算一个宣言。因为我的三部曲,其实都是在努力地向这个目标靠拢。一个作家,当力不从心的他,像一个预言家、一个可笑的圣者一样担负起这诠释的使命时,他就会变得很痛苦,并兼一份独自思考的孤独。但是没有办法,谁叫我们不幸从事了这个行当呢?而既然选择了这行当,我想我应当把它做到最好处。

在这部《古道天机》中,我仍然打发我喜爱的一个人物,去完成这一次横穿高原的奇异旅行。这人物就是张家山。这是我用自己的全部心力、全部智慧，再加上阅历，精心制造出来的一个人物。这个人物在《六六镇》中，曾经有所表现，但是在《古道天机》中，我让他的表现达到了淋漓尽致。

《古道天机》是《六六镇》的一个分支。这种体例过去有过。例如《金瓶梅》之于《红梦楼》。这种比较由我说出，大约并不适宜。这里只取"体例"这一层意思。

我对张家山这个人物，过去曾有过一段介绍，这里，将它原原本本，照录于下吧。这样，就免去了我介绍时的多费口舌。因为我现在很是疲惫。

话是这样说的："张家山这个人物，令人想起那个西班牙苍凉高原上的堂吉诃德。是的，他们有许多共同点，都高贵而善良，精明又愚蠢，都试图怀着中世纪梦想，去匡正社会。只是，较之堂吉诃德，张家山的时代，已经没有马可以代步了——瘦骨棱棱的风一吹就倒的马也没有。因此，他似乎更为卑微和实际，圆口布鞋上沾上了更多的泥土。"

关于张家山，就说这些吧！你想结识他，很容易，打开书本，他就会一面哈哈大笑，怀抱三弦向你走来。身前是半大小子李文化，身后是红裤带梢子露在外面的谷子干妈，一主二仆，各逞能事。

关于文体，我这里还想啰唆几句。记得，三年前，我曾经在《文学报》上写过一篇文章，谈我想在这《古道天机》上所进行的文体尝试。

我在文章中说："假如把传统小说、现代小说、哲理小说、侦探小说、武侠小说、志异小说诸种小说的长处杂糅在一起，写出一件东西来，那么会是一个什么怪物呢？"

在《古道天机》后来的写作中，我正是这样做了。这样做的结果又是如何呢?现在我还无法判断。不过,也许我在杂取诸种小说种种长处的同时,亦顺手牵来了它们的种种短处。是不是这样呢?也许不是,但是如果"是"的话,那就该是我的无能了。

小说的语言与风格,我在《古道天机》中亦是刻意追求的。读者在阅读中,大约会想到赵树理。是的,在写作中,赵树理先生的《小二黑结婚》《李有才板话》《三里湾》等等,一直伴随着我。此外,还有我们的老古董《三言两拍》,也一直在我的洗手间里放着,我写作途中每一次上厕所,都要蹲在马桶上将它们翻上一阵。

"吭唷吭唷"是我们的初民搬木头时的号子声。鲁迅先生说,这是艺术的一切开端的开端。但是随着文明的日益细密,艺术离这"吭唷吭唷"之声,是越来越远了。在这《古道天机》中,我想和现今的这高雅的艺术开一个荤些的玩笑,俚语村言,酸曲野调,一并入内。沸沸扬扬的人类世界,聒聒噪噪的群众语言,尔个正像一口开了的大锅,在我胸中翻腾。我感到,自己离那文人气,是越来越远了,更像一个村学究而已。

不过在写《古道天机》的同时,我还花插着写了一个重要的中篇,它叫《车祸》。读者读到《古道天机》的时候,它也该在一本叫《大家》的杂志上面世了。那是一个蝴蝶效应故事,一个一百种偶然造成一个必然的故事。那是一个题材和手法都属于现代派的东西。我在《古道天机》中,将艺术的这一特征发展到极端;在《车祸》中,则将艺术的另一个特征发展到极端。只要我愿意做,我想我是做得很好的,无论是手挥哪一样兵器。

《古道天机》写了三年。这三年中世界上发生了许多事情!于我来说,这三年中亦有两件事情发生。第一件是举家从陕北迁到西安,第二件则是一件官司的事。记得,阿斯塔菲耶夫手接一片飘飘落下的黄叶,满腹感慨,询问它这一年中世界上发生了多少事情,多少次阴谋,多少次叛卖,多少次道德沦丧!此刻的我,亦是这种手捧黄叶的心情。不过,不管怎么说,《古道天机》现在完稿了,所以现在我应当高兴才对。

高建群

1997年5月31日于西安

高建群小传

高建群，男，汉族，1953年12月出生，祖籍陕西省西安市临潼区。国家一级作家，著名小说家、散文家、画家、文化学者，"陕军东征"现象代表人物，被誉为当代文坛难得的具有崇高感和理想主义的写作者，浪漫派文学"最后的骑士"。历任陕西省文联第四届、第五届副主席，陕西省作家协会第四届、第五届、第六届副主席，陕西文化交流协会名誉会长，西安交通大学、西北大学客座教授，西安航空学院人文学院院长，大秦印社名誉社长等。享受国务院政府特殊津贴。被《中国作家》杂志社授予当代最具影响力的作家，陕西省委省政府授予"终身艺术成就奖"等。

其代表作有《最后一个匈奴》《大平原》《统万城》《遥远的白房子》《伊犁马》《我的菩提树》《大刈镰》等。长篇小说《最后一个匈奴》在北京研讨会上引发中国文坛"陕军东征"现象。据此改编的35集电视连续剧《盘龙卧虎高山顶》在央视播出。《大平原》获中宣部"五个一工程奖"，名列长篇小说榜首；《统万城》获国家新闻出版广电总局"优秀图书奖"，名列长篇小说榜首，其英文版获加拿大"大雅风文学奖"。高建群也是第一个在凤凰卫视《世纪大讲堂》演讲的内地作家。

高建群履历

1976年，以组诗《边防线上》踏入文坛。

1987年，以中篇小说《遥远的白房子》引起文坛强烈轰动。

1989年，担任延安地区文联（代）主席兼《延安文学》主编。

1993年，当选为陕西省作家协会副主席。

1993年，长篇小说《最后一个匈奴》出版，被誉为中国式的《百年孤独》，陕北高原史诗。

1993年至1995年，挂职黄陵县委副书记，专职创作，其代表作《最后一个匈奴》即为挂职期间所作。

1997年，参与央视十频道开播策划，并与周涛、毕淑敏共同担纲央视纪录片《中国大西北》总撰稿。该片荣获中宣部"五个一工程奖"。

2002年，当选为陕西省文联副主席。

2005年至2007年，挂职西安高新区党工委委员、管委会副主任。长篇小说《大平原》即在此期间酝酿成型。

2013年7月，被聘为西安航空学院文学院首任院长。

2017年9月，被聘为西北大学丝绸之路研究院研究员。

2020年5月，被聘为大秦印社名誉社长。

2020年7月，西安高新区文联成立，当选为第一届主席。

高建群创作年表

《边防线上》（组诗）：发表于《解放军文艺》1976年8月号，责任编辑：李瑛、纪鹏、韩瑞亭、雷抒雁。

《0.01——血液与红泥》（诗歌）：发表于《延河》1979年2月号，责任编辑：汪炎。

《将军山》（诗歌）：发表于《延河》1979年8月号，责任编辑：闻频。

《杜梨花》（短篇小说）：发表于《延河》1980年2月号，责任编辑：杨明春。

《很久以前的一堆篝火》（散文）：发表于《延安日报》1984秋，责任编辑：杨葆铭。

《人生百味》（诗歌）：发表于《星星》诗刊1985年，责任编辑：叶延滨。

《五月的哀歌》（叙事诗）：发表于《叙事诗丛刊》1985年，责任编辑：潘万提。

《现代生活启示录》（系列散文）：发表于《文学家》1985年，责任编辑：陈泽顺。

《新千字散文》（散文集）：1987年，陕西人民教育出版社出版,约稿编辑:陈续万,责任编辑:赵常安。

《遥远的白房子》(中篇小说):发表于《中国作家》1987年第5期,约稿编辑:朱小羊,责任编辑:陈卡。《中篇小说选刊》《小说选刊》《小说月报》《新华文摘》《解放军文艺》等进行了转载。2013年,台湾风云时代公司出版繁体单行本。2014年,陕西师范大学出版总社出版简体单行本。

《给妈妈》(诗歌):发表于日本《福井新闻》1988年3月17日,责任编辑:前川幸雄。

《骑驴婆姨赶驴汉》(中篇小说):发表于《中国作家》1988年第6期,责任编辑:杨志广。

《伊犁马》(中篇小说):发表于《开拓文学》1989年第3、4期合刊,责任编辑:叶梅珂。2007年,四川文艺出版社出版单行本。

《老兵的母亲》(中篇小说):发表于《中国作家》1989年第5期,责任编辑:杨志广。

《雕像》(中篇小说):发表于《中国作家》1991年第4期,责任编辑:杨志广。

《为了第一个猴子开始的事业》(创作谈):发表于《解放军文艺》1991年第8期,约稿编辑:周政保,责任编辑:丁临一。

《东方金蔷薇》(散文集):1991年,陕西人民教育出版社出版,责任编辑:田和平。

《陕北论》(散文):发表于《人民文学》1991年,责任编辑:韩作荣,《散文选刊》转载。

《你们与延安杨家岭同在》(散文):发表于《人民文学》1992年第6期,约稿编辑:崔道怡。

《史诗与二十世纪》(创作谈):发表于《文学报》1992年5月,责任编辑:李俊玉。

《达摩克利斯之剑》（短篇小说）：发表于《青年文学》1992年第10期，责任编辑：康洪伟。

《最后一个匈奴》（长篇小说）：1992年，作家出版社出版，责任编辑：朱珩青。

1994年，香港天地图书公司、台湾汉湘文化发展公司分别于香港、台湾出版繁体版。2001年，中国青年出版社出版。2006年，北京十月文艺出版社出版，2016年再版。2012年，长江文艺出版社出版，2014年再版。2012年，台湾风云时代公司再版繁体版。2013年，太白文艺出版社出版。2014年，陕西师范大学出版总社出版《最后一个匈奴》（手稿版）。2014年，陕西人民出版社出版《高建群图画最后一个匈奴》。

《我从白房子走来》（文学自传）：发表于《陕西日报》1993年6月，责任编辑：刘春生。

《出国的诱惑》（中篇小说）：发表于《延安文学》1993年第2期。

《我如何个死法》（散文）：发表于《美文》1993年第7期，责任编辑：刘亚丽。

《一个梦的三种诠释形式》（中篇小说）：发表于《飞天》1993年第5期，约稿编辑：孟丁山，责任编辑：刘岸。

《家族故事》（中篇小说）：发表于《漓江》1993年，约稿编辑：王蓬。

《祭奠美丽瞬间》（散文）：发表于《文友》1993年，责任编辑：王琪玖。

《茶摊》（中篇小说）：发表于《延河》1993年第7期，约稿编辑：陈忠实，责任编辑：张艳茜。

《白房子人物》（系列散文）：发表于《西北军事文学》1994年第2期，约稿编辑：王久辛，责任编辑：张春燕。

《匈奴与匈奴以外》（创作谈）：1994年，陕西人民教育出版社出版，策划编辑：张继华，责任编辑：刘孟泽。

《张家山幽默》（短篇小说系列）：发表于《延河》1994年第4期、第9期，责任编辑：张艳茜。

《陕北剪纸女》（散文）：发表于《美文》1994年第9期，责任编辑：刘亚丽。

《女人是巫》（散文）：发表于《女友》1994年第8期，责任编辑：孙珙。

《大顺店》（中篇小说）：1994年，陕西人民出版社出版。1995年，发表于《小说家》第1期，约稿编辑：闻树国。1995年，改编为同名电影，北京电影制片厂出品。

《六六镇》（长篇小说）：1994年，陕西人民出版社出版。2007年重新修订，易名《最后的民间》由文汇出版社出版。

《丹华的故事》（系列散文）：发表于《深圳风采》1994年第10、11期，约稿编辑：吴重龙。

《马镫革》（中篇小说）：发表于《小说家》1995年第2期，约稿编辑：闻树国。

《女人的要塞》（散文）：发表于《女友》1995年第2期，责任编辑：孙珙。

《古道天机》（长篇小说）：1998年，中国文联出版社出版，责任编辑：叶梅珂。2007年重新修订，易名《最后的远行》由华龄出版社出版。2011年，陕西人民出版社再版。

《愁容骑士》（长篇小说）：1998年，中国文联出版公司出版。2000年，广州出版社再版。2000年，台湾逗点公司出版繁体版。

《我在北方收割思想》（散文集）：2000年，四川文艺出版社出版，责任编辑：林文询。

《穿越绝地——罗布泊腹地神秘探险之旅》（散文集）：2000年，湖南文艺出版社出版，责任编辑：龚湘海。2014年，修订后易名《罗布泊档案：罗布泊腹地探险之旅揭秘》由陕西师范大学出版总社再版。

《白房子》（小说集）：2002年，陕西师范大学出版社出版。

《西地平线》（散文集）：2002年，上海人民出版社出版。

《惊鸿一瞥》（散文集）：2002年，群众出版社出版。

《胡马北风大漠传》（散文集）：2003年，上海东方出版社出版。2008年，在台湾地区发行繁体版。

《刺客行》（小说集）：2004年，太白文艺出版社出版，责任编辑：韩霁虹。

《狼之独步：高建群散文选粹》（散文集）：2008年，东方出版中心出版。

《大平原》（长篇小说）：2009年，北京十月文艺出版社出版。2016年该出版社再版。2012年，台湾风云时代公司出版《大平原》（繁体版）。2014年，陕西师范大学出版总社出版《大平原》（手稿版）。

《统万城》（长篇小说）：2013年，太白文艺出版社出版，责任编辑：韩霁虹，2016年该社再版。2013年，台湾风云时代公司出版《统万城》（繁体版），责任编辑：陈晓琳。2014年，陕西师范大学出版总社出版《统万城》（手稿版）。

《独步天下》（书画集）：2013年，陕西人民出版社出版。

《生我之门》（散文集）：2016年，未来出版社出版。

《我的菩提树》（长篇小说）：2016年，北京十月文艺出版社出版。

《相忘于江湖》（散文集）：2017年，北京时代华文书局出版。

《大刈镰》（长篇小说）：2018年，三秦出版社出版。

《我的黑走马——游牧者简史》（长篇小说）：2019年，陕西师范大学出版总社出版。

《来自东方的船》（散文集）：2020年，陕西旅游出版社出版。

《丝绸之路千问千答》（文化读本）：2021年，西北大学出版社出版。

《中国文化密码（图文集）》：即将由陕西师范大学出版总社出版。

社会评价

我劝大家注意,高建群是一个很大的谜,一个很大的未知数。

——著名作家　路遥

我一直想找机会请教一下高先生,匈奴这个强悍的骁勇的游牧民族,怎么说消失就从人类历史进程中消失得无影无踪了。

——著名作家　金庸

大家说高建群骄傲、自负、目空天下。我这里想说的是,中国这么大,有这么多人口,如果没有几个像高建群这样自信心极强的作家,那才是不正常的。

——中国社会科学院文学研究所研究员　蔡葵

春秋多佳日,西北有高楼。

——著名作家　张贤亮

高建群是一位从陕北高原向我们走来的略带忧郁色彩的行吟诗人,一位周旋于历史与现实两大空间且从容自如的舞者,一个善于讲庄严"谎话"的人。

——中国作家协会副主席　高洪波

　　高建群的创作，具有古典精神和史诗风格，是中国文坛罕见的一位具有崇高感和理想主义色彩的写作者。《大平原》把家族史兜个底掉，看后让我很感动，也很心痛，唤起我对故乡、对农村的情感，唤起我强烈的根的意识。我没想到高建群在"潜伏"多年之后突然拿出如此有分量的作品。

——中国作家协会副主席　高洪波

　　《大平原》有内在的惊心动魄，写家族的尊严、生存的繁衍史，实际上是写我们民族强韧的生命力。这部长篇淋漓尽致地发挥了书写"命运"的优势，不是写一个人的命运，而是写了三代人的命运，厚重感非常强。

——著名评论家　胡平

　　高建群对《大平原》中的女性人物都满怀敬意和温情。为了家族立足，高安氏骂街骂了半年，成为一道风景。用这种方式起到的威慑作用，来捍卫高家人生存的权利。顾兰子是书中的灵魂式人物，也是这部书苍凉的体现。

——著名评论家　雷达

　　《大平原》基于高安氏、顾兰子等乡村女人的坚韧形象，这部新"乡土女性小说"中女人比男人强，乡土文明决定了女性在乡土生活里面所具有的支配性。

——著名评论家　孟繁华

《最后一个匈奴》进京的盛况如在目前。27年了,它远远跳过速朽期!27年了,它的风采依旧!27年了,人们——特别是陕西读者没有忘记它,了不起啊!

——著名文艺评论家 阎纲

作为延安的一位文艺战线上的老战士,听到介绍,《最后一个匈奴》这部长篇小说写了大革命时期以来的三代人的命运,直到现在的改革开放时期,这还是过去没有人写过的重要题材,我很高兴!我祝贺这部作品出版,并获得成功!

——原文化部副部长、中国文联党组副书记 陈荒煤

27年前,《最后一个匈奴》在北京引发轰动一时的"陕军东征",至今在文学界仍是一个历史性的重要话题,一段难忘的记忆。

——《人民文学》杂志原常务副主编 周明

高建群的《遥远的白房子》,给我们许多启示,它也许预兆了小说艺术未来发展的某些趋势——难道,小说艺术在经过了几百年的艰难探索,它又回到讲故事这个始发点上了吗?

——北京师范大学教授、中国当代文学研究会理事 蒋原伦

如果不把《最后一个匈奴》这部中国当代文学的红色经典,变成一部电视剧,那是我们影视人的羞愧。

——央视著名制片人 李功达

《大平原》能拍一部大电影。我把中国的导演，脑子里过了一遍，最合适的这个导演叫吴天明。《大平原》中描写的那些事情，我全经历过。我父亲是解放后第一任三原县委书记，我自小就是在那一片土地上长大的。

——著名导演　吴天明